Diogenes Taschenbuch 20392

Urs Widmer

*Schweizer Geschichten*

Diogenes

Die Erstausgabe erschien 1975
im Hallwag Verlag Bern
Umschlagzeichnung von Tomi Ungerer

Veröffentlicht als Diogenes Taschenbuch, 1977
Alle Rechte vorbehalten
Copyright © 1978 by
Diogenes Verlag AG Zürich
40/85/29/5
ISBN 3 257 20392 6

*Für May*

# Inhalt

Flug nach Zürich   7
Solothurn   23
Appenzell   37
Aargau   46
Bern   59
Graubünden   73
Basel   84
Zug   95
Wallis   100
Tessin   114
Freiburg   123
Waadt   136
Neuenburg   149

Nachwort   162

## Flug nach Zürich

Die dicke Frau, der Pilot und ich gehen durch die riesengroße Halle des Flughafens von Frankfurt. Die dicke Frau geht in der Mitte, der Pilot und ich haben je einen Arm um sie gelegt. Ich spüre den Wulst, den ihr Bauch über dem Gürtel macht. Ich freue mich, daß wir endlich beisammen sind. Monatelang habe ich an die beiden gedacht, an unsern Aufbruch, an unsre Reise zu dritt. Wir tragen unsre Ausrüstungen auf dem Rücken: die dicke Frau einen Sportbüdel, aus dem ein Schmetterlingsnetz ragt, der Pilot einen Armeetornister und eine Angelrute, ich einen alten Skirucksack, an den ich eine Feldflasche mit Sirup und Himbeerschnaps drin gebunden habe. Die dicke Frau trägt einen Koffer mit verblaßten Hoteletiketten, die noch von ihrer Mutter stammen. Das waren noch Zeiten, denke ich. Wir singen. Die dicke Frau macht einige Stepschritte durch die Flughafenhalle, wie am Broadway. Wir schlagen dazu den Rhythmus auf unsern Oberschenkeln. Passagiere mit Turbanen und Fotoapparaten bleiben stehen und sehen ihr zu. Sie wirft die Beine in die Höhe wie beim Cancan, immer schneller, und als sie zum Abschluß den Rock für eine Sekunde nach hinten hochwirft, applaudieren die Leute frenetisch. Ich küsse die dicke Frau. Lachend gehen wir weiter. Auch der Pilot küßt die dicke Frau. Er ist per Autostop von Manchester gekommen, die dicke Frau von Berlin, und wir haben uns im Restaurant Hellas getroffen. Wir wollen zusammenbleiben, mindestens ein Jahr lang. Wir wollen eine Reise wie noch nie machen. Jetzt fahren wir mit einer Rolltreppe ein Stockwerk höher. Ich trage den Koffer der dicken Frau. Wir gehen durch lange Korridore mit vollklimatisierter Luft, über Rolltrottoirs, durch Türen mit Lichtschranken. Auf Anzeigetafeln klappen Buchstaben und Zahlen in Lichtgeschwindigkeit herunter, und man kann die abfliegenden Kursflugzeuge lesen. Grüne Lampen blinken. Wir aber suchen etwas anderes. »Wenn ich nur eine Ahnung hätte, wo sie unsern Ballon bereitstellen«, sage ich zum Piloten, »müßten wir nicht so dumm hier herumstiefeln.« Wir steigen zur Besucherterrasse hoch, von der aus wir das ganze Flugfeld überblicken können. Es ist heiß hier oben. Der Wind fährt uns in die Haare. Wir halten uns an den Händen, während wir in die flirrende Luft über den Rollbahnen schauen. Wir hören, wie abfliegende Maschinen dröhnen, und riechen das Kerosin. »Vielleicht gibt es irgendwo eine Spezialpiste für Senkrechtstarter«, sagt der Pilot. Ich nicke. Ich lege die Hand schützend über meine Augen.

Dann sehe ich den Ballon hinter einem startenden Jumbo-Jet. Ich klatsche in die Hände und springe auf und ab. Er steht ganz am andern Ende des Flugfelds, fast bei den Radaranlagen der Amerikaner drüben. Er ist halb vollgepumpt und sieht wie ein silbergrauer Pilz aus. »Dort!« schreie ich. Jetzt sehen ihn auch die dicke Frau und der Pilot. Wir rennen los. Mein Rucksack hüpft beim Rennen auf und ab, und der schwere Koffer der dicken Frau reißt mir fast den Arm aus. Der Pilot ist viel schneller als wir zwei. Er rennt wie ein Windhund über das Rolltrottoir. Wir hören das sich entfernende Donnern seiner Soldatenschuhe. Die dicke Frau hat einen roten Kopf und schnauft. Sie lächelt mich an. Ihre Brüste hüpfen auf und ab. Ich liebe die dicke Frau, ihre Zärtlichkeit, ihren Mut. Wir rennen wieder durch die Halle, über Rolltreppen hinunter, durch neonbeleuchtete Korridore, dann gehen wir durch eine Tür, auf der *No exit* steht. Vorsichtig sehen wir uns um. Wir schleichen über einen Betonplatz, zwischen Tankwagen, Flughafenbussen, gelben VW-Transportern und Männern mit Kopfhörern auf den Ohren hindurch. Hier sind die Maschinen abgestellt, die von weit her kommen. Eine DC-9 der Swissair macht einen ohrenbetäubenden Lärm. Passagiere schauen aus den runden

Luken auf uns herunter. Ich bin froh, denke ich in den Lärm hinein, daß ich nicht in Achterreihen geklemmt nach Singapur fliegen muß, mit einem Tablett mit keimfrei abgepacktem Essen auf den Knien und einem Film vor der Nase. Die dicke Frau macht mir ein Zeichen, ich denke, sie denkt dasselbe. Dann gehen wir zwischen blauen und roten Positionslichtern hindurch, immer weiter vom Flughafengebäude weg, das jetzt schon wie eine ferne Filmkulisse hinter uns liegt. Wir gehen im Gras, jetzt viel langsamer. Vor uns steht der Ballon nun schon sehr groß und beinahe rund. Die dicke Frau schlägt ein Rad vor Freude. Wir werden glücklich sein, denke ich, hoffentlich. Wie schwer ist mir das Leben in der Großstadt in der letzten Zeit gefallen! Wie sehr habe ich mich nach Zärtlichkeit, Liebe und Abenteuern gesehnt! Als auf der letzten Startbahn, die wir überqueren müssen, eine Boeing startet, legen wir uns ins Gras und halten die Ohren zu. Ein heißer Luftzug streift über uns hinweg.

Dann stehen wir auf und rennen über die Piste, die voller schwarzer Bremsspuren ist. Ganz vorne sehen wir den Piloten gerade bei der Ballonhülle ankommen. Gestikulierend spricht er auf die Männer ein, die dort stehen. Sie tragen Ballonmützen und Aviatikerkleider aus Leder. Einige von ihnen schleppen die Gondel herbei, die wie aus Stroh geflochten aussieht. »Ein wunderschöner Ballon!« sage ich zur dicken Frau, die schweißnaß neben mir hertrabt. Ich sehe, daß sie sich einen Kaugummi in den Mund steckt und daß dieser, wenn sie durch ihn hindurch ausatmet, Blasen vor ihrem Mund bildet, die platzen. »Von oben wird die Welt wunderbar sein«, sagt sie, »wir werden zusammen hinunterschauen. Es wird uns egal sein, wohin wir fliegen.« Sie greift sich unter die linke Achsel und schaut sich die Hand an. Sie riecht daran. »Wenn wir gestartet sind, ziehe ich ein anderes Kleid an«, sagt sie. »In diesem Frankfurt ist das Klima zum Davonlaufen.« Ich nehme den Koffer aus der rechten in die linke Hand. »Wenn der Pilot mit uns sehr hoch fliegt«, sage ich, »mußt du eine Pudelmütze und einen Pullover anziehen. Ich erinnere mich, einmal ist eine Expedition im Ballon über Afrika erfroren, weil der Gashahn, mit dem man das Gas zum Tieffliegen herausläßt, eingerostet war. Man fand die Expeditionsteilnehmer Wochen später tot, erfroren, im heißen Wüstensand liegend.«

Wir kommen bei der nun beinah vollen Ballonhülle an. Wir geben den Männern die Hand. Ich packe eines der Halteseile und reiße daran. Dann schaue ich den Männern zu, wie sie die Befestigungsschrauben anziehen. Die Gondel sieht ziemlich zerbrechlich aus, wie ein Waschkorb, in dem man Brieftauben verschickt. Ich habe aber noch nie vom Absturz eines Ballons gehört, nur von Bruchlandungen, unglücklichen Manövern im Gebirge bei Gewitter.

Wir holen unsere Kontrolliste aus der Tasche und prüfen, ob die Sandsäcke, der Kompaß, die Schaufel, die Notlichter und das Fernrohr da sind. Wir haben Generalstabskarten für alle umliegenden Länder und Tabellen mit Angaben, in welcher Richtung der Wind am häufigsten bläst. Der Pilot füllt an der Gasflasche einen Probeballon, einen roten wie auf einem Kinderfest, und läßt ihn fliegen. Er steigt senkrecht in die Höhe, dann wird er von einem leisen Wind erfaßt und fliegt nach Süden davon. Wir klatschen in die Hände. »Wenn das stimmt, können wir heut abend im Mittelmeer baden«, sagt der Pilot. Er wirft seinen Tornister in die Gondel und klettert über den Bordrand. Ich sehe, wie er am Funkgerät dreht. Er schlägt mit der Faust darauf. Das Funkgerät knattert, während der Pilot hineinspricht. Dann macht er uns ein Zeichen, ich hebe den Koffer über die Reling, dann will ich der dicken Frau helfen. Aber bevor ich dazu komme, meine Hände gegen ihre Hinterbacken zu stemmen, hat sie sich wie bei einem Turnfest über den Korbrand geschwungen. Die Männer in den Ballonmützen lachen und klatschen. Ich klettere hintendrein. Eine Stimme kommt aus dem Funkgerät. Der Pilot antwortet in seinem Fußballerenglisch, dann richtet er sich auf und deutet auf ein fernes Flugzeug, das auf die Landebahn zufliegt. »Wenn diese Maschine gelandet ist«, sagt er, »haben wir Starterlaubnis.« Er macht den Männern draußen ein Zeichen. Jeder geht zu einem der Halteseile. Ich sehe, daß sie jetzt Feuerwehrbeile in der Hand haben. Donnernd setzt dann die Maschine auf. Der Pilot hebt die Hand, und die Männer zerhacken die Halteseile. Unser Ballon steigt rauschend in die Höhe, schnell, wie ein verrückter Lift. Mir wird schwarz vor den Augen. Ich halte mich am Korbrand fest und konzentriere mich auf das Gesicht der dicken Frau, das grünlich ist. »Nur keine Angst«, rufe ich ihr mit einer heiseren Stimme zu, »ich passe schon auf, daß nichts passiert.« Ich schaue vorsichtig über den Korbrand hinunter. Unten stehen die Männer und schwenken ihre Ballonmützen. Ich lasse den Korbrand für eine Sekunde los und schwenke meine Hand. Dann kippe ich in die Gondel.

Ich wache auf, weil mir die dicke Frau mit einem nassen Waschlappen übers Gesicht fährt. Ich stöhne. Sie lächelt mich an. Sie gibt mir aus meiner Feldflasche zu trinken. Mit klopfendem Herzen setze ich mich auf. Wir fliegen jetzt viel höher. Die Sonne scheint mir ins Gesicht, und Schäfchenwolken ziehen vorbei. Eigentlich ist es wunderschön. Über uns steht die gewaltige Ballonhülle. Ein leiser Wind weht. Ich luge vorsichtig über den Gondelrand hinaus. Gelbe Gaswolken stehen über dem Taunus, tief unter mir, und als ich mich ein wenig vorbeuge, sehe ich zum erstenmal, wie groß Frankfurt ist. Ich versuche mich zu orientieren. Durch den Staubdunst, der über der Stadt liegt, sind die Häuser nur undeutlich zu sehen. »Dort!« rufe ich, »dort habe ich gewohnt, man sieht sogar den Balkon, auf dem ich Edelweiße gezüchtet habe!«

Plötzlich höre ich, wie der Pilot in meinem Rücken aufgeregt ins Funkgerät schreit. »Was soll ich denn machen?« schreit er. »Ich bin in einem Ballon, einem Ballon, einem Ballon! Ich kann meinen Kurs nicht ändern!« Ich wende mich um, und auch die dicke Frau starrt ihn an. Er hat Schweiß auf der Stirn. »Wir müssen irgendwie durch die im Warteraum kreisenden Flugzeuge durchkommen«, sagt er. Wir lächeln. »Wir hätten uns doch Fallschirme auf den Rücken binden sollen«, murmle ich der dicken Frau ins Ohr, aber ich glaube, sie versteht mich nicht. Ich habe manchmal einen Akzent, der ihr fremd ist, und umgekehrt. Ich schaue wieder auf die Stadt hinunter, die langsam am Horizont verschwindet. Ein sanfter Wind treibt uns nach Süden. Tief unter mir sehe ich, mit einigem Rückstand schon, den roten Kinderballon. Ich spucke hinunter. Es ist sicher nicht schwer, denke ich, die dicke Frau mit dem Piloten zu teilen.

Dann höre ich einen erstickten Schrei. Ich drehe mich um. Die dicke Frau steht stumm, mit aus den Höhlen tretenden Augen, mitten in der Gondel und deutet in die Luft hinaus. Ich glotze sie an, dann verstehe ich, was sie meint. Ein riesenhaftes Flugzeug fliegt, mit brennenden Scheinwerfern, direkt auf uns zu. Wir hören ein aufgeregtes Brüllen aus dem Funkgerät. »Sand!« schreit der Pilot. »Schnell!« Ich packe den ersten Sandsack und nestle an der Schnur, die ihn verschließt, bis ich merke, daß der Pilot recht hat, wenn er die Sandsäcke ungeöffnet über Bord wirft. Vielleicht erschlagen sie unten jemanden, aber wir sind fürs erste gerettet. Ich werfe meinen auch weg und sehe, über den Gondelrand gebeugt, wie er auf dem Rumpf des Flugzeugs, das nun direkt unter uns ist, aufschlägt. Wir hören den Lärm der Triebwerke. Keuchend stehen wir da. Sogar der Pilot ist etwas grün im Gesicht. Mit einem leeren Blick starrt er ins Weite und streichelt die Hand der dicken Frau.

Stunden vergehen. Wir segeln nun in einem schönen, kräftigen Wind dahin. Ich mache meine Krawatte ab, der Pilot lockert das Band seiner Lederkappe, und die dicke Frau kann sich umziehen. Ich atme befreit. Ich lehne glücklich an der Bordwand und schaue der dicken Frau zu. Sie trägt einen Slip mit roten Blümchen drauf und hat Brüste wie eine

Amme von früher. Sie kramt in ihrem Büdel und zieht ein grünes T-Shirt und Jeans an. »Jetzt fange ich ein neues Leben an«, sagt sie. Alle drei schauen wir auf die Landschaft unter uns. Ein glitzernder Fluß fließt in der Ebene. Links von uns, in Fahrtrichtung, liegt ein waldiges Hügelgebirge, rechts, in der Ferne, ein zweites. »Das muß der Rhein sein, oder?« frage ich. Aber der Pilot kommt aus Manchester, er war zwar bei der Royal Air Force, aber er kennt nur die Nato-Flugplätze zwischen Schottland und Spitzbergen. Die dicke Frau kann sowieso Helsinki nicht von Palermo unterscheiden.

»Es *ist* der Rhein«, sage ich. »Im übrigen, mir ist es egal.« Entspannt sitzen wir da, essen Radieschen und lassen eine Flasche mit Rotwein herumgehen. Ich trinke aber wenig, ich will einen klaren Kopf haben auf dieser Reise. Ich blättere in meinem Paß und lese die unzähligen Stempel, die mir den Aufenthalt in der Bundesrepublik zusichern. Dann denke ich, wir hätten doch mehr als hundert Mark zusammensparen sollen. Das Leben in der Luft ist nicht teuer, denke ich, aber jetzt steuern wir auf Länder zu, in denen sie zuerst die Hand hinhalten, bevor sie einem auch nur eine Klotür aufsperren.

Dann aber schaue ich lächelnd zu, wie die dicke Frau auf unserem Bordspirituskocher einen Kaffee kocht. Der Pilot beugt sich über sie und flüstert ihr etwas ins Ohr. Ich liebe ihn auch, er ist älter als ich, kräftig, mutig, ruhig, lustig. Ich sehe über meine Freunde hinweg auf die sich auftürmenden Wolkengebirge. »Wenn man mit einem Ballon in ein Gewitter kommt«, sage ich, »dann explodiert man mit einem fürchterlichen Knall.« Der Pilot nickt. Er sagt: »Wenn es auch nur zu wetterleuchten anfängt, müssen wir landen, und wenn es auf dem Marktplatz von Stuttgart ist.« Stumm trinken wir unsern Kaffee, aus richtigen grünen Henkeltassen. Die dicke Frau lächelt, sie freut sich, daß wir sehen, daß sie an alles gedacht hat.

Dann schlafen wir ein bißchen. Der Ballon schaukelt sanft.

Es ist jetzt völlig ruhig. Der Pilot legt beim Schlafen ein Ohr an das Funkgerät, für alle Fälle. Als ich nach Stunden aufwache, setze ich mich verwirrt auf. Die dicke Frau und der Pilot liegen nebeneinander, Mund an Mund, sie schlafen tief. Ich lächle. Ich rapple mich hoch. Wir fliegen nun ziemlich schnell. Vögel fliegen an uns vorbei, Reiher, Wildgänse, Störche. Die Stimme aus dem Funkgerät ist leise, man kann sie kaum mehr verstehen. Ich werfe meinen Stadtplan von Frankfurt aus der Gondel und sehe ihm nach, wie er, nach unten schaukelnd, immer kleiner wird.

Mir wird nun nicht mehr schwindlig. Die Landschaft unter mir hat sich verändert. Der Fluß ist immer noch da, aber er beschreibt gerade unter uns eine Biegung von neunzig Grad, ein Knie. Ich sehe eine große Stadt mit qualmenden Kaminen. Ich schnüffle und rieche einen fernen Schwefelgeruch. Ich erkenne ihn. Diese Stadt, denke ich, diese Stadt! Ich kenne sie doch! Dort sind die Rheinbrücken, von denen eine zittert! Dort ist das Haus, in dem ich jahrelang gewohnt habe, mit meiner Mutter und meinem Vater und meiner Schwester! Dort ist das Schulgebäude, aus dem wir einen Schrank auf die Straße gekippt haben! Mein Herz klopft. Ich schreibe etwas auf einen Zettel, zerknülle ihn und werfe ihn hinunter. Er torkelt wie ein Schmetterling. »Was tust du da?« fragt die dicke Frau, die zu mir an die Reling tritt. Sie hat eine verschlafene Stimme und kleine Augen. Ich sehe sie an. »Ich habe einen Liebesbrief geschrieben«, sage ich. »Er wird einer netten Frau auf den Kopf fallen, sie wird ihn lesen und ein Leben lang von dem unbekannten Absender träumen.« Die dicke Frau sieht auf die Stadt hinunter, die wir, dem Fluß folgend, langsam hinter uns lassen.

»Ziemlich scheußlich, oder?« sagt sie. »Nur Fabriken, Qualm und Eisenbahngeleise.« Ich sehe nachdenklich nach unten. »Das war einmal eine Stadt mit Biergärten und Kastanien, Handorgelorchestern, stillen Straßen, Kolonialwarenhandlungen. Am Sonntag fuhren wir mit dem Schiff nach Rheinfelden. Fischer saßen am Ufer, die Leute lachten und sangen, wir aßen Brote mit dünnen Wurstscheiben drauf, und die Väter tranken ein Bier. Es kam aus einer Brauerei, die so verrückt aussah, daß man ihr das Bier nicht übelnahm, das aus ihr kam.« Ich habe Tränen in den Augen.

»Von hier oben sehe ich nur noch Autobahnen«, murmle ich. Ich drehe mich um und sehe vorwärts, über Hügel hin, bis zu einer fernen Stadt, die an einem glitzernden See liegt. Die dicke Frau schaltet das Transistorradio ein. Wie ein Blitz fährt mir die Stimme des Sprechers in die Seele. Er spricht mit den altbekannten knorrigen Lauten. Die dicke Frau und der Pilot lachen schallend. »Manchmal kommt es mir wie Deutsch vor«, sagt die dicke Frau. Der Pilot schüttelt nur den Kopf, ununterbrochen. »Du meine Güte«, murmelt er, »du meine Güte.« Ich lache. »Ich verstehe jedes Wort«, sage ich, »im übrigen spricht dieser Herr ein lupenreines Bühnendeutsch. Es gibt Gegenden, da meint man, die Leute sprechen einen asiatischen Bergdialekt.« Der Pilot stößt mich an. Er deutet auf schwarze Wolken, die über dem fernen See stehen. »Ich will nicht schon am ersten Tag in einen Sturm kommen«, sagt er. Ich nicke, ich schaue, über den Gondelrand gebeugt, auf die Wolkengebirge, aus denen nun die ersten unhörbaren Blitze in den See fahren. Hinter dem See, denke ich, müßten doch die Alpen zu sehen sein. Wo sind sie nur?

Unter uns sind immer noch Häuser, Straßen, Eisenbahnen, Parkplätze. Der Pilot sagt: »Wenn das die Schweiz ist, freß ich meinen Ballon auf. In der Schweiz gibt es Kühe und Berge, das weiß doch jeder. Hier sieht es ja aus wie in Deutschland. Jeder Schweizer hat ein Nummernkonto, dessen Kontostand sogar der Steuer verborgen ist. Es gibt keine armen Schweizer.« Ich nicke. »Du mußt halt eine Lücke im Häusermeer finden. Sonst landen wir auf dem See. Thomas Mann, Gottlieb Duttweiler und Albert Einstein sind an seinen Ufern gelustwandelt.« Wir fliegen, nun schon viel niedriger, über Fabrikhallen dahin. Wir hören ein fernes Donnergrollen. Der Pilot schaut nach vorn. Er ist konzentriert. Der Sturm bläst jetzt ziemlich stark. Unsre Gondel hängt schräg im Fahrtwind. Ich weiß, der Pilot will eine Punktlandung versuchen, aber wo? Im übrigen, denke ich, man sieht kaum, wo Zürich anfängt und Basel aufhört. Früher haben alle immer so getan, als liege die Chinesische Mauer dazwischen. Heute fahren die Basler nach Zürich ins Kino.

Der Pilot zieht wieder am Gashahn. Das Gas entweicht. Über dem See leuchten immer mehr Blitze auf. Wir fliegen, tief, über eine Starkstromleitung dahin, an deren Drähten rote Kugeln hängen. Ich bin aufgeregt. Das fängt ja gut an, denke ich, wir prallen gegen ein Hochhaus und aus. Dann begreife ich, wohin der Pilot will: auf einen großen Fußballplatz, den ich jetzt vor uns sehe. Wir fliegen so tief, daß unsere Gondel beinah die Hausdächer streift. Ich sehe, daß Männer in farbigen Trikots auf dem Fußballplatz herumrennen. Tausende von Zuschauern sind auf den Rampen und Tribünen. Es ist zu spät für ein neues Manöver. Schon fallen die ersten Regentropfen in die Gondel. Der Pilot wischt sich über seine Aviatikerbrille. Mir ist jetzt alles gleich. Ich sehe, daß die Mannschaft mit den blauweißen Trikots den Ball über den rechten Flügel nach vorn spielt. Ein blauweißer und ein rotblauer Spieler kämpfen fast bei der Cornerflagge unten um den Ball, dann überlistet der blauweiße den rotblauen und flankt zur Mitte. Der Pilot reißt an der Landeleine. Der Ballon senkt sich schnell. Die Zuschauer brüllen auf, entweder weil ein blauweißer Spieler den Flankenball ins Tor geköpft hat oder weil sie unsern landenden Ballon erblickt haben. Holpernd setzen wir auf der Mittellinie auf. Der Pilot schaut mich einen Augenblick stolz an. Ich klopfe ihm auf die Schultern, und die dicke Frau gibt ihm einen Kuß. Dann springe ich aus der Gondel, weil der Sturm in die Hülle fährt und den Ballon mit sich schleift. Ich ramme den Anker in den Rasen. Es regnet jetzt in Strömen. Der Donner ist ziemlich laut. Der Schiedsrichter kommt pfeifend auf uns zugerannt, mit einer roten Karte in der Hand. Vom Spielfeldrand her rennen Polizisten und Sanitäter. Ich gehe auf den Schiedsrichter zu. »Es ist nicht unsre Schuld«, sage ich in meinem Dialekt, »es handelt sich um höhere Gewalt.« Der Schiedsrichter starrt fassungslos auf unseren Ballon, und ich sehe, daß er die rote Karte langsam wieder einsteckt. Regenwasser läuft ihm übers Gesicht. »In meiner ganzen Karriere als Schiedsrichter ist mir so was noch nie passiert«, sagt er. »Ich habe acht Länderspiele, zwei Cupfinals, drei Europapokalspiele und ein Uefa-Pokalspiel gepfiffen.« Ich nicke ihm zu. Der Regen prasselt nun wie aus Kübeln. Die Polizisten, die Spieler, der Schiedsrichter, die Sanitäter und wir schleppen den Ballon hinter eines der Tore. Wir vertäuen ihn sorgfältig. Blitze fahren in die Hausdächer rings ums Stadion. Die Donner krachen. Ich packe den Skirucksack und den Koffer der dicken Frau und renne auf die Spielerkabinen zu. Ich schaue über die Schultern zurück und sehe durch die hinter mir rennenden Polizisten hindurch, daß der Schiedsrichter das Spiel mit einem Schiedsrichterball wieder anpfeift. »Wie steht es denn?« frage ich einen Fotografen, an dem ich vorbeirenne. »2:0 für Zürich«, ruft er hinter mir drein, »die Basler spielen wie die letzten Sennen.«

»Das habe ich mir gedacht«, sage ich zu mir selber. »Ich habe zwar den FCB seit Basel–Lugano im Jahre 1966 nicht mehr gesehen, aber das da sind keine Fußballspieler mehr, eher Angestellte einer Werbeagentur.« An der Trainerbank vorbei renne ich durch den großen, schwarzen Spielereingang, vor den Polizisten, dem Piloten und der dicken Frau. Wir sind alle tropfnaß, als wir uns an einen Tisch setzen. Wir keuchen.

Tropfnaß sitzen wir zwei Kantonspolizisten gegenüber. Sie blättern im Reglement. »Soso«, sagt der eine schließlich, »aus dem Ausland kommen Sie also. Ja, da muß ich telefonieren, ob es statthaft ist, daß Ausländer mit einem Ballon Kantonsgebiet überfliegen.« Ich will protestieren und fummle in meiner Hosentasche nach meinem Paß. Aber der Polizist macht seinem Kollegen ein Zeichen und geht aus dem Zimmer. Wir hören ihn in ein Telefon hineinschreien. Der Kollege geht im Zimmer auf und ab. Er ist jung, wie ein Kind, und hat kurze, blonde Haare mit einem Scheitel. Er legt eine Hand auf den Revolverknauf und sieht uns an. Dann kommt sein Kollege zurück. Er macht ein ernstes Gesicht. »Ihre Ausweise bitte«, sagt er. Ich gebe ihm meinen verstaubten, abgegriffenen Paß. Er blättert lange darin. Dann schaut er mich an.

»Können Sie mir erklären, warum Sie so lange im Ausland wohnhaft gewesen sind?« fragt er. Ich schüttle den Kopf. »Ich, ich habe mir nichts Besonderes dabei gedacht«, sage ich leise. »Ist es verboten?« Der Polizist sieht mich an. »Verboten nicht gerade«, sagt er, »aber es gibt uns natürlich zu denken, wenn es einem hier bei uns nicht paßt, oder?« Ich nicke. Ich verstehe ihn.

Dann liest er die Pässe der dicken Frau und des Piloten. Schließlich klappt er sie zu. »Der Ballon ist vorläufig konfisziert«, sagt er. »Wir müssen feststellen, ob nicht Schmuggelgut darin ist, Rauschgift zum Beispiel. Das kommt oft vor. Die Händler haben heute die raffiniertesten Methoden und Verkleidungen.« Wir stecken unsre Pässe ein.

Wir unterschreiben eine Erklärung, daß wir widerrechtlich auf einem Fußballfeld der Stadt Zürich gelandet sind. Dann stehen wir auf. Der Polizist gibt dem Piloten die Hand. »Soso«, sagt er, »Sie sind also ein Engländer. Aha. Wissen Sie, wir Schweizer verehren Ihre Königin ganz außerordentlich. Der Film von ihrer Krönung lief wochenlang in unsern Kinos.« Der Pilot nickt. Der Polizist hält noch immer seine Hand, bis der Pilot sie ihm entzieht. Der Polizist hat Tränen in den Augen. Dann macht er eine barsche Kopfbewegung und legt die Hand grüßend an den Käppirand. Wir treten durch den Spielereingang ins Freie, wo das Gewitter nun richtig tobt. Blitze schlagen in Alleebäume, die Donner sind laut wie Explosionen. Wir rennen an einer Hausmauer entlang.

»So habe ich mir die Schweiz nicht vorgestellt!« ruft die dicke Frau. »Aber die Schweizer meinen sicher auch, die Luft sei immer herrlich bei uns in Berlin und alle Taxichauffeure seien witzig.«

Wir gehen, nun langsam, weil wir sowieso naß sind, durch eine abfallende Straße zum See hinunter. Blauweiße Trams fahren an uns vorbei, Wasserfontänen aufwirbelnd. Wir husten. Zitternd sitzen wir dann in einer Wirtschaft und trinken Tee mit Rum. Wir lesen das Zettelchen, auf dem der Preis steht. Staunend sehen wir uns an. Wir legen unsern Hundertmarkschein hin und schauen auf die paar Geldstücke, die uns das Servierfräulein herausgibt.

Wir werden heute, an unserm ersten Tag in der Schweiz, bei der Heilsarmee übernachten. Morgen sehen wir uns die Stadt an. Wir werden uns wohl ein bißchen Geld verdienen müssen, denn wir wollen uns eine Bergtour im Wallis, ein Essen im Kanton Bern und eine Dampferfahrt auf dem Genfer See leisten. Wir haben aber auch alte Freunde in Graubünden, in Basel, im Jura, da wird es schon gehen.

Später dann liegen wir auf den Pritschen des Schlafsaals der Heilsarmee. »Ein Glück, daß sie diesen Raum noch nicht in ein Pub oder einen Quicklunch umgebaut haben«, sage ich. Ich sehe mich um. Alte Männer mit Schnapsflaschen, die sie in den Hosen versteckt haben, liegen unter den braunen Militärwolldecken. »Vor hundert Jahren noch kamen die Flüchtlinge aus aller Welt hierher«, sage ich zum Piloten. »Die Schweiz war das freieste Land Europas. Italienische Revolutionäre wohnten im Haus von Schweizer Regierungsräten. Aber seit im Zweiten Weltkrieg so viele Juden hierher wollten, denken die Leute, das soll ihnen nicht nochmals passieren. Jetzt wollen die Schweizer unter sich bleiben. Die Schweizer sagen, man sieht ja, wohin das mit dieser laxen Ausländerpolitik geführt hat, erst hat sich Lenin in Bern und

Zürich vollgefressen, dann ist er nach Rußland gefahren und hat den Kommunismus eingeführt.«

Ich ziehe mich aus und hänge meine nassen Kleider an einen der Drähte, die in der Mitte des Schlafsaals gespannt sind. Ich lege mich nieder. Einen Augenblick lang denke ich an die dicke Frau, wie sie jetzt wohl in ihrem Bett in der Frauenabteilung liegt. Dann schlafe ich ein. Ich träume, während ich mich unruhig hin und her wälze, von abstürzenden Ballonen, drohenden Fußballspielern, Polizisten und Bergen, in die Blitze fahren.

# Solothurn

Schwarze Wolken hängen am Nachthimmel über Ricken-
bach. Es regnet über die alten Bauernhäuser, die neuen Miet-
häuser, die kleine Fabrik, die Kirche, die Wirtschaft. Ein
Auto fährt mit laufenden Scheibenwischern auf der Dorfstraße. Hunde bellen. Die orangen Neonlampen der Haupt-
straßenbeleuchtung schwanken im Wind.

Karl sitzt in seiner Küche, in seinem Haus am Dorfende,
am Tisch. Er rührt in der Suppe herum und starrt auf die
roten Karos des Wachstuchs. Er räuspert sich. Er reibt die
Hände, die voller Druckerschwärze sind, an den blauen
Übergewandhosen ab. Immer wieder schlägt er die Absätze
der Militärschuhe gegeneinander. Er schaut auf das schwarze
Fenster, gegen das der Regen prasselt. Er sieht seine Frau an,
seine Kinder. Sie schauen in ihre Teller und essen. Karl atmet
tief ein. Er ißt einen Löffel. Diese Kuh mit ihrem anklagen-
den Blick, denkt er, und diese blöden Bälger mit ihren Glotz-
augen. Lieber Gott, betet indessen seine Frau in sich hinein,
mach, daß an diesem Freitag der Blitz nicht in mich hinein-
fährt. Amen. Karl steht auf, geht zum Kühlschrank, holt eine
Flasche Bier heraus, öffnet sie mit einem Handkantenschlag
auf den Bügel und geht zu seinem Stuhl zurück. »Was glotzt
ihr mich an?« schreit er. »Und warum, verdammt, surrt dieser Kühlschrank?« Er trinkt. Als er die Flasche abstellt,
schäumt Bier aus dem Flaschenhals. »Heilandssack!« sagt er
mit zusammengebissenen Zähnen. Er wischt sich mit dem
Handrücken über den Mund. »Womit habe ich das eigentlich
verdient?« schreit er. »Von morgens bis abends, von morgens
bis abends, von morgens bis abends?« Er wischt mit seinen
schwarzen Händen heftig über die Hosen. Seine Frau sagt
leise: »Karl!« Er steht auf, wirft den Stuhl um, geht zur
Küchentür hinaus, nimmt seinen grauen Regenschutz aus

Gummi, steckt die Fahrradklammern an die Übergewandhosen, öffnet die Haustür, geht hinaus, befestigt die Laschen des Regenschutzes an der Lenkstange des Fahrrads, schwingt sich darauf und stampft los. Er fährt auf der Dorfstraße, zwischen dunklen Bauernhäusern, Etagenhäusern und Scheunen. Der Regen prasselt auf die graue Gummihaut. Weit vorne sieht er die schwarze Kirche und das Cardinal-Schild des Restaurants Zum Kreuz, das die Kastanienbäume gelb anleuchtet.

Zur selben Zeit sitzt Otto beim Abendessen, in seinem Haus am andern Dorfende, in der Küche. Es gibt Suppe. Otto sieht auf den sich bewegenden Mund seiner Frau. Er versucht, seine Ohren abzuschalten, während er sie ansieht. Er nickt. Er spürt, während er seine Trommelfelle von innen her dickmacht, daß etwas in seinem Magen surrt wie eine verschluckte Libelle. Seine Frau fährt mit dem Daumennagel auf dem Küchentischwachstuch hin und her, während sie redet. Ihr Daumen hat eine Rille gebildet. Wie ihre Mutter, denkt Otto, wie meine Mutter. Er ißt einen Löffel Suppe. Wenn ich jetzt aufstehe und eine Flasche Bier von der Kellertreppe hole, denkt er, geht sie hinter mir drein und redet. Ich werde mich rächen eines Tages, das werde ich. Er nimmt das Fondor. Er schüttelt die Dose und fragt über den Tisch hinweg: »Wo ist denn der Bub heute?« »Bist du verrückt geworden?« schreit seine Frau und deutet auf seinen Teller. Eine dicke Schicht Fondor schwimmt darin. »Entschuldige«, sagt Otto. »Ich habe einmal eine Tante gehabt, die hat ein ganzes Leben lang nie gefurzt.« Seine Frau starrt ihn mit weit aufgerissenen Augen an. »Warum sagst du mir das?« flüstert sie. »Ist die Suppe nicht recht?« »Doch, doch«, sagt Otto. Er schiebt den Teller weg. »Ich habe heute keinen Hunger«, sagt er. Er steht auf, geht zur Küchentür hinaus, setzt den Regenhut auf, hängt sich die schwarze Filzpelerine um, krempelt die Hosenbeine bis zu den Waden hoch, geht zur Haustür hinaus und schwingt sich aufs Fahrrad. Er hört, weit hinter sich, eine Stimme. »Huere-

24

seich«, sagt er in den Regen hinein, während er zwischen dunklen Bauernhöfen mit bellenden Hunden auf den Kirchplatz zufährt. Er fährt in ein Schlagloch und hoppert vom Sattel hoch. Er spürt, wie der Schmerz schmerzt. Weit vorn, vom Cardinal-Schild der Wirtschaft erleuchtet, sieht er einen Radfahrer, der sein Fahrrad unter die Kastanienbäume schiebt. Er tritt kräftiger in die Pedale. Wasser spritzt ihm an die Beine.

Karl stellt sein Fahrrad an die Hausmauer, steckt den Schlüssel ins Hinterradschloß, schiebt den Sperriegel zwischen die Speichen, zieht die Fahrradklammern aus und steckt sie in die Kitteltaschen. Er schlägt mit den Armen von innen gegen den Regenschutz. Wassertropfen sprühen ihm ins Gesicht. Er spuckt auf den Boden. In der Ferne sieht er einen Radfahrer die Dorfstraße herunterkommen. Er geht die Stufen zum Eingang der Wirtschaft hinauf und öffnet die Tür. Er schaut sich die Gäste an, die an den Tischen sitzen: den Bähnler, den Briefträger, den Gärtner, den von der Genossenschaft, die jungen Arbeiter mit ihren Mädchen, die pensionierten Alten, die den Hut aufbehalten. An einem Tisch sieht er Gäste, die er noch nie gesehen hat, eine dicke Frau, einen Mann in einem Overall, einen Mann mit einem Schnurrbart. Sie jassen. Karl schließt die Tür. Er schaut auf das helle Holz des Wirtschaftsraums, das Buffet, die Gläser und Flaschen, die Kasten mit den Preisbechern von den Schützenfesten, den Musikautomaten, die Fahne des Turnvereins. »Was ist, wollen Sie anwachsen?« fragt ihn die Serviertochter und lacht. Karl sieht, daß sie eine Literflasche Weißen an den Tisch der Fremden bringt. Er schlurft durch den Raum, zum Stammtisch, an dem ein Mann sitzt. Er setzt sich. Er starrt auf die Gäste am Nebentisch. Als die Serviertochter zurückkommt, sagt er: »Einen Dreier Twanner, aber kalt.« Er sieht ihr nach, bis sie beim Buffet ist.

»An einem Freitag nehme ich nie ein Bier, weil Bier schläfrig macht«, sagt Karl zum Mann am Stammtisch. Es ist der alte Barrierenwächter vom Niveauübergang, der jetzt durch eine Unterführung ersetzt ist. Karl nimmt seine Arme unter dem nassen Regenschutz hervor und legt sie auf die Tischplatte. Er nimmt einen Bierdeckel und zerbricht ihn.

Otto stellt inzwischen sein Fahrrad an die Mauer der Wirtschaft. Er hebt das Fahrrad von Karl hoch und stellt es über seines. Der Regen rauscht durch die Blätter der Kastanienbäume. Otto sieht die erleuchteten Vorhänge der Gaststube. Er litzt die Hosenbeine hinunter. Er geht die Stufen hinauf und öffnet die Tür. Unter der Tür bleibt er stehen, mit dem Regenhut in der Hand. Er sieht auf die Gäste. Er grüßt die Serviertochter, die hinter dem Buffet einen Dreier Weißen abfüllt. Er geht zum Tisch, zu Karl und dem Barrierenwächter.

»Ich bin so frei«, sagt er und setzt sich Karl gegenüber. Karl reißt einen Bierdeckel in Schnipsel. Er starrt durch Otto hindurch. Otto hustet, dann nimmt er einen Stumpen aus dem Kittelsack und zündet ihn an. Er bläst den Rauch aus. Er öffnet die Knöpfe seiner Pelerine. Die Serviertochter bringt Karls Wein. »Zum Wohlsein«, sagt sie, dann schaut sie Otto an. Otto sagt: »Ich nehme einen Chrüter, einen doppelten.« Die Serviertochter nickt. »Es ist wegen des Wetters«, sagt Otto zu Karl. Dieser sieht ihn an. Otto raucht. »Was glotzt du mich an?« sagt Karl plötzlich. Otto bekommt Rauch in den falschen Hals und hustet. »Ich, ich glotze doch gar nicht«, sagt er. Die Serviertochter bringt den doppelten Kräuter. »Zum Wohlsein«, sagt sie. Otto hebt das Glas, prostet Karl und dem Barrierenwächter zu und trinkt. Er atmet heftig aus. Eine heiße Welle fährt über sein Gesicht.

»Sauwetter heute«, sagt Karl. Er nimmt einen andern Bierdeckel und zerreißt ihn.

»Ja«, sagt Otto. »Das ist aber oft so in dieser Jahreszeit.«

»Ja«, sagt Karl. »Die gestopften Herren, die sind jetzt auf den Kanarischen Inseln und rösten sich den Arsch an der Sonne, mit ihren Sekretärinnen.«

»Jaja«, sagt Otto. Er trinkt den Kräuter aus. Der Barrierenwächter nickt vor sich hin. »Ich habe einmal, im Vierundfünfzig, die Barriere nicht heruntergelassen, als der 16 Uhr 14 kam. Wie durch ein Wunder ist nichts passiert«, sagt er, »wie durch ein Wunder.«

»Bier kann man auch keines mehr saufen«, sagt Karl und schüttet ein Glas Wein hinunter. »Zum Beispiel jetzt das Zeug mit dem Cardinal. Überall plötzlich nur noch Cardinal-Bier. Cardinal schmeckt wirklich wie hingebrunzt, oder?«

»Da hast du recht«, sagt Otto. »Ich habe immer Salmen getrunken.«

Karl nimmt einen Zahnstocher aus dem Zahnstocherhalter und zerbricht ihn in der Mitte. »Ich kann mich genau daran erinnern, wo der Becher dreißig Rappen gekostet hat«, sagt er. »Und es gab keine Stangen und Tulpen und Rugeli, und wie das Zeug alles heißt. Es gab einen Becher, oder dann eine Flasche.«

»Ja«, sagt Otto.

Karl trinkt sein drittes Glas aus und hebt den Dreier hoch. Die Serviertochter nickt. Otto dreht sich nach dem Buffet um und ruft: »Bringen Sie grad einen Halben, Fräulein, und noch ein Glas.« Er zündet sich seinen Stumpen neu an und bläst langsam Rauch aus den Mundwinkeln. Karl wirft mit dem Ärmel sein Glas um. Der Barrierenwächter schaut ihn an. »Wie durch ein Wunder ist nichts passiert«, sagt er. Karl und Otto trinken. Otto schaut zu, wie das Pendel der Wanduhr hin- und herschwingt. Die Alten mit den Hüten jassen jetzt auch. Sie klopfen auf den Tisch beim Ausspielen der Karten. Karl steht auf und zieht den Regenschutz aus. Er zieht eine feuchte Spur hinter sich her, als er zu den Kleiderhaken geht.

»Tatsächlich«, sagt Otto. »Ich habe meine Pelerine auch die ganze Zeit noch an.« Er legt den Stumpen in den Aschenbecher, auf dem Villiger steht, steht auf und zieht sie aus. Er wartet, bis Karl von den Kleiderhaken zurück ist, dann geht er hin und hängt die Pelerine an einen Haken. Er nimmt den Regenschutz Karls und hängt ihn darüber. Auf dem Rückweg nickt er den Alten mit den Hüten zu. »Wie ist die Arbeit?« sagt einer. Otto macht eine Grimasse. »Immer dasselbe«, antwortet er.

»Seit fünfundzwanzig Jahren komme ich in diese Beiz«, sagt Karl, als Otto sich wieder gesetzt hat, »aber jetzt haben sie doch wirklich so eine Hurenmusikmaschine hineingestellt. Das hätte es unter dem alten Wirt nicht gegeben.«

»Ja«, sagt Otto. »Der schaute auch auf den Batzen, aber er duldete nicht jeden Halbstarken als Gast. Wenn ich denke, das Geld, das in diesen Musikmaschinen verpulvert wird.«

»Wenn wenigstens noch eine anständige Musik drin wäre«, sagt Karl. »Aber nur so Negerzeug.«

Karl winkt der Serviertochter. Sie ist dick, trägt einen weißen Pullover und einen schwarzen Rock, sie hat eine große Brust, toupierte Haare, feste Beine, ein rundes Gesicht mit ein paar Pickeln. Sie lacht. Karl hält sie um die Hüften, während er ihr sagt, daß sie noch einen halben Liter bringen soll. Die Serviertochter lacht lauter, sie tapst Karl auf die Finger, dann geht sie zum Buffet. Karl und Otto schauen ihr nach. Sie sehen, wie sie den Weißwein aus einer Literflasche in das Halbliterglas abfüllt. »Ein richtiger Weißer macht einen Stern«, sagt Karl. »Nach dem Krieg hatten wir den Rubateller, der war auch eine schöne Sauerei. Aber heute sitzen die gestopften Säcke von der Ciba im Aufsichtsrat von den Weinproduzenten. So ist das heute.«

»Ja«, sagt Otto.

Die fremden Gäste lachen jetzt laut. Die dicke Frau klatscht in die Hände, der Mann mit dem Schnurrbart hat sich verschluckt und hustet mit einem roten Kopf, und der Mann mit dem Overall lacht dröhnend.

»Ich möchte wissen, was die hier wollen«, sagt Karl, »Ausländer.«

»Vielleicht ist ihr Flugzeug hier notgelandet«, sagt Otto. »Der Große sieht aus wie ein Pilot, oder wie vom Fernsehen.«

Er zieht an seinem Stumpen, heftig, bis er wieder brennt. Er hustet.

»An der letzten Jaßmeisterschaft ist der Keller Jakob bis in den Halbfinal gekommen«, sagt Karl. »Er mußte nach Frauenfeld fahren, auf eigene Kosten, und hat einen ganzen Schinken gewonnen.«

»Ich habe davon gehört«, sagt Otto.

»Wenn es diesen Tourismus nicht gäbe«, sagt Karl, »sähe es auch anders aus in der Welt. Früher sind wir alle geblieben, wo wir gewesen sind. Darum gab es auch kein Biafra und Vietnam und so Zeug. Einmal im Monat sind wir nach Olten, das hat uns genügt.«

»Eben«, sagt Otto.

»Heute will jedes Arschloch auf eine Südseeinsel«, sagt Karl. »Aber wenn sie auf einem Velo hocken, haben sie nach hundert Metern einen Herzkollaps. In den Städten fahren die Jungen mit dem Auto zur Schule. Wenn wieder einmal eine Not kommt, dann sitzen die schön da. Sie tun den ganzen Tag nichts und schimpfen auf den Bundesrat und sehen aus wie Mähnenschafe.«

»Richtig«, sagt Otto. »Meine Frau will unserm Bub jetzt dann einmal mit der Schere dahinter, wenn er schläft, nachts.«

»Recht hat sie«, sagt Karl, »sie hat ganz recht.«

»Ja«, sagt Otto, »natürlich. Nur, der Bub schließt die Tür ab, und manchmal schläft er überhaupt nicht zu Hause.«

Karl sieht Otto mit großen Augen an. Er nimmt einen Schluck. »Was?« sagt er. »Ich würde meinem aber schön die Meinung sagen, wenn er.« Otto nickt. Die Fremden am Nebentisch lachen.

»Schau dir den dort zum Beispiel an«, sagt Karl und zeigt mit dem Daumen auf den Fremden mit dem Schnurrbart.

»Er ist erwachsen, er ist bestimmt fünfunddreißig, und wie er aussieht.« Otto nickt. »Das gäbe es bei uns nicht, sicher nicht.«

Karl schenkt sich und Otto ein. »Sicher nicht.« Er trinkt sein Glas leer. »Wir würden ihm mit dem Sackmesser den Schwanz abschneiden.« Karl haut mit der Faust auf den Tisch. Die Gläser hüpfen herum. Otto lacht. Karl hat jetzt ein rotes Gesicht. Der Barrierenwächter, der eingenickt war, schreckt auf. Karl dreht sich nach den fremden Gästen um.

»Wo kommen Sie denn her, Sie?« fragt er.

Die dicke Frau, die eine Karte in der erhobenen Hand hat, schaut ihn an und fragt: »Verzeihung, meinen Sie mich?«

»Ja«, sagt Karl.

Die dicke Frau schaut den Mann mit dem Schnurrbart an. »Was hat er gesagt?« fragt sie leise. »Er hat gefragt, woher wir kommen«, sagt der Mann mit dem Schnurrbart. Dann sagt er zu Karl: »Aus Frankfurt. Aus Deutschland.«

»Soso«, sagt Karl, »aus Deutschland.«

Er dreht den Fremden wieder den Rücken zu und trinkt einen Schluck. Er schaut Otto an. »Aus Deutschland also.« Er schaut auf die pensionierten Jasser, die braunen Vorhänge, die jungen Mädchen hinter ihren Cocas, den Wandkalender mit einem Farbfoto von einem Gletscher, die Parisienne-Reklame, das Fondue-Plakat, das Amtsblatt, das an einem Bügel an einem Haken hängt. Er sagt: »Warum bleiben die nie, wo sie sind? Wo man hinkommt, steht einer von denen und läßt sich unser Benzin in seinen Mercedes füllen. Acht Jahre bin ich mit dem Gewehr am Rhein gestanden, und jetzt sitzen sie in unsern Wirtschaften.«

»So ist es«, sagt Otto. »Ich bin im Aktivdienst in der Gotthard-Festung gewesen. Acht Jahre im Felsen, aber wenigstens gab es keine Ausländer.«

»Ja«, sagt Karl. »Unsere Jungen wären auch anders, wenn es nur unsereinen gäbe. Zum Beispiel diese Bombenwerfer. Wir haben damit nicht angefangen, wir bestimmt nicht.«

Sie trinken ihre Gläser aus.

»Einer von denen hat jetzt das Schloß Sargans gekauft und überall Kachelbäder eingebaut«, sagt Karl dann, »und ein anderer will das Gotthard-Hospiz kaufen.«

»Ja«, sagt Otto. »Es ist aber so, daß sie den Krieg nicht gewonnen haben, wie wir. Und sie haben ein scheußliches Land.«

Karl nickt. »So etwas wie die Klus von Balsthal gibt es in Deutschland nicht. Wir sind ja auch nicht so Arschlöcher.«

Otto macht mit Bierdeckeln ein Kartenhaus. Er hält den Atem an, wenn er einen Deckel auf die untere Deckeletage stellt. Seine Hand zittert ein bißchen. Karl winkt mit der Hand, und die Serviertochter bringt noch einen Halben. »Komm, trink auch ein Glas«, sagt er zu ihr. Sie lacht und schüttelt den Kopf. »Ich trinke nur mit schönen Männern«, sagt sie. Karl bekommt einen roten Kopf. Er trinkt sein Glas leer. Otto lacht. Karl dreht sich um und schaut zu, wie die Fremden jassen. Sie sprechen viel, und die dicke Frau hat die Karten verkehrtherum sortiert. Der Mann mit dem Schnurrbart zählt jetzt die Karten. »Zweiundsechzig«, sagt er.

»Fünfundneunzig«, sagt Karl laut.

Die dicke Frau schaut zu ihm hinüber. »Ja«, sagt er. »Ich kann von jeder Jaßzahl die Gegenzahl. Ich jasse seit fünfunddreißig Jahren.«

»Danke«, sagt die dicke Frau. Jetzt verteilt der Mann im Overall die Karten. Karl stößt die dicke Frau mit dem Daumen in den Rücken. »Sie müssen nicht die Trumpfkarten ziehen, wenn Sie nur den Bauern und den Zehner haben«, sagt er.

»Ja«, sagt die dicke Frau, »danke.«

»Bei uns sagen die Kiebitze kein Wort«, sagt der Mann im Overall, »sie wundern sich still über die fernen Sitten und Gebräuche.« Karl bekommt einen roten Kopf. »Bei Ihnen, bei Ihnen«, sagt er. »Ich weiß überhaupt nicht, ob das in der Schweiz erlaubt ist, daß Ausländer jassen.« Er schlägt auf den Tisch. Ottos Kartenhaus stürzt zusammen. Der Barrierenwächter umklammert sein Bier. Otto sagt:

»Komm, Kari, laß sie.«

»Wieso ich?« sagt Karl laut und wendet sich Otto zu. »Die kommen doch hierher und spielen, daß es einem graust. Sie spielen ein Nell, wenn der Bauer noch nicht gelaufen ist.«

Otto nimmt sein Glas. »Prost!« sagt er. Er trinkt. Karl schaut ihn an. »Du bist wohl für diese gestopften Säcke?« sagt er. »Zuerst haben wir sie durchgefüttert, und jetzt kaufen sie jede Alpenwiese.« Er beugt sich über den Tisch und starrt Otto an.

»Aber nein«, sagt Otto. »Aber es sind doch nicht alle so.«

Karl bekommt geschwollene Adern an den Schläfen. »Sag das nochmals«, sagt er. »Sag das nochmals.«

»Was denn?« sagt Otto. »Daß sie nicht alle so sind?«

Karl nimmt sein Glas und schüttet Otto den Wein ins Gesicht. Otto spürt, wie ihm der Wein von der Stirne herunterläuft, über die Augen, den Mund, in den Hemdausschnitt. Er steht auf. Sein Stuhl fällt um. Er wischt sich mit dem Ärmel über die Nase. Sein Mund ist offen. Er starrt Karl an. Langsam, ganz langsam steht dieser auf. Ottos Unterlippe zittert.

»Willst du etwa einen auf den Schnauz?« sagt Karl. Er öffnet den obersten Knopf seines Kittels. Otto sagt:

»Das lasse ich mir nicht bieten, ich nicht.«

»So«, sagt Karl.

Alle Gäste der Wirtschaft haben jetzt die Jaßkarten auf die Tische gelegt. Es ist still. Alle schauen auf Karl und Otto, mit glänzenden Augen. Die Alten mit den Hüten lecken sich die Lippen. Sie trinken, ohne auf ihr Glas zu sehen. Otto und Karl stehen sich gegenüber. Sie schauen sich in die Augen. Otto läßt langsam den Ärmel seines Kittels den Arm hinuntergleiten. Karl öffnet jetzt mit kräftigen Rucken seinen zweitobersten, seinen zweituntersten und seinen untersten Knopf. Er schiebt die Rockschöße nach hinten und steckt die

32

Daumen in den Gürtel. Ottos Kittel hängt jetzt nur noch an seiner rechten Hand. Sein Oberkörper ist vorgebeugt. Die Mädchen stöhnen auf, als er einen Schritt nach vorn macht. Karl zieht mit einem Ruck den Kittel von seiner Schulter, auch sein Kittel baumelt jetzt nur noch über der rechten Hand. Der Barrierenwächter steht auf. Er nimmt sein Bierglas und geht an einen andern Tisch. Der Holzboden knarrt. Der Barrierenwächter setzt sich zu einem der Alten und nimmt einen Schluck Bier.

»Wie durch ein Wunder ist nichts passiert«, sagt er zu ihm.

»Wart nur«, sagt dieser, »das kommt schon noch.«

Langsam ergreift Otto mit der linken Hand den Halbliterkrug mit dem Weißwein. Er gießt sein Glas voll, stellt den Krug ab, nimmt das Glas, hebt es hoch und schaut Karl an. Karl starrt unbewegt zurück. Die Mädchen stecken sich die Finger in den Mund und beißen darauf. Otto schüttet Karl den Wein ins Gesicht. Sofort werfen beide die Kittel weg und stürzen sich mit geballten Fäusten aufeinander. In der Wirtschaft wird jetzt geredet und gelacht. Alle Gäste stehen. Die Mädchen klettern auf die Bänke und kreischen. Die Männer knöpfen langsam ihre Kittel auf, während sie die Schlägernden nicht aus den Augen lassen. Die Alten haben glänzende Augen, langsam tun sie die Hüte von den Köpfen, sie schlagen, während sie auf Karl und Otto schauen, die Fäuste der rechten gegen die Handflächen der linken Hand. Otto und Karl boxen sich an die Kinne. Die Serviertochter rennt von Tisch zu Tisch und sammelt die Gläser ein. Sie stellt Flaschen und Teller unters Buffet. Karl erwischt Otto mit einem Schwinger, so daß dieser über den Tisch der fremden Gäste fällt. Der Tisch kippt um, mit den Getränken, der Jaßtafel, den Karten. Die Männer in der Wirtschaft johlen. Die dicke Frau rennt mit einem erschreckten Gesicht rückwärts in eine Ecke des Lokals. Der Mann mit dem Schnurrbart hüpft zur Seite. Der Mann mit dem Overall bleibt stehen. Er strahlt übers ganze Gesicht.

Karl und Otto rollen durchs Lokal, stumm auf sich einschlagend. Endlich werfen sie den Tisch der Alten mit den Hüten um, diese ziehen die Kittel aus und stürzen sich auf die beiden. Nun schlägert das ganze Lokal. Die Mädchen starren mit glitzernden Augen auf die kämpfenden Männer. Alle brüllen jetzt. Flaschen fliegen durch die Luft, Bänke, Tische, Stühle. Die Glasscheibe der Musikbox zersplittert. Die Serviertochter schlägt die Hände vors Gesicht. Sie hört, hinter ihr Buffet gekauert, das Stampfen, Brüllen und Schlagen der Gäste, dann noch das Brüllen und Schlagen, dann nur noch das Schlagen. Dann ist es still. Die Serviertochter lugt über die Buffetkante. Sie sieht die Männer, die sich langsam vom Boden erheben und die Hosenbeine abklopfen. Sie stopfen sich die Hemden in die Gürtel und wischen sich den Schweiß von der Stirn. Die Saaltochter nimmt den ersten Tisch, der vor ihr steht, und schiebt ihn an seinen Platz zurück. Ein paar Männer liegen noch immer am Boden. Die Mädchen klettern von den Bänken und rennen zu ihnen. Sie wischen ihnen mit ihren Taschentüchern über die Stirn. Sie flüstern ihnen Worte ins Ohr. Die Serviertochter läuft in den Saal hinüber und bringt neue Stühle. Sie tut die abgebrochenen Stuhlbeine in den Kachelofen. Sie bringt Wein und Bier. Musik kommt aus der Musikbox. Die alten Männer reden laut und zeigen sich ihre Wunden. Karl und Otto sitzen mit roten Gesichtern nebeneinander. »Eine Runde fürs ganze Lokal«, ruft Karl. Er sieht sich mit seinen beiden blauen Augen im Raum um. Alle lachen und prosten ihm zu. Otto hält ein Seidentaschentuch in der Hand und tupft sich die blutende Stirn ab. Er lacht. Er bestellt zweimal Servelat mit Senf und Brot, einmal für Karl, einmal für sich. Alle reden jetzt sehr laut. Der Barrierenwächter sagt etwas zu seinem neuen Nachbarn, einem der jungen Arbeiter. Dieser nickt.

Der Mann im Overall und Karl reden miteinander. »Ich bin Setzer in einer Druckerei in Olten«, sagt Karl. »Wenn ich zur Arbeit fahre, ist Nebel, und wenn ich zurückkomme, ist wieder Nebel. Wir drucken Gebetbücher und Etiketten für Konservendosen, von morgens bis abends, von morgens bis abends. Schau meine Hände an. Am Freitag bin ich immer so. Am Samstag und am Sonntag fahre ich mit dem Velo an die Aare und fische, aber es hat keine Fische mehr. In der Nacht vom Montag träume ich dann wieder von den Setzmaschinen. Und du?« »Ich bin Pilot von einem Fesselballon«, sagt der Mann im Overall. »Diese da, die Dicke, ist Verkäuferin in einem Warenhaus, aber jetzt hat sie Ferien. Der mit dem Schnauz schreibt Bücher.«

»Aha«, sagt Karl. Otto erklärt inzwischen der dicken Frau und dem Mann mit dem Schnurrbart die Spielregeln der Wirtshausschlägerei. »Einmal in der Woche ist das Normale«, sagt er, »aber man muß mit der Vorbereitung schon zu Hause anfangen. Wenn einer schon gutgelaunt in die Wirtschaft kommt, wird später nie eine brauchbare Schlägerei daraus.« Die Serviertochter bringt eine neue Runde Bier. »Jetzt, danach«, sagt Karl, »trinke ich immer Bier, oder einen Magdalener. Während der Arbeit kann ich dafür keinen Weißen trinken, ich würde die Maschinen zusammenschlagen vor Wut.« Er tastet mit den Fingern über die geschwollenen Augen. »Ist euch auch schon aufgefallen«, sagt er dann, »daß das Schweizer Bier friedlicher ist als das deutsche? Eine Flasche Feldschlößchen oder Salmen macht ruhig wie ein Schaf, ein deutscher Humpen aber macht böse wie ein nasser Zollbeamter.« Der Mann mit dem Schnurrbart nickt. Dann singen alle. Sie singen »Vo Luzärn gäge Wäggis zue« und »Lustig ist das Zigeunerleben« und »Grüetziwohl, Frau Stirnimaa«. Otto hat, wenn er singt, eine Fistelstimme, wie ein Sopran. »Schunkeln tun wir nie«, schreit er der dicken Frau ins Ohr, die ihn am Arm hält. »Lieber versinken wir im Erdboden.«

Dann öffnet die Saaltochter die Fenster und stellt die freien Stühle auf die Tische. Sie ruft: »Feierabend!« Sie geht von Tisch zu Tisch und kassiert. Karl gibt ihr ein rechtes

Trinkgeld. Sie lacht. »Ihr seid mir zwei«, sagt sie. Karl und Otto stehen auf, nehmen den Regenschutz und die Pelerine und öffnen die Tür. »Gute Nacht«, sagen sie. Der Barrierenwächter ruft etwas. Sie lachen. Sie gehen die Stufen hinunter, es regnet nicht mehr, und ein leiser Wind rauscht in den Kastanienbäumen. Sie hören, während sie an einen Baum pinkeln, fernes Hundegebell. Sie bellen auch. Karl sucht in seinen Taschen nach dem Schlüssel für das Fahrradschloß. Otto singt. Er krempelt die Hosenbeine hoch und schaut zu, wie das Polizeiauto vor der Wirtschaft hält. Zwei Polizisten steigen aus und gehen langsam die Stufen hinauf. Karl steckt sich seine Fahrradklammern an. Sie nehmen ihre Fahrräder, schwingen sich in den Sattel und fahren los, Karl nach rechts, Otto nach links. Sie rufen sich Sätze zu, bis sie sehr weit auseinander sind. Schwankend fahren sie durch die leere, dunkle Dorfstraße. Ein halber Mond kommt zwischen den Regenwolken hervor. Sie hören jetzt nur noch das Surren ihrer Dynamos und, in ihrem Rücken, das ferne Grölen der Gäste des Restaurants Zum Kreuz. Sie atmen tief ein und aus. Ahh. Mit kräftigen Schritten gehen sie zur Haustür und stecken den Schlüssel ins Schloß.

## Appenzell

Ein kleiner Bauer sitzt an seinem kleinen Tisch im Eßzimmer. Es ist Abend. Die Lampe brennt. Der kleine Bauer schaut auf seine Frau, die am Fenster steht, die Vorhänge einen Spalt geöffnet hat und in die Nacht hinaussieht. Sie beißt sich auf die Lippen. Jetzt nimmt sie eine Stricknadel, eine Nadel und einen Fadenkorb vom Buffet aus Tannenholz und setzt sich auf einen niederen Schemel. Der Bauer kaut an einem Federhalter, den er noch von der Schulzeit hat. Er taucht die Feder in die Tinte. Dann schreibt er kreischend: »Appenzell, den 18. Jänner 1974.«

»Was schreibst du denn?« fragt seine Frau. Sie trägt eine Tracht, ihre Haare sind hinten in einen Knoten gebunden, sie trägt Hausschuhe. Sie beugt beim Sticken das Gesicht tief über den Stickrahmen.

»Ich, nichts«, sagt der Bauer. »Ich schreibe dem Steueramt, wegen der Milchsteuern.«

»Aha«, sagt die Frau und stickt.

In Wirklichkeit schreibt der Bauer aber: »Geliebte!« Er stockt. Er schaut seine Feder an, dann holt er mit den Fingern einen Faden zwischen den Federspitzen hervor, der seine Schrift zum Schmieren gebracht hat. »Mein Großvater war aus Innerrhoden, mein Vater war aus Innerrhoden und ich bin aus Innerrhoden. Wir sind katholisch in der achten Generation. Du aber bist aus Außerrhoden und protestantisch. Ach, meine Sonne, unserem Schicksal haftet eine Tragik an!« Der Bauer schaut auf. Er hat mit seinem Ärmel das Datum verschmiert. Es ist nicht so wichtig, daß sie das Datum lesen kann, denkt er, dieses Tüpfi. Er taucht den Federhalter wieder ein.

Die Stubenuhr tickt.

»Du schreibst dem Steueramt ja einen ganzen Roman«,

sagt die Frau. »Ja«, sagt der Mann, »das muß man. Man muß begründen, warum man keine Milchsteuern bezahlen will.«

Die Frau nickt und stickt weiter. »Mein Herz!« schreibt der Bauer. »Aus diesen Gründen schlage ich Dir vor, daß wir uns übermorgen, den 20. Jänner 1974, im Restaurant Kantonsgrenze treffen, auf halbem Weg zwischen Urnäsch und Appenzell. Du kannst bei Einbruch der Dunkelheit mit Deinem Velo losfahren, und ich habe ja das Solex. Dein Freund und Geliebter.« Der Bauer faltet den Brief. Er schiebt ihn in ein Briefkuvert. Das ist ein schöner Brief geworden, denkt er, er wird meine neue Freundin zu Tränen rühren. Gleichzeitig nehme ich ihr alle Flöhe aus den Ohren. Innerrhoden bleibt Innerrhoden, und darum habe ich immer eine Geliebte aus Außerrhoden. Die sind dort alle ziemliche Luder, wenn auch nette, scharfe. Der Bauer schreibt die Adresse auf den Brief, er unterstreicht den Ortsnamen doppelt. Er klebt eine Dreißigermarke drauf. Dann steht er auf. »Ich muß schnell zum Briefkasten«, sagt er.

»Ja«, sagt seine Frau und stickt weiter.

Auf dem Weg nach draußen bleibt er vor dem Spiegel stehen. Er ist nicht eitel, aber er sieht schon prächtig aus, denkt er. Er hat hohe Schuhe mit Nägeln an den Sohlen, schwarze Röhrenhosen, breite, rote Hosenträger, ein graues Hemd ohne Kragen und ein graues Gilet. Sein Gesicht ist sehr hübsch. Es ist voller Bartstoppeln. Um zu sehen, daß er eine Glatze hat, muß einer schon größer sein als er. Er nickt sich zu, dann rennt er den Weg vom Hof zur Wegkreuzung hinunter, wo der Briefkasten an einer Telefonstange hängt. Er wirft den Brief ein. Fröhlich vor sich hin pfeifend geht er den Weg wieder hinauf. Sterne stehen am Himmel. Ein leiser Wind weht. Vor ihm, in der schwarzen Nacht, schimmert das gelbe Licht des Eßzimmerfensters seines Hauses. Auch im ersten Stock brennt Licht. Hunde bellen in der Ferne. Ein Kauz schreit. Die Liebe ist ein herrlich Ding, denkt er.

Gerade die Kleinsten haben die größte Liebeskraft. Ist es nicht so?

Zu Hause setzt er sich wieder an den Tisch. Er summt vor sich hin. »Wo hast du die Zeitung hingetan?« fragt er. Da sieht er, daß der Stickrahmen, die Nadel und das Garn neben dem leeren Schemel liegen. »Nanu!« sagt er. Er lacht und holt den letzten Brief seiner Freundin aus seiner Unterhose, wo er ihn versteckt hat. Er liest. »Geliebter!« schreibt die Freundin. »Tag und Nacht bist Du mein einziger Gedanke. Früher einmal hatte ich einem aus Zürich mein Herz geschenkt. Alles an ihm erschien mir so groß, so prächtig, so stark. Seit ich Dich kenne, Du Schöner, weiß ich, daß es nicht auf Millimeter, Zentimeter, Dezimeter, Meter und Kilometer ankommt im Leben. Oh, die Sinne wollen mir vergehen, wenn ich daran denke, wie Dein Morgentau meinen Rosengarten benetzet.« Der Bauer fährt sich mit dem Jackenärmel über die Stirn. Dann steht er auf, um sich ein Glas Obstschnaps einzuschenken. Als er aus der Küche zurückkommt, hört er vom ersten Stock her, da wo die Schlafkammern sind, ein dröhnendes Lachen, dann ein Gurren. Ist denn heute Hörspieltag? denkt er. Ich habe immer gemeint, das Hörspiel sei am Mittwoch. Er setzt sich wieder. »Wir wollen, mein Schatz, nach Sankt Gallen fahren zusammen«, liest er weiter. »Wir nehmen ein Einzelzimmer, weil wir ja gut zusammen Platz haben in einem Bett, nicht wahr, mein Herz?« Der Bauer nickt. Staub rieselt von der Holzdecke auf seinen Brief herunter, und er hört ein Geräusch, als würde jemand einen Indianertanz aufführen über ihm. Sicher macht sie die Skigymnastik von Radio Beromünster, denkt er. Das ist eine gute Gelegenheit. Er steht auf, öffnet das Buffet, schiebt die Schachtel mit dem nur an Begräbnissen benützten Besteck beiseite und holt sein Album hervor. Langsam blättert er es durch. Er hat von jeder Freundin ein Foto eingeklebt. Darunter hat er geschrieben, wann, wo und wie das erste Beisammensein war. Daneben hat er eine Haarprobe geklebt. Er starrt darauf. Er wischt sich den Schweiß von der Stirn. Es ist ein seltsames Hobby, was ich da habe, denkt er, aber mit meinem Velosolex kann ich es schon durchhalten. Versonnen sieht er auf die gekräuselten Haare der vorletzten Geliebten. Sie ist auch aus Urnäsch gewesen, denkt er. Die Urnäscherinnen sind sehr lieb. Ihre Männer sind blöd. Sie stehen in den Ställen und melken die Kühe und merken nicht, daß ihre Frauen mit uns im Heu liegen. Vielleicht fange ich eines Tages damit an, Außerrhodener Dessous zu sammeln, und eventuell sogar Sankt Galler Spitzen. Er schenkt sich einen zweiten Schnaps ein und trinkt ihn aus.

Dann hört er, daß schwere Schritte die Treppe herunterkommen. Schnell setzt er sich auf das Album und tut den Brief in die Unterhose. Er reckt den Kopf, um zu sehen, wer es ist. Sein Freund Karl, der Briefträger, betritt den Raum, mit der um die Schultern gehängten Briefposttasche. Die Pöstlermütze sitzt, etwas nach hinten verschoben, auf seinem Kopf. Schweiß steht auf seiner Stirn. »Kari«, ruft der Bauer erfreut. »Bringst du mir noch Post, so spät in der Nacht?«

»Nein, nein«, sagt der Briefträger. »Es ist für deine Frau gewesen. Darum komme ich ja auch von oben. Ein Brief vom Steueramt.«

»Ach so«, sagt der Bauer. »Schade. Ich erwarte nämlich ein Schreiben aus Urnäsch, weißt du, über einen eventuellen Saukauf. Nimmst du einen Schnaps?«

»Warum nicht?« sagt der Briefträger. Er setzt sich hin, ruckt die Hosen hoch, prüft mit dem Daumennagel, ob alle Knöpfe zu sind und legt die Kappe auf den Tisch. Jetzt kommt auch die Frau ins Zimmer. Sie lacht und singt vor sich hin. Mit tänzelnden Schritten geht sie zum Buffet und schenkt sich einen Schnaps ein.

»Was will denn das Steueramt?« fragt der Bauer.

»Das Steueramt?« sagt seine Frau.

Der Briefträger fängt schnell eine Geschichte an zu erzählen, so daß die Frau nicht weiterreden kann. Da hat er etwas

Lustiges gehört, sagt er mit einem roten Kopf. »Hört einmal. Also. Da haben ein Innerrhodener und eine Außerrhodenerin geheiratet –«

»Das geht doch gar nicht«, sagen die Frau und der Bauer gleichzeitig.

»– und sie machen nun also ihre Hochzeitsreise. Sie fahren nach Sankt Gallen. Sie mieten sich ein wunderbares Zimmer im Hotel Schwanen.«

»Was kostet so eins?« fragt der Bauer. »Ein Einzelzimmer?«

»Sie stehen also da voreinander«, sagt der Briefträger, »es ist ihre erste Nacht, ihr versteht schon. Wir sind ja alle erwachsen, nicht wahr. Also«, sagt der Briefträger, »sie ziehen sich also langsam aus, er den Zylinder, die Frackschleife, das Kragenknöpfchen, die Hemdenbrust, die Manschetten, das Unterleibchen, die Schuhe, die Socken, die Sockenhalter, die Hosen. Sie den Brautkranz, die goldene Kette von der Großmutter, das weiße Brautkleid, die Schuhe, die Strümpfe, den Unterrock, den Strumpfhalter und den Büstenhalter. Sie schauen sich beide lange an, in ihren Unterhosen. Muß man, sagt die Braut dann leise, die Unterhosen auch ausziehen? Ich, ich weiß nicht, sagt der Bräutigam, ich, ich kann nicht. Aber die Braut will jetzt endlich das Wunder der Liebe erleben. Sie packt sein Unterhosenelastik und streift die Unterhose nach unten. Da fällt ein ganzer Haufen Briefe auf den Boden. Es sind die Liebesbriefe von den alten Bräuten des Bräutigams!«

Der Briefträger lacht dröhnend.

»Nein!« sagt der Bauer. »Gibt es so etwas?«

»Unglaublich!« sagt die Frau. »Er hat andere Frauen gekannt?« Sie macht ein Kreuzzeichen.

»Ja«, sagt der Briefträger. »Und dann hat sich der Bräutigam halt ins Unvermeidliche geschickt und der Braut auch die Dessous heruntergezogen. Was meint ihr, was er da gesehen hat?«

»Das kann ich mir schon vorstellen«, sagt der Bauer. Er kichert. Er schenkt sich seinen dritten Schnaps ein.

»Eben nicht«, sagt der Briefträger und lacht noch dröhnender. »Er hat gar nichts gesehen. Sie hat kein einziges Haar mehr gehabt. Weißt du nicht, daß die Außerrhodener Frauen allen ihren Geliebten immer eine Haarlocke schenken? Sie ist ganz kahl gewesen!«

»Das muß eine heidnische Sitte sein«, sagt die Frau. »Ich kann es kaum glauben.«

»Es ist eine wahre Geschichte. Es ist vor zwei Jahren gewesen. Sie ist eine aus Urnäsch«, sagt der Briefträger.

Alle drei trinken ihr Schnapsglas aus. Der Bauer schwitzt. Vorsichtig greift er nach hinten, um zu prüfen, ob sich das Album nicht verschoben hat. Die Frau hat ein hitzerotes Gesicht. Der Briefträger umklammert sein Glas wie einen Edelstein. Eine Fliege setzt sich auf den Tisch und leckt an einem Schnapstropfen.

»Es ist unglaublich, was solche Frauen ihren Liebhabern alles schreiben«, sagt der Briefträger schließlich. »Es sind alles verheiratete Frauen, und verheiratete Männer.«

»Ja«, murmelt die Frau, »unglaublich.«

Der Bauer nickt. Er schlägt mit der Faust nach der Fliege.

»Wir von der Post kriegen da ja so manches mit, das sage ich euch«, sagt der Briefträger. »Was diese Luder so schreiben! Sie schreiben Sachen wie: Du Sonnenstich meiner Unschuld, wenn ich dich auf deinem Velo kommen sehe, mit deiner lieben Kappe auf dem Kopf, da will mir mein Herz stillstehn vor innerem Jubel. Was sagt ihr dazu?«

»Wie können Sie so etwas vor uns allen sagen?« sagt die Frau und sieht den Briefträger mit weit aufgerissenen Augen an.

»Wieso: mit deiner Kappe auf dem Kopf?« fragt der Bauer.

»Kappe?« sagt der Briefträger. »Ach so. Vielleicht, vielleicht ist der Mann, den sie meint, bei der Bahn, oder ein

Grenzwächter.« Er wischt sich den Schweiß mit einem großen karierten Taschentuch von der Stirn. Die Frau beißt sich auf die Unterlippe. Der Bauer nickt.

»Oder er ist ein Leutnant«, sagt er. »Ich habe auch von diesen Frauen gehört. Sie sehen ja auch danach aus, mit ihren Miniröcken, wo man beim leisesten Windstoß ihren ganzen Hintern sieht. Man hat mir gesagt, solche Frauen schreiben zum Beispiel: Du Blasebalg meiner Leidenschaft, ich sehne mich unsäglich nach dir. Ich halte es nicht mehr aus ohne dich. Ich reiße mir die Kleider vom Leibe, wenn ich an dich denke. Ich werfe mich dir zu Füßen. Ich liebe dich bis zum Wahnsinn. Ich bin dein Spielzeug. Mach mit mir, was immer du willst, mein Held!« Der Bauer hustet, er reibt sich mit den Fäusten in den Augen, dann schaut er seine Frau an. »Ist das nicht gräßlich?« sagt er.

»Gibt es so Frauen bei uns im Appenzell?« fragt sie.

Der Bauer nickt mit einem ernsten Gesicht. »Sie haben die Unterhose voll von Liebesbriefen«, sagt er. »Sie lesen sie, wenn der Alte nicht da ist, im Stall oder auf dem Abtritt.«

»Sag einmal«, sagt die Frau zu ihrem Mann, »kannst du dir vorstellen, daß es auch Männer gibt, die an Frauen Sachen schreiben wie: Tag und Nacht denke ich an die süßen Hügel deiner Brüste, Geliebte. Du bist der Mimosenhauch meiner Morgengedanken. Ich liebe dich. Ich liebe dich.«

Der Bauer und der Briefträger schauen sie verdutzt an. »Woher hast du so etwas?« fragt der Bauer. »Das ist doch nicht deine Art!« »Ich, ich habe davon gehört, beim Milchabliefern«, sagt die Frau. »Da reden die Frauen miteinander.« Sie trinkt schnell einen Schluck Schnaps. Sie zieht, durch den Rock hindurch, ihre Unterhose nach oben. Sie wischt sich mit dem Handrücken eine Träne aus den Augen.

»Solche Briefe hast du mir früher auch einmal geschrieben«, sagt sie leise zum Bauern.

»Da waren wir auch noch nicht verheiratet«, sagt dieser. »Ich finde, man müßte solchen Frauen eine ordentliche

Tracht Prügel verabreichen, auf den nackten Hintern, öffentlich.«

Der Briefträger nickt. Er zündet sich einen Stumpen an und pafft den Rauch über den Tisch.

»Es ist ja so«, sagt er langsam, »wenn eine Frau mit einem Mann ein Geschleif hat, dann riskieren sie es normalerweise nicht, unter der Nase des Mannes etwas miteinander zu machen. Ich weiß das. Ich komme im Land herum wie niemand sonst. Der Mann hat ja sein Sturmgewehr im Schrank. Stell dir einmal vor, du würdest da unten sitzen und das Hörspiel hören und oben ...«

»Es würde ein Blutbad geben, das sage ich dir«, sagt der Bauer.

»Eben«, sagt der Briefträger. »Ich habe gehört, es gibt welche, die fahren nach Sankt Gallen und nehmen dort ein Einzelzimmer, weil die Betten so groß sind, die Säue.«

»Was kosten die?« fragt der Bauer.

»Dreizehnfünfzig«, sagt der Briefträger.

»Ich bin ja nur ein Bauer«, sagt der Bauer. »Ich habe mit solchen Leuten ja kaum etwas zu tun. Aber du, in deinem Beruf. Die Briefe sind heutzutage sicher voll von den unglaublichsten Schweinereien.«

»Allerdings«, sagt der Briefträger. »Ich persönlich mache natürlich nie einen Brief auf. Es gibt ja das Postgeheimnis.«

»Soso«, sagt der Bauer. Er nickt.

»Es soll die Möglichkeit geben, Briefe über dem Dampfbad aufzumachen«, sagt der Briefträger. »Es gibt ja auch Fräuleins vom Elf, die sich alle Gespräche anhören. Was die Leute sich alles am Telefon sagen! Männer und Frauen, die nicht einmal verlobt sind. Eine aus Appenzell, die beim Telefon arbeitet, hat mir das alles einmal ganz genau erzählt.«

»Soso«, sagt der Bauer. Er schenkt allen einen Schnaps ein. Sie trinken. Die Standuhr schlägt. Der Briefträger schaut auf die Frau, die vor sich aufs Tischtuch starrt.

»Woher hast du die Geschichte von der Hochzeitsnacht?« sagt schließlich der Bauer.

Der Briefträger sieht ihn an. »Die hat mir auch das Fräulein vom Elf von Appenzell erzählt«, sagt er. »Sie hat sie selber erlebt, wenn ich mich recht erinnere.«

»Sie, Sie scheinen sie gut zu kennen!« sagt die Frau und fängt plötzlich an zu schluchzen. Der Bauer und der Briefträger sehen sie verblüfft an. »Aber, aber«, sagt der Bauer und schüttelt sie am Arm. Er trinkt einen Schnaps. Die beiden Männer sitzen sich stumm gegenüber, während die Frau schluchzt, dann schnüffelt, dann hochsieht und sich die Augen mit dem Ärmel auswischt. Dann lächelt sie. »Ich habe zu viel getrunken, das ist es«, murmelt sie.

»Ich glaube, es ist Zeit jetzt«, sagt der Briefträger und steht auf. Stehend trinkt er sein Glas leer. Er gibt dem Bauern die Hand, dann der Frau. Der Bauer und die Frau begleiten ihn zur Tür. Sie sehen ihm nach, wie er schwankend sein Fahrrad aus dem Brombeergebüsch holt und in weiten Bogen den Weg hinunterfährt. Unten, an der Wegkreuzung, unter der Straßenlaterne, hält er und holt einen Brief aus dem Briefkasten. Er winkt. Ein leiser Wind weht. Es ist still. Der Mond steht über den Hügeln. Der Bauer und die Frau sehen zu den Sternen hoch, lange, schweigend. Es will ihnen sein, sie sähen die Positionslichter eines Luftschiffs vorbeischweben, eines Ballons oder so etwas. Sie seufzen. »Es ist gut, miteinander zu reden«, sagt die Frau leise, »ich meine, fast so wie heute, nur . . .«

Der Bauer nickt. Er räuspert sich. »Der Briefträger ist eine Sau«, sagt er. »Immer redet er von so Sachen.«

»Ja«, sagt seine Frau. Sie gehen ins Haus zurück. Sie berührt, einen Augenblick lang, die Hand des Bauern. Dann gehen sie hintereinander die Treppe hinauf, schweigend, mit ihren Kerzen in der Hand. Ihre Gestalten werfen lange, große Schatten gegen die Wände.

## Aargau

Von hoch oben, aus einer rosa Morgenluft, aus einem Fesselballon gesehen, ist der Aargau sanft, hügelig, blaß, blühend, und wenn wir in der Korbgondel, in der wir sitzen, eine Lupe haben oder besser ein Fernrohr, sehen wir durch den Dunst, der die grünen Matten entlangkriecht, Kornähren, Mohnblumen, Kirschbäume, Bäche in schnurgeraden Betonkanälen. Traktoren mit Kesselwagen spritzen Ungeziefervertilgungsmittel über die Äcker. Sanft ringeln sich Wege um Grasbuckel auf ein Dorf zu, mit einer Kirche, mit großen Schindeldächern, mit Betondachterrassen, auf denen Bäume in Töpfen stehen und Liegestühle und Partyschaukeln. Blaue Schwimmbassins sind in Gärten. Der Pilot zieht am Gashahn. Das Gas zischt in die Luft. Wir sehen nun alles mit bloßem Auge, taufeuchtes Gras und Hasen und Bäume und Autos, die auf einer Überlandstraße vorbeifahren. Aus einem Kamin kommt roter Rauch. Wir frösteln. Rauschend senkt sich der Ballon zwischen Apfelbäume. Nasse Zweige schlagen uns ins Gesicht. Wir torkeln aus dem Korb. Wie Seemänner stehen wir schwankend im Gras, der Pilot, die dicke Frau und ich.

»Hier ist normalerweise dicker Nebel«, sage ich. »Erst am Mittag lichtet er sich. Wenn man auf Wolken gehen könnte, könnte man jeden Morgen vom Bözberg zur Habsburg hinübergehen, ohne durch ein Wolkenloch in die Aare oder auf die Autobahn zu stürzen.« Die dicke Frau lächelt. Wir gehen auf einem asphaltierten Weg, auf dem Dreckspuren von Traktoren zu sehen sind. Die Brüste der dicken Frau bewegen sich beim Gehen. Kleine weiße Wolken kommen aus ihrem Mund. Der Pilot öffnet den Overall. Er sieht sich um.

»Das ist meine amtliche Heimat«, brummte ich. »Wenn ich arm werde, komme ich in das Waisenhaus von hier.«

Vogelschwärme fliegen aus den Kornfeldern auf. Sie fliegen krächzend über uns hin. Ich starre hinauf. Zwei Bauern mit Armeekarabinern auf dem Rücken begegnen uns. Wir grüßen sie. Sie schauen uns an. Sie tragen Sonntagsanzüge und hohe Schuhe. Wir gehen an einem Futtersilo vorbei. Wir riechen ein Kunstdüngerlager. Ein Transformatorenhäuschen summt. Zwischen einer Fabrik für Elektrogeräte und einer Karosseriewerkstätte steht ein Bauernhaus mit einem tiefen Dach, Blumen, einem Miststock, einer Holzbeige. Ein Opel Rekord steht vor der Scheune. Ein Knecht in einem blaßblauen Militärüberkleid schlurft über den Hof. Er schleift eine Mistgabel hinter sich her. Wir kommen auf den Dorfplatz. Kirchenglocken läuten. Männer und Frauen gehen mit Gebetbüchern in der Hand aufs Kirchentor zu. Wir sitzen mit baumelnden Beinen auf einer Mauer und schauen auf die Gläubigen. Die Glocken hören auf zu läuten, eine nach der andern. Dann ist es wieder still. Grasmähmaschinen knattern in der Ferne. Ich höre einen Schrei.

»Habt ihr das gehört?« frage ich nach einer Weile. Eine bleierne Stille liegt jetzt auf dem leeren Kirchplatz.

Die Frau sieht mich an. Sie nickt. Der Ballonführer sagt: »Es hat jemand geschrien, als würde er umgebracht.«

Ich schaue über den Kirchhof hin, auf dem hohe alte Ulmen stehen. Autos parken in dem Teil, auf dem die Urahnen liegen. Er ist plattgewalzt und asphaltiert. Die Grabsteine hinter der Friedhofmauer sind alle gleich groß und aus demselben Stein. Ich sehe meine Freunde an. Keiner von uns will in diese Kirche, denke ich, und keiner auf diesen Friedhof.

»Bei uns, wenn wir nicht in den Kindergottesdienst kamen, machte der Sigrist uns eine Kartoffel ins Sündenbuch«, sagt die dicke Frau. »Wenn wir drei Kartoffeln hatten, wurden wir nicht konfirmiert.«

Jetzt höre ich das Schreien wieder, glaube ich. Ich schaue vor mich hin. Es erinnert mich an etwas. Ich räuspere mich.

»Ich habe hier noch immer sieben Tanten und drei Onkel«, sage ich leise. »Sie sind fromm und haben eine Sekte gegründet, weil ihnen der neue Herr Pfarrer nicht gepaßt hat. Sie haben Anhänger im ganzen Aargau. Ich weiß nicht genau, was sie machen, ich habe Angst.« Ich schaue über den Platz hin, zu den Häusern gegenüber, auf die Dächer, über die das Schreien nun viel deutlicher zu hören ist. »Ich könnte zu euch sagen«, murmle ich, »geht doch schon in den Gasthof Zum Kreuz und bestellt einen Kaffee mit Träsch oder ein Bier oder einen Halben, ich muß einen Besuch machen. Ihr nicktet. Ich sähe, wie der Pilot den Arm um die dicke Frau legte, und lachend ginget ihr ins Restaurant hinüber, vor dem der weiße Koch steht, mit dem Menü in der Hand. Ich zitterte vor Schrecken. Ich wischte mir über die Augen. Dann stünde ich auf, ginge über den Platz, durch eine schmale Straße, dem lauter werdenden Schreien nach, zwischen Gärten mit Dahlien, Sonnenblumen, Kletterrosen. Ich sähe in mir unklare Bilder von lachenden alten Frauen mit bösen Zähnen. Bienen surrten. Ich sähe dann ein Haus, aus dessen Kamin roter Rauch käme. Ich erschräke. Das Schreien wäre jetzt gut hörbar. Wenn es nur nicht ist, was ich befürchte, dächte ich, Herrgott nochmal! Ich steckte mir einen Stumpen in den Mund, um mehr wie von hier auszusehen, sowieso hätte ich klobige Schuhe an, graue Hosen mit breiten Hosenträgern, einen grauen Kittel, ein weißes Hemd, eine schlecht gebundene Krawatte und einen Hut, den ich in den Nacken geschoben hätte. Ich ginge bedächtig. Lange stünde ich am Gartentor, vor einem modernen niedrigen Zaun, über den ich mit einem einzigen Schritt gehen könnte. Ich öffnete das Türchen. Ein Plattenweg führte zur Haustür, bei der, neben einer blauen Hausnummer, eine Gußeisenlampe mit gelbem Glas befestigt wäre. Es wäre ein Fertighaus. Ich sähe die schnörkeligen Initialen der Besitzer auf dem weißen Verputz. Ich klingelte. Sofort ginge die Tür auf. Ein Mann stünde vor mir, mit weißen Haaren, mit einem gütigen Lächeln. Ich

habe von der heutigen Versammlung gehört, sagte ich mit
dem Hut in der Hand. Ich bin ein Bruder aus dem Ausland.
Darf ich eintreten?«

»Was brummelst du da vor dich hin?« fragt die dicke
Frau. Ich werde rot. »Ich neige zum Tagträumen«, sage ich
laut. »Früher stand ich immer in einer Zimmerecke und
stellte mir vor, ich bin Postchauffeur auf einer gefährlichen
Paßstraßenstrecke oder Lokomotivführer. Ich hatte ein eige-
nes Land mit einer Hauptstadt, die wie ich hieß. Wir sprachen eine eigene Sprache und hatten eine Geheimschrift. Ich
konnte alle arabischen Wörter aus den Karl Mays auswendig
und den Namen des Freunds von Kara Ben Nemsi. Wet-
ten?«

»Ein Bier«, sagt der Pilot.

»Hadschi Halef Omar Ben Hadschi Abul Abbas Ibn Hadschi Dawud al Gossarrah«, sage ich.

»Gassorrah«, sagt der Pilot, »da bin ich sicher.«

»Ich auch«, sage ich. »Ich bin doch selber Hadschi Halef
Omar gewesen, früher. Ich werde doch wissen, wie ich
heiße.«

Wir schauen wieder über den Platz hin. Aus der Kirche
kommt jetzt ein gedämpfter Gesang. Ich denke, daß der
Mann mit den weißen Haaren mich prüfend ansähe. Wir
sind gerade fertig, sagte er, bitte, stoßen Sie zu uns, zu Kuchen
und Andacht. Ich nickte. Ich folgte ihm durch einen kleinen
Korridor mit einem Schirmständer, einem Kokosläufer,
Kreuzen aus Porzellan an der Wand. Im Wohnzimmer säßen
Männer. Die Frauen, die stünden, hätten ihre Haare in Knoten gebunden und redeten leise. Die Männer säßen auf der
vordersten Kante der Stühle. Ich setzte mich. Ich berichtete,
mit gemessenen Worten, von den Arbeiten meiner Gemeinde
in meinem Land. Alle nickten. Die Frauen hätten Zähne wie
Eisbären, wenn sie mich anstrahlten. Die heftigen Augen des
Mannes mit den weißen Haaren wären auf mich gerichtet.
Sie glühen, dächte ich.

Was war das für ein Schreien, fragte ich dann, nach der vierten Tasse Sonntagswein. Mein Nachbar starrte mich an. Sie wissen es nicht, fragte er völlig entgeistert, Bruder? Sie wissen es nicht? Teufel, sagte ich, ich weiß es schon, aber ich hätte mir gerne Einzelheiten berichten lassen.

Einzelheiten? fragte er. Teufel??

Ich nickte. Mein Herz schlüge. Ich stünde auf und ginge hinaus, auf die Toilette. Während ich die Tür schlösse, sähe ich, wie mein Nachbar, ein junger Mann mit einem fleckigen Gesicht, auf den Mann mit den weißen Haaren einredete. Unsere Blicke träfen sich durch den Spalt der sich schließenden Tür. Ich hörte das Murmeln der Bibelandacht, während ich mit heruntergelassenen Hosen dasäße und dächte, wie ich in den Keller kommen könnte. Wie ich aber die Tür öffnete, stünde der weiße Mann direkt vor mir. Ich blickte in seine enzianblauen Augen. Ein Frösteln durchrieselte mich. Er hielte den Kopf schräg, er hätte einen verklärten Blick, seine wulstigen Lippen wären ganz nah bei meinem Ohr.

Wie heißt, genau, Bruder, die Gemeinschaft, von der Sie zu uns geschickt worden sind? fragte er. In der Hand hielte er ein Kreuz, ein ziemlich schweres aus Metall.

Wir, wir sind aus Ulm, ja, aus Ulm, murmelte ich, während ich lächelnd und schwitzend rückwärts auf die Tür zuginge. Ich öffnete sie und rennte los, über den Rasen, mit einem Sprung über den Zaun, durch die schmale Straße. Am Ende der Straße wendete ich mich um. Niemand wäre mir gefolgt. Leer läge der Dorfplatz vor mir, mit der Kirchhofmauer, und die höher gestiegene Morgensonne schiene mir in die Augen. Ich wischte mir den Schweiß von der Stirn. »Wir können geradesogut auch in die Wirtschaft gehen«, sagt der Pilot. »Einen Ballon kann ich auch mit 0,8 Promille steuern.« »Dann mal los«, sagt die dicke Frau.

»Ich wollte einmal Jet-Pilot werden«, sagt der Pilot. »Es war mein größter Traum. Aber ich bin kurzsichtig. Brillenträger nehmen sie nicht bei der BEA, weil ihnen beim Landeanflug die Brillengläser beschlagen könnten, und dann gute Nacht.«

Wir hüpfen von der Mauer hinunter und klopfen uns den Staub von den Hosen. Dann schlendern wir über den großen Dorfplatz, auf den Gasthof Zum Kreuz zu.

Ich ginge auch in den Gasthof Zum Kreuz, denke ich. Der Gastraum wäre aus altem Holz, hellbraun, und eine grüne große Kunst stünde in der Ecke. Inschriften wären auf den Balkendecken. An den Tischen säßen Männer und Frauen. Sie wären die Kirchgänger, die aus dem Gottesdienst zurück wären. Dann sähe ich auch die dicke Frau und den Piloten, sie säßen mit ein paar älteren Männern und dem Pfarrer am Stammtisch. Über ihnen hinge ein Bild von General Guisan. Ich grüßte, dann setzte ich mich neben die dicke Frau, die neben dem Pfarrer säße. Sie tränken Rotwein. Ich winkte der Serviertochter. Ich brauche schnell einen Kirsch, flüsterte ich. Nachdem ich ihn gekippt hätte, sagte ich, über die dicke Frau hinweg, zum Pfarrer: Herr Pfarrer, Herr Pfarrer, sagen Sie, gibt es Sekten in Ihrem Dorf?

Sekten? fragte er. Sekten? Aber nein.

Ich lächelte. Ich zündete mir eine Brissago an. Aber, sagte ich, wenn ich zum Beispiel an meine Tanten denke. Sie haben sich, nur weil ihnen der neue Herr Pfarrherr nicht gefiel, ein Harmonium gekauft, den Keller ausgemistet, eine Kommode wie einen Altar angemalt und sich einen Kirchennamen ausgedacht.

Ja, sagte der Pfarrer, ich weiß. Sie sind anständige Leute, wenngleich wir sie als irregeleitete Schafe ansehen müssen. Er lächelte. Er nähme einen Schluck und prostete mir zu. Er hätte weiße Haare. Nach dem Essen schlenderten wir, der Pfarrer, der Pilot, die dicke Frau und ich, durch das Dorf. Ich böge in die Straße ein, die zu dem Haus mit dem roten Rauch führte. Der Pfarrer bliebe stehen. Er starrte mich an. Nein, sagte er, das ist kein rechter Spazierweg. Gehen wir dort durch.

Bitte, Herr Pfarrer, sagte ich, hierdurch, nur einmal, nur heute. Brummelnd folgte er uns. Wir sprächen über die Vorzüge der Butterrösti, wie wir sie eben gegessen hätten. Der Pilot kennte sich nicht aus im Essen. Er hätte weder eine Härdöpfelsuppe noch ein Büürli jemals gegessen, und ich zeichnete sie ihm mit der Fußspitze in den Sand, der auf dem Trottoir vor dem Haus läge, aus dem ich jetzt nur noch ein leises Wimmern hörte.

Herr Pfarrer, sagte ich plötzlich, jetzt ist der Moment da, wo wir wissen wollen, was da drin Teufels los ist. Ich spränge über den Gartenzaun.

Das können Sie nicht tun, riefe der Pfarrer und reckte die Arme in die Höhe. Das ist Privateigentum. Das dürfen Sie nicht. Man kann die Polizei holen. Es ist Sonntag. Er schlüge die Hände vors Gesicht. Die dicke Frau und der Pilot stünden nun hinter mir, wie ich an die Hausmauer gepreßt. Wir sähen den Pfarrer, wie er mit kleinen trippelnden Schritten den Weg zurückeilte. Wir schlichen ums Haus herum, einer hinter dem andern, auf Zehenspitzen. Das Wimmern wäre jetzt sehr deutlich zu hören. Ich deutete auf ein Kellerfenster. Ich sähe einen schwarzen nassen Waschküchenboden. Eine Gänsehaut ränne mir den Rücken hinunter. Wir kämen zu einer Treppe. Wir öffneten eine Tür und beträten die Waschküche. Wir wateten im Wasser. Ich sähe, daß die dicke Frau starr vor Schreck stünde, mit der Faust im Mund. Ich bliebe stehen. Dann begriffe auch ich, daß das schwarze Wasser, das zum Abflußrohr flösse, Blut wäre. Ich machte einen Schritt beiseite. Dunkle Tappen bildeten sich auf dem Zementboden.

»Wollen wir so eine Härdöpfelsuppe essen?« fragt mich der Pilot. Wir sitzen jetzt an einem Tisch im Gasthof Zum Kreuz. »Ich habe noch nie eine gehabt. Du?«

Ich nicke. »Am besten bestellt man dazu eine Flasche Rotwein und schüttet einen Dezi hinein. Die Suppe wird dann blutrot, wie bei den Kannibalen. Sie schmeckt herrlich.«

Wir bestellen. »Was ist eigentlich ein Härdöpfel?« fragt

mich die dicke Frau leise. Ich erkläre ihr, daß es eine Knollenfrucht ist, die Sir Walter Raleigh aus Amerika mitgebracht hat, zusammen mit der Zigarette. »Aus Härdöpfeln schnitzen die Kinder Stempel mit ihren Initialen, und die Großen brennen Schnäpse damit.«

Es röche im Keller, denke ich dann, als wir wieder schweigen. Ich sähe in einem Nebenraum Apfelhurden, auf denen Kerzen brennten. Schnell ginge ich hinüber. Vor mir läge ein Mädchen auf Jutesäcken, bewegungslos, blutüberströmt. Es wimmerte. Es wäre vollgemalt mit roten Kreuzen.

Herrgott, sagte ich, was ist da los? Wir drehten das Mädchen sorgfältig um. Es schaute uns einen Moment lang an und stöhnte. Wir hörten ein Lachen hinter uns. Es klänge schrecklich. Wir führen herum. Die Kellertreppe hinunter drängten sich kichernde, schwarzvermummte Gestalten. Sie gingen gebückt wie alte Weiber. Sie kämen langsam auf uns zu, während wir rückwärts gingen, mit pochenden Herzen, und jetzt schon mit dem Rücken an der kalten gekalkten Kellerwand stünden. Zuvorderst ginge eine hochaufgerichtete Gestalt. Ich sähe ihre Augen, die durch die Sehschlitze der Kapuze glühten. Jetzt schrieen alle mit kreischenden Stimmen.

Sie hätten Nadeln in der Hand, Stricknadeln, Messer, Zangen, Stopfkugeln. Sie lachten. Wir wissen genau, was des Teufels ist, riefe die Gestalt mit den glühenden Augen. Des Teufels ist die Hurerei, das Kino, das Theater, das In-der-Wirtschaft-Sitzen, das Jassen, das Tanzen, der Minirock, die langen Haare, das Bücherlesen und das In-die-Großstadt-Fahren. Er machte ein Zeichen. Die gebückten Gestalten stürzten sich auf uns.

Zuerst würde die dicke Frau weggeschleppt. Wir hörten ihre Schreie. Dann würde der Pilot weggeschleppt. Ich hörte seine Schreie. Dann würde ich weggeschleppt. Ich schriee wie ein Wahnsinniger, als ich die Nadeln und Messer über mir sähe.

Dann, Stunden später, wachte ich auf. Ich läge auf einem Apfelsack, nackt, ich sähe, daß ich mit roten Kreuzen vollbemalt wäre. Ich riebe mir über die Stirn. Neben mir läge die dicke Frau, mit roten Striemen über dem Bauch und den Brüsten. Der Pilot läge, blutend, neben dem Mädchen. Ich rappelte mich auf. Ich schleppte mich zur Tür. Sie wäre verschlossen. Erschöpft glitte ich auf den eisigkalten Kellerboden. Ich spürte das Wasser am Hintern. Stumpf glotzte ich vor mich hin.

Dann hörte ich über mir einen gleichmäßigen Singsang, der immer stärker würde. Singen sie? Tanzen sie? dächte ich. Das kleine Mädchen hätte sich aufgerichtet. Es schaute mich mit aufgerissenen Augen an. Jetzt kommen sie, jetzt kommen sie gleich, stammelte es, dann ist alles aus. Ich weiß, ich habe es verdient. Ich weiß, ich habe es verdient. Sie starrte auf die Kellertreppe.

Dieser Scheißpfarrer, sagte die dicke Frau leise, jetzt läßt er uns hocken, jetzt, wo es uns dreckig geht.

Wir starrten nach oben. Das Singen wäre lauter geworden. Sie trampelten mit den Füßen. Kalk rieselte von den Wänden. Meine Augen suchten die Wand ab, die Gestelle, die Säcke, die Kerzen, die Äpfel. Die Äpfel! sagte ich flüsternd zum Piloten, der jetzt auch wach wäre. Wir könnten sie als Waffen gebrauchen.

Wir hörten Schritte auf der Kellertreppe. Das Mädchen schriee auf. Die Tür öffnete sich. Ich würfe mit aller Kraft einen Apfel. Ich hörte einen schrillen Altweiberschrei. Jetzt würfen auch der Pilot und die dicke Frau. Ein Apfelhagel prasselte auf die Tür zu. Die schwarzen Kapuzengestalten hielten die Hände vor die Köpfe. Sie schrieen. Von hinten drängten immer mehr Gläubige in den Keller. Sie schwemmten die vordersten, denen die Äpfel an den Köpfen zerspritzten, mit sich, bis es so viele wären, daß wir nicht mehr wüßten, wohin werfen. Dann wären sie über uns und schlügen mit ihren Kreuzen auf uns ein.

Plötzlich hörten wir einen Ruf. Sofort ließen alle von uns ab. Sie stünden starr. Eine Gestalt läge am Boden, unbeweglich, blutüberströmt. Ich sähe, daß die Kapuze sich verschoben hätte. Es wäre der Mann mit den weißen Haaren. Hätten wir ihn totgeschlagen? Die Gläubigen wären wie Mumien. Sie könnten den Blick nicht von ihrem Vater wenden. Langsam griffe der erste an seine Kapuze und höbe sie ab. Alle entblößten jetzt ihre Gesichter, und jetzt sähe ich sie. Ich erkennte ein paar von denen, die ich oben gesehen hätte. Sie hätten Bauerngesichter. Die Frauen wären bleich, die Männer sähen gütig aus. Ich erschräke. Ich blickte mit klopfendem Herzen auf drei alte Frauen, die sich jetzt an dem toten alten Mann zu schaffen machten. Ich hörte ihre wehklagenden Stimmen. Ich glaubte, es wären meine Tanten.

Ich seufze. Ich trinke einen Schluck Bier. »Habt ihr auch so Ängste?« sage ich leise. »Meine Ängste sind zum Beispiel: Ich überfahre ein kleines Kind. Ich sitze in einem Konzertsaal, wo alle andächtig lauschen, und muß plötzlich schreien. Ich finde eine tote Frau im Keller. Ich werde vom Krebs aufgefressen.«

Die dicke Frau nickt. »Klar«, sagt sie. »Angst haben wir alle. Aber die einen telefonieren den ganzen Tag und verkaufen und kaufen und reden und machen. Die andern hocken da und denken vor sich hin, was alles passieren könnte.«

»Das stimmt«, sagt der Pilot. »Eine Zeitlang konnte ich nicht nach Hause kommen, ohne zu denken, mein Haus brennt. Wenn ich die Autotür öffnete, sah ich immer, eine Zehntelsekunde lang, eine Schlange auf dem Sitz. Ich würde mich über eine urplötzliche Explosion dieses Gasthofs nicht wundern, weil ich sie erwarte.«

Die Serviertochter bringt uns die Suppe. Ich schütte Wein hinein und rühre mit dem Löffel. Dann essen wir.

Langsam finge ich dann nämlich an mich zu bewegen. Ich ginge auf die Kellertreppe zu. Die dicke Frau und der Pilot wären hinter mir. Geräuschlos gingen wir die Treppe hoch, vorbei an den aschgrauen Figuren, die von ihrem toten Herrn keinen Blick wenden könnten. Wir gingen über die Dielen, über den roten Kokosläufer, an den Porzellankreuzen vorbei. Ich öffnete die Haustür. Wir rennten los. Leute, die ihren Sonntagsspaziergang machten, starrten uns entsetzt an, während wir durch die heiße Mittagsluft hetzten. Endlich bliebe die dicke Frau keuchend stehen, Schweiß ränne über ihre Haut. Ihr Gesicht wäre rot. Ihre Haare wären aufgelöst. Wir stünden vor einem Bauernhof. Er sieht altmodisch genug aus, daß ich mich hineingetraue, sagte ich. Ich ginge auf eine Frau in Stiefeln zu. Sie trüge ein rotes Kopftuch und hielte einen bellenden Schäferhund an der Leine.

Lassen Sie den Hund nicht los, riefe ich vom Eingangstor aus und bliebe stehen. Es ist ein Raubüberfall. Sie haben doch sicher in den Zeitungen von so etwas gelesen. Es sind Ausländer gewesen. Bitte rufen Sie die Polizei.

Sie riefe etwas, was ich nicht verstünde. Es klänge wie: Chrigu. Die Tür öffnete sich, und ein alter Bauer mit einer krummen Pfeife im Mund und einem Hut auf dem Kopf träte aus dem Haus. Er glotzte uns an. Die Frau redete auf ihn ein. Er nickte. Er nähme den Hund, während sie, keinen Blick von uns lassend, rückwärts die Treppe hinaufginge. Ich sähe sie am Fenster, wie sie ins Telefon hineinschrie. Hinter uns, in einem Halbkreis, stünden jetzt Buben mit Fahrrädern und Männer mit Heugabeln auf den Schultern. Sie sprächen miteinander, wenn wir nicht hinsähen.

Eine halbe Stunde später hätte der Hund sich beruhigt, der alte Bauer hielte die Leine nun etwas lockerer. Endlich käme die Polizei. Zwei junge Polizisten stiegen aus einem weißen Volvo. Sie legten grüßend die Hände an die Schilder ihrer Kappen.

Ihre Ausweispapiere bitte, sagte der eine Polizist. Und geben Sie uns einen wahrheitsgetreuen Bericht des Vorfalls.

Wir berichteten ihm, was uns zugestoßen wäre. Er verzöge

keine Miene. Er schaute, wenn er etwas fragte, mich oder den Piloten an, nie die dicke Frau. Dann sagte er: Kommen Sie. Er ginge zum Volvo, in dem schon sein Kollege säße und ins Funkgerät spräche. Wir drängten uns auf die Hintersitze. Ich spürte die nasse Haut der dicken Frau an meiner Haut. Der Polizist steuerte den Volvo durch die glotzenden Buben, die ein letztes Mal auf uns einstarrten. Nach fünf Minuten wären wir auf dem Polizeiposten.

Wie sehen Sie aus, sagte der Postenchef, als er uns sähe. Und das an einem Sonntag. Er deutete mit dem Kinn auf einen Garderobenständer, an dem Kleidungsstücke hingen. Bedecken Sie sich, sagte er. Ich nähme ein Käppi, der Pilot eine kugelsichere Weste und die dicke Frau einen Polizeiregenmantel.

Bitte, sagte der Postenchef dann. Wir erzählten. Wir erwähnten das kleine Mädchen, nicht aber den Pfarrer. Der Postenchef nickte. Er blickte vor sich hin, auf die Tischplatte. In seinen Händen drehte er ein Lineal. Er seufzte. Gut, sagte er schließlich. Wir wollen bei Ihnen von einer strafrechtlichen Verfolgung absehen, für einmal. Ich habe durch meine Beamten im Pfarrhaus Kleider holen lassen. Die junge Dame wird sich mit dieser Haushaltsschürze der Gehilfin des Pfarrers begnügen müssen. Hier habe ich einen fast ungebrauchten Konfirmationsanzug und hier einen defekten Talar. Wir bedankten uns. Wir zögen uns schweigend an. Der Beamte hätte sich erhoben. Er trommelte mit seinen Fingern aufs Fensterbrett. Die Sonne schiene in die Geranien. Schweigend gingen wir aus dem Posten. Ich blickte nochmals zurück und sähe, wie der Beamte am Fenster stünde und mit glänzenden Augen über uns hinwegsähe, nach dem roten Rauch, der jetzt über das ganze Dorf hinwegzöge. Ich seufzte. Wir gingen auf dem Trottoir aus dem Dorf hinaus. Wir kämen am Ortsschild vorbei. Wir gingen links. Wenn uns ein Auto entgegenkäme, gingen wir ins hohe Gras hinein. Endlich erreichten wir den Ballon. Wir befreiten ihn von den Apfelbaumästen.

57

Dann stiegen wir in die Gondel, ich in meinem Konfirmandenanzug, die dicke Frau in einer geblümten Haushaltsschürze, der Pilot in Schwarz, mit Beffchen. Wir lachten, ein bißchen. Der Pilot ließe Gas in die Hülle zischen. Wir lösten die Halteseile. Sofort schösse der Ballon in die Höhe. Wir blickten hinab. Lieblich läge das Dorf unter uns, inmitten von Getreidefeldern, Matten, Weiden, Bäumen. Der Himmel wäre blau. Es wäre heiß. Ich kratzte mir die Kreuze von der Hand. Ich atmete tief ein.

Ich atme tief ein. Wir lächeln uns an. Wir bezahlen, stehen auf, gehen über den Dorfplatz, zum Dorf hinaus, über den Feldweg, bis zu unserem Ballon.

»Man macht hier einen guten Kirsch«, sage ich, »gute Nähmaschinen, Möbel, Elektroapparate. Aus diesem Ort kommt ein Fahrradweltmeister. Alle Knaben sind Kadetten und können schießen. Die Mädchen sind Pfadfinderinnen, dann heißen sie Bienen.«

»Ja«, sagt die dicke Frau. »Ist es hier schön, oder ist es hier furchtbar?«

Der Pilot lacht. Dann blickt er auf seine Karte. Wir steigen in den Ballon. Der Pilot läßt Gas in seine Hülle zischen. Wir lösen die Halteseile. Sofort schießt der Ballon in die Höhe. Ich starre hinunter. Zwischen mir und der schon fernen, blassen Erde sind jetzt Wölkchen, Schwalben, Reiher, Störche, Wildenten. Kirchenglocken und Autohupen klingen ganz leise zu uns herauf. Es ist kühl. Die Sonne steht über den fernen Felsen des Juras.

# Bern

Die Sonne brennt vom Himmel, und die nassen Vögel im Schatten der Apfelbäume schweigen. Die dicke Frau, der Pilot und ich schlurfen auf einem staubigen Weg dahin. Meine Beine sind weiß vom Staub. Ich wische mir über die Augen und sehe auf die Hügel vor mir, auf denen Bäume stehen. Elstern mit blitzenden Schnäbeln fliegen auf. Fliegen surren um unsere Köpfe. Ich trage mein Marschgepäck in meinem Skirucksack mit mir, die dicke Frau in ihrem Büdel, der Pilot diesmal in einer Plastiktüte, auf der ›Usego‹ steht. Zwischen Hügelrücken sehen wir Bauernhöfe mit riesigen, fast zum Boden hinabreichenden Dächern. »Die kleinen Häuser nebendran sind die Stöckli, da wohnen die Altbauern drin, wenn sie lästig werden und nicht mehr schaffen können«, sage ich vor mich hin. Die dicke Frau nickt. Sie bleibt stehen. Sie knöpft die Bluse auf und bläst sich mit herabgezogenen Lippen Luft in den Büstenhalter. »Ich hätte nie gedacht, daß das Emmental so heiß sein kann«, sagt sie. Ich hole die Feldflasche mit dem gesalzenen Tee aus dem Tornister. Wir trinken und schauen über die Hügelwellen, über wogendes Getreide, braunweiß gefleckte Kühe, Güllenwagen. Die Luft zittert in der Hitze. »Hier erben die jüngsten Söhne den Hof«, sage ich, während ich den Deckel auf die Aluminiumflasche schraube. »Und man darf ein Mädchen vorher im Heu ausprobieren, bevor man sagt, ob man sie will.« Als wir weitergehen, spüren wir, wie unsere Füße schmerzen. Im Weggraben wachsen Brennesseln, Kornblumen, Mohn, Brombeergesträuche. Alte Schuhe und Ölbüchsen liegen darin. Wir gehen an einem Bauernhof vorbei. Wir schauen auf sein Dach, auf viele kleine Fenster mit weißen Vorhängen, auf Geranien, die vor den Fenstern stehen. Unter dem Dach sind ein Spruch und ein Datum eingeschnitzt. Dahlien und Astern wachsen im Vorgarten. Bei der Scheune, die so groß wie eine Kirche ist, steht ein Miststock mit einem millimetergenau gebauten Zöpfchenmuster. Ein schwarzweißer Hund mit Schlappohren rennt an einer langen Kette, die an einer Stange entlanggleitet, auf und ab. Er trägt ein Halsband mit Stacheln. Er bellt. Vor ihm steht ein Napf mit Fleischstücken drin. »Er heißt sicher Bläß«, sage ich. »Es ist ein kurzer Name, den man in angemessener Zeit rufen kann.« Hühner fliegen vor einem Traktor auf, der von einem Knaben gesteuert wird. Wir grüßen, aber der Knabe schaut geradeaus. Er kaut auf einem Stück Süßholz herum. Die dicke Frau setzt sich schnaufend auf einen Spaltstock. »Wir sollten eine Nacht hierbleiben«, sagt sie, »bei einem Bauern. Sicher gibt es hier kalte, frische Milch.« Sie hat ein rotes, aufgedunsenes Gesicht. Schweiß läuft ihr den Hals hinunter. Ich schaue den Piloten an. Wir nicken. Ich deute auf einen Bauernhof, der, abseits von der Straße, in einer Mulde steht. Weißer Rauch kommt aus dem Kamin. Ferne Kinder schreien. Ein Hund heult.

»Der dort wäre nicht schlecht«, sage ich. »Hoffentlich hat der Hund eine kürzere Leine als der hier.«

»Sterben müssen wir alle einmal«, sagt der Pilot.

Wir gehen auf einem kleinen Fußweg durchs Gras, zwischen tickenden Drahtgehegen hindurch. Kühe liegen im Gras. Mückenschwärme surren um die Kuhköpfe. Wir schlagen uns an die Schädel. Wir gehen an einem Gemüsegarten vorbei, der voll von Bohnen, Kartoffeln, Erbsen, Rüben, Salaten, Kräutern ist. Zwischen Johannisbeergebüschen stecken Holzkreuze. »Hier beerdigen die Kinder ihre toten Katzen und Vögel«, sage ich. Wir treten in den Hof. Hühner stieben vor uns weg, mit Würmern im Mund. Wir hören Schweine grunzen. Am bellenden Hund vorbei gehen wir zur Eingangstür, die offen steht. Ich klopfe. Wir lauschen. Wir hören ein Kreischen wie von einer Säge, dann ist es wieder still. »Hallo«, ruft die dicke Frau. Ich gehe langsam in den

Korridor, gefolgt vom Piloten und der dicken Frau. Wir schleichen auf den Zehenspitzen. Es ist kühl hier drin. An der Wand hängt eine Reproduktion mit den Lebensaltern des Mannes. Links unten ist ein kleines Kind, ganz oben auf der Pyramide steht ein kraftvoller Bauer mit einer Sense, stolz ins Weite blickend, rechts unten kauert ein Greis mit eingemullten Gliedern, gebeugt wie ein alter Baum. Ich öffne eine Tür. Ich sehe eine Küche. »Entschuldigung«, sage ich, »guten Tag.« Eine Frau sitzt am Tisch und sticht mit einer langen Nadel, an der ein Faden hängt, in eine Bohne. Sie schaut uns an, während sie langsam mit den Kiefern mahlt. Ißt sie rohe Bohnen? »Ist es möglich«, sage ich, »eine Nacht bei Ihnen zu schlafen und ein Essen zu bekommen?« Langsam legt sie die Nadel auf die Tischplatte. Sie ist schwarz gekleidet. In ihrem Mund sehe ich gelbe Zähne. Sie wischt sich die Hände an der Schürze ab und sagt: »Da muß ich den Bauern fragen.« Sie geht durch eine andere Tür im Hintergrund der Küche davon. Wir hören am sich entfernenden Aufflattern der Hühner, daß sie über den Hof geht. Ich sehe mich um. Es ist kühl und still hier in dieser riesenhaften Küche. Ich sehe einen Holzherd, einen Spülstein, Pfannen und Kochlöffel an den Wänden, einen bemalten Kasten, Tische, Messer, Hacken und Beile. Der Wasserhahn tropft. An den Wänden hängen, wie Halsketten für Riesen, an Fäden aufgereihte Bohnen. »Das sind Dörrbohnen«, sage ich. »Die Migros hat dafür Dörrmaschinen, in denen das Ganze zehn Sekunden dauert.« Wir hören, weit weg, die Hühner aufflattern, dann sind sie näher, dann ganz nah. Sie kreischen. Die Tür geht auf, und der Bauer tritt ein. Er hält eine blutige Sichel in der Hand.

»Grüß Euch«, sagt er. »Natürlich könnt Ihr mit uns essen und bei uns schlafen. Die Frauen kümmern sich um das Essen. Es gibt heute Hühnersuppe, Bratkartoffeln, Schweinelendchen und Bohnen. Nachher gibt es Emmentaler.« Wir stellen die Gepäckstücke ab. »Danke«, sagen wir. Die dicke Frau setzt sich schnaufend auf einen Küchenhocker und sieht zu, wie der Bauer mit einem Tuch das Blut von der Sichel wischt. »Ein Igel«, sagt er. »Immer hocken sie im Gras unter den Büschen. Man kann sie kaum sehen.« Die dicke Frau sieht ihn mit offenem Mund an. Der Bauer wirft das blutige Tuch in den Ofen.

Die Tür öffnet sich wieder, und ein etwa zwanzigjähriges Mädchen tritt ein. Sie hat rosa Wangen und goldgelbe Zöpfe. »Das ist meine Tochter«, sagt die Frau. Sie beißt den Faden ab. »Sag guten Tag. Die Leute werden hier essen und schlafen.« Wir nicken der Tochter zu. Sie lächelt uns an, wie ein Reh. Die Mutter nimmt ein Messer und schleift es auf dem Schleifstein. Der Bauer steht mit geballten Fäusten am Ofen und sieht auf das Mädchen. Die beiden Frauen öffnen nun Kästen, Schränke, Schubladen, sie nehmen Gabeln und Löffel heraus, schleppen Töpfe und Jutesäcke herbei, hacken Holz klein, öffnen Flaschen, füllen den Herd mit Zeitungspapier, Holzwolle und Tannzapfen, wischen den Tisch mit grauen Lappen sauber. Sie reden dazu miteinander in langen, breitmundigen Lauten, die wir nicht recht verstehen. Die Tochter bleibt vor mir stehen und sieht mich lange an, von oben bis unten. Dann wendet sie den Blick dem Piloten zu und schaut ihm in die Augen. Der Pilot grinst. Die Tochter gräbt die Fingernägel der rechten Hand in ihren linken Unterarm, während sie den Piloten anschaut. »Emma!« sagt die Mutter. »Entschuldigen Sie. Sie sieht hier wenig Fremde.« Der Bauer dreht sich plötzlich um, er nimmt die Sichel und verläßt die Küche.

Wir sitzen auf Küchenhockern der Wand entlang und schauen den Frauen zu. Sie hantieren sehr geschickt mit ihren Messern und Hacken. Sie summen leise vor sich hin. Mein Herz klopft.

Dann steht die Mutter auf und sieht mich an. Ich stehe auf. »Kommt mit!« sagt sie, und ich merke, daß sie mich allein meint. Ich gehe hinter ihr drein, durch die niedere Küchentür, durch den Korridor mit der Alterspyramide, zur Haustür hinaus. Sie nimmt einen Henkelkorb, der neben der Tür steht. Die Hühner stieben vor uns weg. Zwei Katzen streiten sich um etwas Blutiges, um eine Maus, einen Darm, einen Schweinsfuß. Wir gehen zwischen Gemüsen hindurch bis zu den Kartoffeln. Wir kauern uns hin und stechen die Stauden aus, die wir auf die Ackerschollen schlagen, bis sich die Kartoffeln gelöst haben. Ich sehe die Unterhosen der Mutter. Jetzt erkenne ich, daß das, worauf sie herumkaut, keine Bohne ist, sondern so etwas wie eine Speckschwarte. Wir werfen die Kartoffeln in den Korb. Vor mir stehen die Holzkreuze, mit unleserlichen Daten. »Was sind das für Kreuze?« frage ich. Die Mutter sieht auf. Sie lächelt. Sie gräbt weiter. »Das Berner Essen ist darum das beste von der Welt«, sagt sie dann mit einer krächzenden Stimme, »weil jeder sein Gemüse selber zieht, und sein Fleisch. Unsere Mütter hatten schon das Salz aus dem Burgund, als die in Zürich noch mit Tannennadeln würzten. Wir haben den Welschen jahrhundertelang die Genferseefische weggenommen, so lange, daß sie heute noch keine anständigen Eglifilets machen können. Jedes Schulmädchen kann bei uns eine Sau abstechen.«

Ich nicke.

Wir stehen auf und gehen zum Haus zurück. Ich trage den Korb. Ich höre ein wildes Kreischen und Flügelschlagen und sehe die Tochter, die ein Huhn gepackt hat und ihm mit einem sichern Schlag den Hals abhackt. Der rotgesprenkelte Körper des Huhns läuft flatternd durch den Hof. Die Tochter kaut auf einem Büschel Salbei herum, während sie, mit dem Hühnerkopf in der Hand, dem kopflos rennenden Huhn zusieht. Die dicke Frau schlägt die Hände vors Gesicht. Die Hühner picken wieder friedlich. Die Tochter steht mit dem Beil mittendrin. Ihre Wangen sind gerötet, sie lächelt mich an und fährt sich mit der Zunge über die Oberlippe. Die Mutter packt das kopflose Huhn und gibt es der dicken Frau, die mit aufgerissenen Augen darauf starrt. In einer Einerkolonne gehen wir in die Küche zurück, die Mutter, die dicke Frau, ich und die Tochter mit dem Beil. Als ich mich umdrehe, sehe ich, wie die Katzen im Hof sich um den Hühnerkopf balgen. Die Tochter lächelt mir zu, als sie sieht, daß ich sie ansehe. Sie hat rote Flecken im Gesicht. Ihre Augen leuchten.

»Für eine Bouillon braucht man ein rechtes Huhn«, sagt die Mutter und macht sich ans Rupfen. Federn stieben durch die Küche. Ich huste. Die Tochter, die jetzt an einer Bärendreckstange lutscht, tut gedörrte Bohnen in einen Topf mit Wasser. Sie deckt ihn mit einem Deckel zu. »Das ist für morgen«, sagt sie. »Sie müssen eine Nacht lang eingeweicht werden, dann zerfließen sie auf der Zunge.« Ich sitze am Küchentisch und schäle Kartoffeln und werfe sie in eine Schüssel mit Wasser. Die Mutter setzt sich mir gegenüber und nimmt die Kartoffeln, die ich geschält habe, aus dem Wasser und schaut sie an, lange, gründlich. Sie bohrt mit der Messerspitze eine unreine Stelle heraus. Ich sehe zur Tochter hinüber. Sie sitzt am Fenster, kaut an einem Kaugummi herum und liest die Schweizer Illustrierte. Sie macht rosa Blasen vor dem Mund. Sie hat ihre Strickjacke ausgezogen. Sie trägt jetzt eine dünne Bluse. Ich kratze mich am Schwanz. Ich huste. Die Tochter wippt mit den Absätzen und lächelt mir plötzlich zu, über den Zeitungsrand. Ich lächle auch. »Sitz nicht herum wie ein Ölgötz«, sagt die Mutter. »Hol Zwiebeln, Schnittlauch, Bohnen, Petersilie, Bohnenkraut und einen Sellerie.« Die Tochter wirft die Zöpfe herum, sie läßt die Kaugummiblase platzen und geht zur Tür hinaus. Ich höre die Hühner. Ich atme tief ein.

Die Mutter kauert vor dem Herd. Sie bläst mit aller Kraft ins Feuer. Ich starre auf ihren Hintern. Vor ihrem Mund donnern Flammen auf. Sie steht auf, nimmt Kartoffeln aus einem Jutesack und wirft sie in eine Pfanne, die sie aufs Feuer stellt. »Die Geschwellten müssen abkühlen, bevor wir eine Röschti machen«, sagt sie. »Das wird nicht vor morgen gehen. Heute machen wir halt Bratkartoffeln.« Wir nicken. Ich stehe auf und gehe in der Küche auf und ab.

Ich höre die Hühner. Die Mutter dreht sich um, als die Tür aufgeht und die Tochter eintritt. Sie stellt, von den Augen der Mutter verfolgt, den Korb mit den Gemüsen auf den Tisch. Sie setzt sich, holt ein Rüstmesser aus einer Schublade vor sich und fängt an, die Zwiebeln zu schälen. Ich will gerade sagen: »Darf ich Ihnen helfen?«, da sehe ich, daß der Pilot ein Messer ergreift und sich der Tochter gegenüber an den Tisch setzt. Er nimmt auch eine Zwiebel. Die Tochter lächelt ihn unter Tränen an. Die Augen des Piloten füllen sich mit Wasser. Lächelnd schneidet er an seiner Zwiebel herum. Er braucht für eine so viel Zeit wie die Tochter für vier. Jetzt nimmt sie ein Wiegemesser und schneidet die Zwiebel klein. Schluchzend schaut der Pilot ihr zu. Die Mutter sagt zur Tochter: »Der Bauer, er meint wohl gerade, er kann machen, was er will.« Sie nimmt die Bohnen und beginnt sie abzufädeln.

»Kommt, Ihr«, sagt die Tochter plötzlich zu mir, »wir haben noch vieles zu tun.« Sie nimmt ein Messer, ein Seil, eine Gummischürze, einen Emaileimer, einen Metallbolzen und einen Hammer. Sie geht vor mir zur Tür hinaus. Ich renne hinterdrein, durch den Korridor, durch die Hühner, in die Scheune, die voller Heu ist, hier unten und oben auf der Heubühne, zu der eine Leiter hinaufführt. Die Tochter geht mit wippenden Backen vor mir her, mit ihren Werkzeugen auf der Schulter. »Ist das Ihr Mann, oder wem seiner?« frage ich. »Der Bauer?« fragt sie über die Schulter zurück. »Das ist der Mann von niemandem von uns, das ist mein Bruder.« Ich schweige. Oben, auf der Heubühne, höre ich ein Rascheln, wie von versteckten Hühnern oder sich jagenden Stallhasen. Überall hängen Werkzeuge. Wir gehen zum Hinterausgang der Scheune hinaus, an den Kuhställen vorbei, in denen Knechte stehen und den Boden mit einem Schlauch sauberschwemmen, bis zum Schweinekoben. Prüfend schaut die Tochter über die Schweine hin, die sich schnüffelnd und grunzend in den Kobenecken zusammendrängen. »Wenn es nach mir ginge«, sagt sie plötzlich, »gäbe es jeden Tag ein Fertigessen aus der Tiefkühltruhe, aber es geht ja nicht nach mir.« Ich sehe sie an. Ihre Augen sind groß und rund. Sie sind feucht. »Nach wem geht es denn?« frage ich. Sie lacht. »Nach wem wohl?« sagt sie und springt in den Stall. »Helft mir.« Ich klettere über die Balustrade. Hilflos stehe ich hinter ihr, während sie einem Schwein ein Seil um die Vorderbeine wickelt. Das Schwein schreit. Dann nimmt sie den Bolzen, setzt ihn dem Schwein auf den Kopf und schlägt mit einem Hammer drauf. Die Sau stürzt mit einem Gebrüll hin. »Sie ist tot«, stammle ich. Die Tochter löst mit schnellen Messerschnitten die Haut vom Fleisch. Blut fließt ihr über die Hände. Sie schneidet schnell wie ein Pianist und wirft die Stücke, die sie braucht, in den Emaileimer. »Die Knechte machen das dann nachher fertig«, sagt sie und richtet sich auf. »Jetzt brauchen wir ja nur die Lendenstücke.« Sie wischt sich die Hände an der Schürze ab, schwingt sich über die Kobenbalustrade und geht vor mir her auf die Scheune zu. Ich renne hinter ihr drein. »Kann ich Ihnen den Eimer tragen«, sage ich. Sie bleibt stehen. Blutflecken sind auf ihrer Brust. Sie schaut mich an. »Bitte«, sagt sie. Wir gehen nebeneinander durch die Scheune, durch die Hühner, am Hund vorbei, durch den Korridor in die Küche. Diese ist jetzt voller Dampf. Die Mutter sitzt am Tisch und hat einen roten Kopf. Sie starrt vor sich hin. Die dicke Frau schaut mich an und legt den Finger vor den gespitzten Mund. Ich sehe, daß die Mutter am Unterarm blutet. Sie nimmt ihr Kopftuch und wickelt es um die Wunde.

Ich stelle den Eimer auf den Tisch. Die Mutter schaut hinein. Sie nickt. Das Mädchen setzt sich an den Tisch und nimmt die Schweizer Illustrierte. Während die Mutter mit dem Fleisch zum Gewürzkasten hinübergeht, sagt sie: »Lies nicht immer so einen Mist, da kommst du noch auf dumme Gedanken.« Der Pilot schaut die Tochter an, schweigend, und ich sehe, daß er sein Bein unter dem Tisch an das ihre heranschiebt. Jetzt berührt er es. Ich sehe, daß die Tochter ihr Bein läßt, wo es ist. Ich atme tief ein.

Ich setze mich an den Tisch, nehme eine rohe Rübe und beiße darauf. Alle drehen sich nach mir um. Eine Fliege setzt sich auf einen von der Decke herabhängenden Fliegenfänger. Sie surrt und versucht, ihre Beine vom Leim zu lösen. Die Abstände, in denen sie ihre Flügel bewegt, werden immer länger. Die Schatten der Fensterkreuze wandern über den Tisch. Ich sehe durch eines der Fenster die Sonne über den Hügeln stehen. Das Gesicht der dicken Frau ist rot. Die Mutter geht hin und her, ruckt an den Pfannen, rührt, salzt, kostet, schiebt Holz in die Ofentür, wäscht Teller ab und prüft die Hitze der Bratpfanne aus Gußeisen, indem sie hineinspuckt. Die Tochter macht das Kreuzworträtsel. Der Pilot sitzt ihr unbeweglich gegenüber. Sie schaut auf ihren Bleistift. Langsam versinkt die Sonne hinter den Hügeln. Es wird dunkel.

»Es wäre goppel Zeit für einen Aperitifschluck«, sagt plötzlich die Mutter. Wir lachen alle. Die Mutter knipst das Licht an, die Tochter läuft zum Kasten und holt eine Wermutflasche und Gläser. Die Mutter schenkt ein. »Danke«, sage ich. Wir heben das Glas und trinken. Die Frauen schnattern. Wir erzählen, woher wir kommen und daß wir uns die ganze Schweiz ansehen. Aber so gut wie im Emmental, sagen wir, hat es uns noch nirgends gefallen. Die beiden Frauen nicken. Sie verteilen Teller auf dem Tisch, viele, viel mehr, als wir sind. Sie stellen Kaffeetassen daneben. Sie gehen in der Küche hin und her. Plötzlich stehen dampfende Schüsseln auf dem Tisch. Die Mutter geht auf den Hof und schlägt auf einen Gong. Die Tochter öffnet die Tür und ruft mit einer Glockenstimme: »Essen!« ins Haus hinauf. Von überall her hören wir rumpelnde Schritte, über den Hof, wo die Hühner davonstieben, in den obern Korridoren, auf der Treppe. Jetzt ist die Küche voll von bäuerischen Männern und Frauen in Arbeitsschürzen. Am anderen Ende des Tischs sitzen Kinder mit Sommersprossen und großen Augen. Sie schauen uns an. Wenn wir ihnen zulächeln, lächeln sie auch und schauen dann weg, in die Teller hinein. Der Bauer betet. Dann essen wir die Suppe. »Sind das eure Grabkreuze im Garten?« frage ich die Kinder. Sie glotzen mich an. Die Mutter füllt meinen Teller mit Fleisch, Bohnen und Kartoffeln. »Eßt!« sagt sie. Ich esse. Es hat mir noch nie so geschmeckt. Lächelnd sieht mir der Bauer zu. »Eßt nur!« sagt er. »Es ist immer genug da bei uns.« Ich nicke, und kaum habe ich den Teller leer, daß die Mutter ihn mir schon wieder auffüllt. Sie lächelt mir zu. Ich hebe abwehrend die Hände. Dann esse ich weiter. Die Kinder sind jetzt nicht mehr scheu und lachen und reden. »Von wem sind die Kinder?« frage ich die Tochter. »Ja, so von uns allen halt«, sagt sie, »wie's gerade kommt.« Ich trinke, wie die Bauern, Milchkaffee aus breiten Henkeltassen. Die Eßgäste reden jetzt alle gleichzeitig, und der Bauer hebt die Tasse und prostet der dicken Frau zu. Sie trinkt den Milchkaffee in einem Zug leer und lächelt ihn über den Tassenrand an. Ich esse Emmentaler, Schwarzbrot und Butter. Ich sehe, daß die Tochter den Piloten mit einem todernsten Gesicht anschaut. Dieser hält die Gabel unbeweglich in der Luft und starrt zurück. Dann gibt es endlich einen Schnaps, und dann stehen wir auf.

Die Mutter zeigt uns unsere Zimmer. Sie geht vor uns her durch den Korridor, die Treppe hoch, durch einen zweiten Korridor. Ich bedanke mich und schließe die Zimmertür. Hat sie eine Speckschwarte im Mund gehabt? denke ich. Ich höre, wie sie davongeht, durch den Korridor, die Treppe hinunter. Von unten, aus der Küche, höre ich noch eine Weile die Stimmen der Frauen. Dann wird es still. Ich öffne das Fenster und schaue hinaus in den Hof, der in einem sanften Mondlicht liegt. Die Holzbalken im Haus knarren. Ein Fenster nach dem andern wird dunkel. Die Hühner schlafen.

Da höre ich, unten im Hof, leise, schleichende Schritte. Mein Herz klopft. Ich spähe in den Hof hinunter. Ich sehe eine Gestalt, die im Schatten des Hauses geht, schnell, fast hüpfend. Sie geht vor dem Hundehaus vorbei, und als sie ins Mondlicht tritt, erkenne ich die Tochter. Sie trägt ein Nachthemd und einen Gegenstand in der Hand, ein Kruzifix, einen Stecken, oder was? Nach einer Weile sehe ich eine zweite Gestalt. Als plötzlich der Hund aus der Hütte fährt, erkenne ich, weil er erschreckt ins Mondlicht hinausspringt, den Piloten. Er rennt zur Scheune. »Du Lump«, murmle ich. »Immer die andern.« Ich ziehe mich aus und lege mich aufs Bett. Ich liege auf dem Rücken und starre zur Decke hinauf. Der Mond wirft sein Licht aufs Fenster, der Wind rauscht davor. Ich huste.

Dann fahre ich im Bett hoch. Meine Tür steht offen. Ich sehe eine weiße Gestalt vor mir. »Ich bin es!« flüstert sie. »Psst!« Ich erkenne die Mutter. Sie schließt schnell die Tür und kriecht zu mir ins Bett. Sie küßt mich auf die Brust. Sie trägt ein festes Leinennachthemd und gurrt, während sie mich in die Kissen zurückpreßt, mit Lauten, deren Sinn ich nicht errate. Plötzlich setzt sie sich auf und lauscht. »Psst!« haucht sie. »Still!« Wir bewegen uns nicht. Tatsächlich, ich höre schleichende Schritte draußen im Korridor. Sie gehen, fast unhörbar, an unsrer Tür vorbei. »Das ist der Bauer«, wispert die Mutter. »Er spioniert mir immer nach. Wir müssen auf den Heuboden.« Sie streichelt meine Brust. »Aber da ist schon Ihre Tochter mit dem Piloten«, flüstere ich. »Was?« schreit sie. »Wer?« Jetzt steht sie mitten im Zimmer, hochaufgerichtet, in ihrem Nachthemd, mit nackten Füßen. »So einfach geht das nicht!« sagt sie, öffnet die Tür und stürmt durch den Korridor davon. Ich ziehe mein Hemd und meine Hose an. Ich schüttle den Kopf. Durchs Fenster sehe ich, wie die Mutter durch den Hof rennt. An allen Fenstern geht das Licht an. Die Mutter verschwindet in der Scheune. Ich warte. Ich höre ein Geschrei, dann zerrt die Mutter die Tochter, die nackt ist, auf den Hof. Sie schleift sie am Arm durchs Mondlicht. Der Hund bellt. Sie verschwinden in der Küche. Ich höre ihre schrillen Stimmen. Dann sehe ich den Piloten, der humpelnd über den Hof kommt, sich die Hosen zuknöpfend. Ich pfeife, und er macht mir mit der Hand ein Zeichen. Ist er verletzt? Ich haue mich mit der flachen Hand auf die Stirn, dann lege ich mich ins Bett.

Nach Stunden erwache ich, weil jemand Steinchen an mein Fenster wirft. Ich stehe auf und schaue hinaus. Es ist dunkel. »Psst!« ruft unten eine Gestalt. Sie macht mir ein Handzeichen und geht auf die Scheune zu. Als sie ins Mondlicht tritt, sehe ich, daß es die hübsche junge Tochter ist. »Jetzt will ich es aber einmal wissen«, sage ich. Ich nehme meine Schuhe in die Hand, öffne die Tür und schleiche durch den Korridor, die dunkle Treppe hinunter, zur Tür hinaus. Ich gehe im Schatten des Hauses. Als der Hund aus der Hütte fährt, springe ich erschreckt ins Mondlicht hinaus. Ich renne die letzten Meter bis zur Scheune. Das Scheunentor quietscht. Ich ziehe es hinter mir zu. »Hallo?« rufe ich ins Dunkel hinein. Ich höre von oben ihre Stimme. »Hier ist die Leiter«, wispert sie, »komm herauf.« Ich rudere mit den Armen im Dunkeln herum, dann fühle ich die Leiter. Ich steige hinauf. Oben bekomme ich etwas zu fassen, es sind Zöpfe. Die Tochter ist nackt. Sie lacht. »Bei euch geht's ja zu, im Bernbiet«, sage ich. Ich ziehe mich aus. Wir streicheln uns und wälzen uns durchs Heu. Ich liege auf dem Rücken, sie setzt sich auf mich, ich lache und stöhne, ich greife nach ihr und spüre plötzlich, daß sie ein Messer in der Hand hat. »He!« rufe ich. Ich fasse sie am Handgelenk. Sie sticht keuchend auf mich ein. Wir kämpfen. Ich werfe sie ins Heu und fliehe über dunkle Heuhaufen. Ich verstecke mich hinter einem Heuballen. Ich höre, wie sie herumtappt. Sie keucht und stöhnt. Sie haut mit ihrem Messer ins Heu. Ich starre mit weitaufgerissenen Augen in die Dunkelheit. Ich atme nicht.

Dann öffnet sich das Scheunentor quietschend. Der Kegel einer Taschenlampe fährt den Holzbalken entlang über das Heu. Ich ducke mich. »Komm herunter, du Fetzenluder«, ruft eine kreischende Stimme. »Ja«, sagt die Tochter. Ich sehe sie im Licht der Taschenlampe, wie sie, nackt und an den Händen blutend, die Leiter hinuntersteigt. Dann höre ich klatschende Schläge. Schritte laufen über den Hof. Ich nehme meinen Kopf aus dem Heu. Ich blute. Ich taste nach meinen Kleidern, ziehe mich an und steige die Leiter hinunter. Ich trete unter das Scheunentor. In allen Zimmerfenstern brennt Licht, und die Knechte und Mägde sehen in den Hof hinunter. Der Hund reißt an der Kette und fährt auf mich los. Die Mutter steht jetzt unter der Küchentür und schreit. »Mit mir kann man das nicht machen, mit mir nicht!« schreit sie. Der Pilot steht oben an seinem Fenster und tippt sich an die Stirn. Ich winke ihm. Ich gehe über den Hof, an der Küche vorbei, aus der ein lautes Schluchzen kommt, den Korridor entlang, die Treppe hinauf. In meinem Zimmer stelle ich die Kommode vor die Tür. Ich hole die Taschenapotheke aus dem Tornister. In den ersten Morgenstunden schlafe ich ein.

Schlaftrunken gehe ich, als die Sonne schon hoch am Himmel steht, die Treppe hinunter. Die Mutter und die Tochter sitzen am Frühstückstisch. Sie grüßen mich freundlich. »Guten Morgen«, sage ich. Der Pilot trinkt, mit einer verbundenen Hand, einen Milchkaffee. Er zuckt mit den Schultern. Die Tochter trägt die Bluse von gestern, mit einem Büstenhalter. Sie schaut mich mit klaren, blauen Augen an, dann wendet sie sich wieder ihrer Mutter zu, die ihr erklärt, wie man Fallmaschen hochzieht. Der Bauer und die dicke Frau kommen Hand in Hand zur Tür herein. Sie setzen sich. Die dicke Frau schaut uns an. Wir lächeln. Dann stehen wir auf. Die dicke Frau beugt sich zum Bauern hinab und küßt ihn auf die Wange. Wir nehmen unser Marschgepäck, ich den Skirucksack, die dicke Frau den Büdel, der Pilot die Plastiktüte. Wir geben allen die Hand, der Tochter, dem Bauern, der Mutter. Die Tochter schaut mich mit einem Blick wie frisches Quellwasser an. Ich lächle verlegen. Der Bauer begleitet uns bis unter die Tür. Er gibt der dicken Frau einen Klaps auf den Hintern und pafft an der Pfeife, dann dreht er sich um und geht, zwischen den aufflatternden Hühnern hindurch, zur Scheune. Wir gehen den Fußweg hinauf, an den Gemüsen, an den Grabkreuzen vorbei, bis zur Straße. Ich fröstle. »Die Gräber sind doch größer als solche für tote Vögel«, sage ich zum Piloten. Er nickt. In der brennenden Sonne gehen wir auf dem staubigen Weg. »Das war eine Nacht«, sagt die dicke Frau und lacht. »Donnerwetter.« Wir drehen uns nochmals um. Weißer Rauch kommt aus dem Kamin des Bauernhofs, und der Hund bellt. Kinder schreien.

# Graubünden

Wenn in Graubünden, im Engadin, in Samedan an einem kalten Winterabend die Sonne untergegangen ist, dann nehmen die alten Großväter die Pfeife aus dem Mund und erzählen die Geschichte vom König der Bernina. Mein Großvater sitzt am Kopfende des Tischs aus Arvenholz und sortiert die Kurtaxenbelege. Immer wieder feuchtet er den Daumen und den Zeigefinger an. Die Standuhr tickt. Mein Großvater hat jetzt auch das elektrische Licht im Haus. Es beleuchtet unsere Rotweingläser. Der Großvater schenkt uns ein: der Großmutter, dem jungen Mädchen, das ihnen in der Saison hilft, ihrem Bräutigam, der dicken Frau, dem Piloten und mir. Ich kratze mit dem Fingernagel die Eisblumen vom Fenster weg und hauche auf die Scheibe. Der Schnee liegt blau im Mondlicht, auf den Steinhäusern mit den tiefen Fenstern und den Scheunentoren, auf den Zapfsäulen der Tankstelle, auf den Bergen. Der Himmel ist voller Sterne. Ich seufze. Ich drehe mich um und trinke einen Schluck Veltliner. Es ist still, draußen und drinnen.

»Die Geschichte geht so«, sagt der Großvater. »Es war ein eiskalter, klirrender Wintermorgen, auf der Ebene zwischen Pontresina und Samedan, da etwa, wo der Golfplatz ist. Die erste Sonne fiel auf den Schnee, so daß die Eiskristalle aufblitzten. Wenn wir da im tiefen Schnee gestanden hätten, wir hätten die Augen geschlossen, so sehr wären wir geblendet gewesen. Wir hätten, mit wieder offenen Augen, in der Ferne die frostglitzernden Automobile der reichen, englischen Kurgäste gesehen. Ganz nahe bei uns aber hätten wir plötzlich ein Klingeln gehört, wir hätten uns umgedreht und einen Pferdeschlitten gesehen, mit zwei Schimmeln vornedran. Sie wären an uns vorbeigaloppiert, fast lautlos, den Schnee aufwirbelnd. Im Schlitten hätte eine junge Frau gesessen, mit einer hellen Haut, blauen Augen, roten Lippen, schwarzen Haaren. An ihrem Hals hätte sie ein Muttermal gehabt. Wir hätten den Hut gezogen und gesagt: Das ist Cilgia Premont. Ja, das wäre schön gewesen.«

Der Großvater putzt sich die Nase. Dann sagt er: »Cilgia Premont kam aus dem Puschlav, aus Poschiavo. Sie war mitten in der Nacht aufgebrochen. Ihr Vater war Stationsvorstand in Poschiavo. Sie aber nahm nie die Berninabahn, und wenn die Straße offen war, winkte sie nie einem der vier Autos, die es im Tal gab. Sie fuhr mit dem Schlitten, oder sie ging mit hoch erhobenem Kopf den Fußweg hinauf. Sie war auf dem Weg zum Neujahrsball in Samedan, im Hotel Edelweiß. Sie wußte noch nicht, daß ein Feriengast, dessen Vater zu Hause im Tirol eine Transportfirma mit sieben Lastwagen hatte, sich an diesem Abend in sie verlieben würde. Er hieß Hans Gruber. Er sah aus wie eine Sonnencremereklame, oder noch schöner.«

Der Großvater hustet und legt die Kurtaxenbelege beiseite. Er schenkt uns Wein nach. »Früher hat man den Wein auf Maultieren aus dem Veltlin ins Engadin gebracht«, murmelt er. »Ich habe Cilgia Premont selber gesehen. Sie war sehr schön.« Er holt den Locher aus der Schublade, um die Anmeldescheine der Gäste im Bundesordner einzuordnen. »Als Cilgia in ihrem Schlitten durch den Schnee rauschte«, sagt er dann, »krachte plötzlich ein Schuß. Cilgia fuhr aus ihren Gemspelzen und Wolldecken hoch und sah, wie ein Adler tot vom Himmel stürzte, direkt vor ihren Schlitten. Sie riß die Zügel zurück. Aus einem frostweißen Gebüsch trat ein Mann, er kam mit festen, langsamen Schritten durch den Schnee. Er hatte ein Gewehr in der Hand. Sie starrte ihn an. Ihre Lippen bebten. Sie sah seine Augen. ›Das, das war ein Meisterschuß‹, sagte sie leise.

›Danke‹, sagte der Mann. Er stand vor ihr, mit seinem Gewehr. ›Verzeihen Sie, daß ich Sie erschreckt habe. Ich heiße Markus Paltram. Und Sie, Fräulein?‹

›Cilgia‹, sagte Cilgia Premont. Lange sahen sie sich an. Dann wandte sich Cilgia ab, faßte die Zügel, und ihr Schlitten brauste davon. Sie schüttelte lachend den Kopf. Aber der wilde, heftige Mann wollte ihr nicht aus den Gedanken.«

Das junge Mädchen, das dem Großvater und der Großmutter hilft, atmet heftig aus. Der Bräutigam legt seine Hand auf ihren Oberschenkel. Er ist braungebrannt und trägt einen Skilehrerpullover. Ich schaue die dicke Frau an, die mit einem Messer am Bindenfleisch herumschneidet. »Man muß Bindenfleisch mit dem Messer schneiden, so dünn man kann, aber nie mit der Maschine«, sagt sie. Ich nicke. Ich nehme einen Schluck Wein. Er schmeckt, jetzt, nach dem dritten Glas, nicht mehr so sauer wie am Anfang.

»Inzwischen hatte der Ball begonnen, und Hans Gruber lag, im Korridor zu den Toiletten, auf den Knien vor Cilgia. Er küßte ihre Hand. Lachende Männer und Frauen gingen an ihnen vorbei, in den Tanzsaal zurück. Er sagte, er möchte, daß sie mit ihm in sein Hotelzimmer komme. Cilgia schaute über ihn hinweg, in eine weite Ferne, sie drehte sich plötzlich um, ergriff ihren Mantel und ging zu ihrem Schlitten. Hans, der so etwas nicht gewohnt war, sah, wie sie losfuhr, auf der Straße, ohne Licht. Der Schlitten verschwand in der Dunkelheit, aber Hans hörte noch lange die kratzenden Schläge, wenn die Kufen über den ausgestreuten Kies fuhren. Cilgia hetzte die Pferde durch Pontresina, das still in der dunklen Nacht dalag, die ersten Kehren der Paßstraße hoch. Fiebrige Gedanken zogen durch ihren Kopf, während die Pferde zwischen den Schneewänden, die der Schneepflug hochgeworfen hatte, einherstampften. Es war eiskalt. Als Cilgia das Hospiz erreichte, ging die Sonne auf; die ersten Strahlen fielen auf die Bergkette über ihr. Überall war Schnee, Schnee, Schnee. Sie torkelte in die Gaststube des Hospizrestaurants. Der Wirt brachte ihr trockene Socken. Während sie einen Tee und einen Grappa trank, sah sie zum Fenster hinaus, und es wollte ihr sein, sie höre Schüsse und ferne Rufe von den Bergen her. Sie ging zum Fenster und lauschte. ›Das ist der neue Skilift‹, sagte der Wirt, ›wir wollen hier jetzt alles erschließen, wissen Sie, Fräulein Cilgia.‹

Cilgia nickte. ›Kennen Sie einen Herrn Paltram, Herr Wirt?‹ fragte sie leise.

›Oh‹, sagte dieser, ›den Markus? Den kennt jeder hier. Das ist ein ganz Wilder.‹

›Ah‹, sagte Cilgia. Sie trank einen Schluck Tee.

Der Wirt setzte sich an ihren Tisch und beugte sich zu ihrem Ohr. ›Ich will ja nichts gesagt haben‹, sagte er, ›aber man sagt so allerlei.‹ Dann schwieg er, er schaute zum Fenster hinaus, wo er durch die Eisblumen hindurch die ersten Skitouristen sah, die ihre Skier in den Rechen warfen. Dann öffneten sie die Tür und stampften in die Gaststube. Cilgia umklammerte ihr Teeglas. Sie spürte ein wildes Kribbeln in den Fingern.

›Was sagt man?‹ fragte sie dann.

›Oh, nichts‹, sagte der Wirt, ›nur, er ist anders als die andern. Er kommt aus dem Unterengadin, und niemand weiß, wer sein Vater ist. Man sagt, er ist einer aus Bergamo, und man sagt noch ganz anderes.‹ Der Wirt stand auf und ging zu den Touristen. Cilgia sah, wie er ihnen hinter dem Buffet eine heiße Ovomaltine bereitmachte. ›Und dann?‹ fragte sie zum Buffet hinüber.

›Meistens ist er ja ganz normal‹, sagte der Wirt und setzte sich wieder, ›aber manchmal wird er ganz komisch. Dann schlägt er alles kurz und klein. Man sagt, er kann, wenn er will, an jemanden denken, und dieser fällt tot um. Er kann auch, wenn ein Kind krank ist, seine Hand auf die Stirn des Kinds legen, und es wird gesund. Er kann so schießen, daß die Adler vom Himmel stürzen, und wenn er ein Mädchen anschaut, ist es um sie geschehen. Kennen Sie ihn, Fräulein?‹

›Nein‹, sagte Cilgia, ›ich habe von ihm gehört. Ich muß jetzt gehen!‹ Sie bezahlte. Sie setzte sich in den Schlitten, um den sich neugierige Touristen geschart hatten, und fuhr los.

Der Wirt, der nachdenklich am Fenster stand, sah, wie der Schlitten die letzten hundert Meter vom Hospiz bis zur Paßhöhe hochkroch. Er sah, wie Cilgia in der hellen Sonne die Peitsche schwang und in einer Schneewolke jenseits der Paßhöhe verschwand.«

Der Großvater trinkt. »Weißt du«, sage ich leise zur dicken Frau, »ich kenne diese Straße. Sie ist seit ein paar Jahren auch im Winter offen, aber eigentlich ist es ein Wahnsinn. Immer wieder findet man steifgefrorene Automobilisten, die wie Eiszapfen in ihren Autos sitzen.«

»Markus Paltram«, sagt der Großvater, »machte sich auch auf den Weg über den Paß. Er ging der Schlittenspur nach. Er konnte das Mädchen nicht vergessen. Er ging auf der Straße. Der Wind fuhr ihm in die Haare. Er trug seine Skier auf dem Rücken. Kein Automobilist nahm ihn mit, die Einheimischen nicht, weil sie ihn kannten, die Touristen nicht, weil sie ihn nicht kannten. Er sah zu den Bergen hoch. Er dachte: Einen Geier treffe ich auf dreihundert Meter, aber wenn ich vor einer Frau stehe, zittere ich. Ohne innezuhalten ging er am Restaurant von Bernina Suot und am Hospiz vorbei, immer in der Schlittenspur. Er sah auf den Lago Bianco, der in diesem Jahr hellblau war. Auf der Paßhöhe band er sich die Skier an. Der Wind donnerte ihm in die Ohren. Er sah zum Piz Palü hoch, dann fuhr er los, ins Tal hinunter. Er war ein Skifahrer ohne Stil, aber er kam überall durch. Er fuhr schnell, er kam am Zollhaus vorbei, an einem alten Bündnerhaus, das früher eine Pferdewechselstation gewesen war, am Restaurant Sfazú. Dann sah er, weit unten, den Schlitten. Er fuhr jetzt mit weiten Schlittschuhschritten. Er kam dem Schlitten immer näher. Am Dorfeingang von San Carlo holte er ihn ein, griff, neben den Schimmeln gleitend, in die Zügel, und der Schlitten hielt. Cilgia schrie auf. Sie stürzte Markus in die Arme, und sie küßten sich.«

Der Großvater stochert in seiner Pfeife herum. Die Frau hat ihre dicke Hand auf meine getan. Die Großmutter lächelt. Sie sieht über unsre Köpfe weg auf die Holzwand. Der Pilot tut sich ein bißchen Fondor auf den Daumennagel und leckt daran. Er verzieht das Gesicht.

»Cilgia kam an diesem Tag erst in der Nacht heim«, sagt der Großvater. »Sie hatte Heu in den Haaren. Sie war rotglühend vor Glück. ›Warum schießt du Tiere tot?‹ fragte sie Markus, ›Adler, Gemsen, Steinböcke?‹ Markus versprach ihr, nie mehr auf die Jagd zu gehen. Eng umschlungen gingen sie zum Bahnhof, ganz offen nahm sie Abschied von ihm, ganz ohne Scham ging sie nach Hause. Bei den Männern, im Café Semadeni, im Albrici, wurde nur noch von einem gesprochen: daß man Cilgia, das liebste Mädchen von Poschiavo, mit dem fürchterlichen Markus Paltram gesehen habe und daß das nicht gut gehen konnte. Inzwischen saß Markus in der Berninabahn, die die Kehren über Cavaglia hochfuhr. Es war Nacht. Er sah zu den Gipfeln hinauf, die im Licht des Vollmonds lagen. Er sah die Gemsen, als kleine, schwarze Punkte auf dem blauleuchtenden Schnee. Warum mußte er immer wieder da hinauf, wo die Stürme brausten und die Lawinen donnerten?«

Wir prosten uns alle zu. Das Mädchen, das dem Großvater und der Großmutter hilft, steht auf, weil ein Auto an die Tankstelle gekommen ist. Sie wirft im Vorbeigehen ein Holzscheit in den Ofen. Ich höre das Feuer. Ich beiße in ein Stück Bindenfleisch und esse ein Stück Brot dazu, das nach Anis schmeckt. »Und dann?« frage ich den Großvater.

»Dann«, sagt der Großvater, »dann. Ja, dann kam irgendein Mißverständnis, jedenfalls, Markus Paltram ging wieder auf die Jagd, und Cilgia sah ihn, wie er mit einer Gemse auf dem Rücken in den Stall ging. Sie weinte. Sie schrie. Sie wollte nie mehr etwas mit diesem Unmenschen zu tun haben. Markus war wie vom Donner gerührt, kreidebleich stand er da und sah Cilgia nach, die durch den Schnee stolperte. Schreckliche Monate vergingen. Cilgia saß zu Hause am Fenster, sie sah den Zügen nach, die ins Engadin hinüberfuhren.

Immer häufiger erzählte ihr der Streckenwärter, wenn er von seinen einsamen Märschen über die Bahnschwellen zurückkam, daß man allerhand über Markus munkelte: er werde immer stummer, wilder, verschlossener, er sei nachts nie mehr zu Hause, er gehe wochenlang über einsame Bergwege. Man höre ihn, wenn man unten im Tal stehe, wie er mit seltsamen Rufen oben über die Abhänge gehe. Man wisse nicht recht, was er tue, aber man spüre, es habe etwas mit den Gemsen zu tun. Es ist unglaublich«, sagt der Großvater, »ich habe die Gemsen selber gesehen. Sie fraßen ihm aus der Hand. Er hatte alle Gemsen des ganzen Engadins hinten an die Nordflanke des Piz Bernina gelockt. Er beschützte sie. Es waren Tausende, Hunderttausende. Ich habe sie selber gesehen. Ich bin damals Streckenwärter bei der Berninabahn gewesen. Cilgia schaute mich mit großen Augen an, wenn ich ihr von Markus erzählte, aber sie sagte kein Wort.« Der Großvater lächelt. Er schaut die Großmutter an, die nicht zugehört hat, weil sie die Getränkerechnung für die Feriengäste bereitmacht. »Dann passierte es, daß ein Skitourist ganz schrecklich stürzte. Alles an ihm war zerdrückt, ausgekugelt, gebrochen. Die Ärzte in Samedan wußten nicht recht, was sie mit ihm tun sollten. In seiner Verzweiflung ging der Oberarzt nachts zu Markus Paltram und bat ihn, ihm zu helfen. Markus Paltram ging ins Spital. Der Verletzte war der Hans Gruber vom letzten Jahr. Markus Paltram schaute ihn lange an: sein verwöhntes Gesicht, sein Lackaffenlächeln, seine Tan-o-tan-Haut. Dann holte er eine Büchse mit einem Fett aus seiner Hosentasche. Er rieb den Verletzten ein und hielt seine Handgelenke in seinen Pratzen. Das tat er jede Nacht, und nach einem Monat war Hans Gruber gesund, stärker denn je, und noch immer sah er aus wie eine Zigarettenwerbung.«

Die dicke Frau drückt ihre Zigarette aus und nimmt eine von den Pfeifen aus dem Pfeifentopf. Der Großvater schiebt ihr den Lederbeutel mit dem Tabak hinüber. Er bezieht seinen Tabak aus dem Puschlav, aus Brusio, wo der Tabak für den Eigenbedarf der Zigarettenschmuggler gezogen wird. »Die Firmen liefern die Zigaretten fertig auf Traghutten abgepackt«, sage ich zur dicken Frau, »sie werden mit Camions bis an die Grenze gefahren und dann zu Fuß hinübergetragen. Alle zehn Jahre kennt ein neuer Zollbeamter aus Mailand die Gebräuche nicht, und dann gibt es eine Schießerei.« Ich huste. Ich lächle, mit Tränen in den Augen, zum Großvater hinüber. Dieser sagt:

»Hans Gruber telefonierte mit Cilgia. Er sagte, er komme nach Poschiavo, mit der nächsten Bahn, und Cilgia sagte nicht ja und nicht nein. Dann stand er vor ihr. Bolzsteif saß sie neben ihm im Café Semadeni. Willst du mich heiraten? sagte er nach dem dritten Glas Veltliner. Ich will dich glücklich machen. Ich habe siebzehn Lastwagen. Cilgia sagte nichts. Dann nickte sie langsam.«

Der Großvater schüttelt den Kopf. Wir schauen vor uns hin. Wir trinken einen Schluck, und brummelnd macht sich der Großvater daran, eine neue Flasche aufzumachen. Er hat ein rotes Gesicht, mit blauen Äderchen drin. Man sieht seiner Haut die kalte Luft an, die hier oben immer ist. Hunderttausendmal ist er von Poschiavo nach Cavaglia gegangen, zwischen den Geleisen, auf den Schwellen. Er hat die Zeiten noch miterlebt, wo alle zusammen im gleichen Zimmer am Boden geschlafen haben, aneinandergekuschelt, wie Ziegen. Dann hat ihnen die Berghilfe Etagenbetten in die Ställe gestellt.

»Hans und Cilgia lebten also zusammen«, sagt der Großvater dann, »und es ging nicht schlecht und nicht recht. Cilgia war still. Ich sah, wenn ich so tat, als kontrolliere ich die Schmierung der Weichen, daß sie Tränen in den Augen hatte. Hans aber kam immer häufiger spät nach Hause. Er ging nun auch in die Berge hinauf. In der Abenddämmerung stellte er den Gemsen Fallen. Er baute aus Föhrenästen Gitter, hinter die er Salz streute. Die Gemsen zwängten ihre Köpfe hindurch, sie leckten das Salz, dann konnten sie, wegen ihren Hörnern, nicht zurück. Am nächsten Abend, wenn die Sonne über dem Piz Palü stand, kam Hans Gruber und stach sie ab. Eines Abends aber standen sich im Sturmwind Markus Paltram und Hans Gruber gegenüber. Markus stand hoch aufgerichtet auf einem Felsen, mit seinem Gewehr in der Hand. Hans Gruber kniete neben einem im Gitter verstrickten Gemsbock, das Tötmesser in der Hand. Der Gemsbock schlug voller Panik mit den Hinterbeinen aus. Gruber stand auf. Er zitterte. Er umkrallte das Messer. Markus sah ihn lange an. Dann warf er plötzlich das Gewehr weg und ging auf Gruber zu. Hans Gruber stöhnte auf. Er stürzte sich auf Markus Paltram und stieß ihm das Messer in die Brust. Markus Paltram fiel zu Boden. Hans Gruber starrte auf ihn, dann rannte er mit wilden Sprüngen talwärts, von Felsplatte zu Felsplatte. Er glitt aus und stürzte eine Felswand hinunter. Er war tot. Markus indessen schleppte sich in eine von seinen Schutzhütten. Dort lag er, röchelnd, schwach, in seinem Blut.«

Wir nicken. Wir haben gedacht, daß es zwischen den beiden Männern zu irgend etwas kommen wird. Ich schalte nur schnell das Fernsehen ein. Es ist die rätoromanische Sportschau. Man sieht ein Pferderennen auf dem Sankt Moritzer See. »Laß das doch!« sagt die dicke Frau. »Ich will wissen, wie es ausgeht.« Ich schalte ab.

»Dann«, sagt der Großvater, »als Hans Gruber nicht nach Hause kam, ging Cilgia mitten in der Nacht mit einer Sturmlaterne in die Berge. Sie ahnte, wo sie suchen mußte. Sie fand das Gitter und die angestochene Gemse darin, sie sah die Spuren des Kampfs. Mit leeren Blicken sah sie in den dunklen Abgrund. Sie ging der Spur des Körpers nach, der sich durch den Schnee geschleppt hatte. Ihr Herz schlug rasend schnell. Sie fand Markus Paltram in der Hütte, sterbend. Sie legte seinen Kopf in ihren Schoß. Sie schauten sich an. Dann starb Markus Paltram.«

»Oh«, sagt die dicke Frau.

»Cilgia wußte sofort, daß sie nie mehr in das schreckliche Tal hinuntergehen würde. Sie begrub ihren toten Bräutigam. Sie lernte die Sprache der Gemsen. Bald konnte sie das keuchende Zischen fast so gut, wie Paltram es gekonnt hatte. Sie nahm sein Gewehr. Sie trug seine Kleider. Sie wußte, sie mußte hier oben bis zur Neujahrsnacht ausharren. Ich«, sagt der Großvater, »ich hörte sie, wenn ich in der Nacht meine Strecke abschritt, wie sie heulte. Ich war der einzige, der ahnte, wo sie war, aber ich sagte niemandem etwas.« Der Großvater blickt in sein Glas. Wir sind jetzt sehr still. »Sie ernährte sich von dem Gemsbock, der das Opfer Hans Grubers geworden war, von Schneewasser, von Wurzeln. Nachts schlief sie in der Hütte. Tagsüber machte sie kilometerlange Märsche durch das Eis und die Schneewächten, stundenlang stand sie auf Felsvorsprüngen und schaute auf die Paßstraße hinunter. Manchmal lachte sie schrill auf. Dann tanzte sie auf dem Felsvorsprung, und die Touristen, die sie zufällig ins Bild ihres Fernrohrs bekamen, wischten sich verwirrt über die Augen. Sie sah nun aus wie ein Indianer, mit zausigen Haaren, mit spitzen Zähnen, mit zerrissenen Kleidern.«

Der Großvater nimmt seinen letzten Schluck. Er ist alt geworden. Er wird vielleicht nicht mehr lange leben, und dann wird niemand mehr Cilgia gekannt haben. Sicher hat auch der Großvater Cilgia geliebt. »Es ist ja nur so eine Geschichte«, sagt er schließlich, »aber dann kam die Neujahrsnacht. Wir hörten es deutlich von unten. Oben am Piz Bernina war ein ungeheures Toben, wir sahen Blitze, die in die Gipfel schlugen, und es donnerte. Wir saßen auf dem Ofen und hielten uns an den Händen. Ich weinte. Ich schlief die ganze Nacht nicht, und die Großmutter, die damals ein junges Mädchen mit Apfelbrüstchen und roten Lippen war, tröstete mich, ohne recht zu wissen, warum.«

Der Großvater lächelt die Großmutter an, die zurücklächelt. Sie kennt die Geschichte. Ich sehe plötzlich, daß sie ein Muttermal am Hals hat. »Am nächsten Morgen ging ich los, allein, mit meinen Skiern«, sagt der Großvater. »Ich stieg den Gletscher hinauf, bis nach hinten, unter die Nordwand des Piz Bernina. Immer mehr Spuren gingen in meiner Richtung, Spuren von Gemsen, von Tausenden, Hunderttausenden. Dann sah ich auch die Spuren von ihnen. Es war, als hätten sie getanzt. Ich stand lange an einer Stelle, die so aussah, als hätten ihre Körper den Schnee weggeschmolzen, bis auf den Felsen hinunter. Seitdem habe ich nie mehr etwas von Cilgia und Markus gehört«, sagt der Großvater leise, »das heißt, wenn ich es nicht selber erzähle.« Er lächelt. Wir nicken. Ich streichle der dicken Frau über die Wangen. Der einsame Pilot starrt vor sich hin.

Wir hören, daß die Haustür aufgerissen wird. Es sind die Skifahrer, die beim Großvater eine Wohnung gemietet haben. Sie lachen und schreien. »Sie sind unheimlich gut ausgerüstet«, sagt der Großvater, »diese jungen Skifahrer. Mit Klotzschuhen, Sturzhelmen und Stöcken, die unten dünner sind als oben. Ich glaube aber nicht, daß sie besser fahren als wir mit unsern Faßdauben.« Ich schenke dem Großvater nochmals ein. Jetzt ist auch die zweite Flasche leer. Die Standuhr schlägt zwölf. Der Großvater liest jetzt noch ein bißchen in der *fögl ladin.* Ich frage die Großmutter, ob sie einen Schieber spielt. Wir werfen die Karten auf den Tisch und ziehen eine. Ich und die dicke Frau spielen gegen den Piloten und die Großmutter. An den glänzenden Augen der dicken Frau sehe ich, daß sie gute Karten hat.

## Basel

Im Rhein treiben Eisschollen. An den Brückenpfeilern, in
den Wirbeln, bilden sich Schaumteppiche. Auf den winkligen
Dächern der Häuser am Ufer liegt weißer Rauhreif. Wir stehen auf der Pfalz, vor dem Münster, und schauen über Dächer, auf Chemiehochhäuser. Wir haben die Mantelkrägen
hochgeschlagen, halten die Hände in den Taschen und
stampfen von einem Fuß auf den andern. Wir sehen auf die
Fähre hinunter, die, an ihrem Seil hängend, gegen das Wasser anfährt. »In dieser Fähre spielen viele Geschichten«,
murmle ich. »Alle sind traurig. Es sind Fährengeschichten.«
Wir setzen uns auf die Pfalzmauer. Am Ufer gegenüber
und auf der Mittleren Brücke haben sich viele Leute ange-
sammelt. Wir hören Böllerschüsse. Ich schaue stromaufwärts.
Eine blasse Sonne scheint aufs Wasser. »Ich will euch von
meinem Deutschlehrer erzählen«, sage ich, »wir haben schon
noch Zeit, bevor es losgeht. Mein Deutschlehrer war ein kleiner, magerer Mann, der mir groß und kräftig vorkam. Er
hielt einen Bambusstock in der Hand, mit dem er einen
Rhythmus in seine Stunden brachte. Er wollte, daß wir le-
bendige Aufsätze schrieben. Das heißt, jeder Aufsatz mußte
etwa so anfangen: Brrr, klingelt der Wecker. Jubelnd
springe ich aus dem Bett.«
Ich sehe, weit oben auf dem Rhein, ein Floß. Ich deute
darauf. Die Böllerschüsse sind lauter. Auf dem Floß stehen
viele Gestalten, und als es näher kommt, sehen wir, daß eine
klobige Figur mit einer Tanne in der Hand darauf herum-
tanzt. »Das ist der Wilde Mann«, sage ich durch das Böllern
hindurch. »Er wird am andern Ufer anlegen und den Löwen
und den Vogel Gryff begrüßen. Das ist ein uraltes Kleinbasler Fest. Von hier aus sehen wir nur den Arsch des Wilden
Mannes, das macht er absichtlich so. Die Kleinbasler lieben

die Großbasler nicht, mit Recht.« Die Männer auf dem Floß rudern mit aller Kraft. Sie legen unterhalb des Fährenstegs am Ufer an. Wir riechen den Pulverdampf der Böllerkanonen. »Unser Deutschlehrer und ich«, murmle ich, »wir hatten dort hinter dem Münster unsere Schule. Dort, auf der andern Rheinseite, wohnte er. Jetzt ist er tot. Er nahm jeden Tag die Fähre.« Ich schaue hinunter, dahin, wo er gewohnt hatte und wo jetzt der Wilde Mann das Floß verläßt. Der Leu und der Vogel Gryff stehen auf dem Trottoir und machen ihre Bücklinge. »Wenn er in der Fähre saß, dachte er immer: Ich möchte so gern mit den Leuten reden, die neben mir auf den Holzbänken sitzen. Vielleicht haben sie traurige Herzen wie ich, und wir könnten uns helfen«, sage ich. »Er saß dann aber schweigend da und sah zum Münster hinauf, auch ist eine Überfahrt zu kurz für ein richtiges Gespräch. Zu Hause hatte er eine dicke Frau. Er hatte vielleicht einmal geglaubt, früher, sie würde ihn vor den Stürmen des Lebens beschützen, aber sie beschützte ihn nicht eigentlich. Sie stand ihm auf den Flügeln herum. Ich liebte ihn.« Wir sehen, wie die drei vermummten Ungetüme mit ihrem Anhang der Rheinuferstraße entlang auf die Mittlere Brücke zugehen, hinter trommelnden Harlekinen drein. Die Trommeln dröhnen bis zu uns hinauf. Uelis tanzen herum. Sie sammeln Geld. »Heute abend haben die alle einen Rausch, und wir auch«, sage ich. »Der Deutschlehrer hätte sicher am Vogel Gryff auch gern einen Rausch gehabt, aber ich glaube, er durfte nicht ins Restaurant Zum Schwarzen Bären oder ins Schwalbennest hinaus. Seine Frau schloß die Tür ab. Sicher dachte er an die, die sich einen ansaufen konnten, wenn er in der Deutschstunde vor uns stand und wir einen Aufsatz schrieben. Das Thema war: Der Vogel Gryff. Brrr, hatte ich schon geschrieben, und daß der Wecker geklingelt hatte und daß ich jubelnd aus den Leintüchern gesprungen war und singend den Frühstückstisch gedeckt hatte. Mein Deutschlehrer hörte indessen das ferne Böllern, das vom Rhein herkam und dachte: Heute ziehe ich los, auf Teufel komm raus. Es geht nicht, es geht nicht, daß ich in mir herumphantasiere wie ein Dichter. Ich muß wirklich einmal hinausgehen und eines von diesen Mädchen ansprechen, die im Schwarzen Bären sitzen. Tagsüber sind sie Verkäuferinnen in den Magazinen zur Rheinbrücke. Sie haben toupierte Haare, bemalte Augendeckel und kurze Röcke. Ich liebe sie. Sie sind immer zu zweit und haben sehnsuchtsvolle Blicke. Sie lachen miteinander. Ich werde mich maskieren, das werde ich.«

Der Pilot, die dicke Frau und ich gehen nun über den Münsterplatz. Es windet. Die dicke Frau hält den Mantelkragen mit beiden Händen. »Hier hat Napoleon gewohnt«, sage ich und weise auf die Telefonverwaltung. »Aber warum nur?« Ich spüre eine leise Trauer, wenn ich an meinen Deutschlehrer denke. Es ist für ihn ein schlechter Trost, denke ich, daß mir bei seinen Fährengeschichten die Tränen in die Augen schießen. Tot ist tot.

»Jedenfalls«, sage ich zur dicken Frau, die sich mir an den Arm gehängt hat, »mein Deutschlehrer sammelte an diesem Vogel Gryff unsere Aufsätze noch vor dem Glockenzeichen ein. Schneller als sonst rannte er die Sandsteintreppe zur Fähre hinunter, ungeduldig mit den Füßen trampelnd saß er in der Fähre, während er hoch oben auf dem Rhein schon das Floß des Wilden Manns sah. Er drängte sich durch die wartenden Leute und betrat seine Wohnung. Seine Frau hielt ihm die Wange hin und rasselte mit den Schlüsseln. Dann ging sie in die Küche. Der Deutschlehrer stieg geräuschvoll die Treppe hinauf in sein Arbeitszimmer. Aber diesmal setzte er sich nicht an den Schreibtisch, von dem aus er über den Rhein sah, aufs Münster, auf seine Schule, auf die Fähre. Er stopfte sich unsere Aufsätze in die Rocktasche und schlich auf den Zehenspitzen die Treppe wieder hinunter, zur Tür und hinaus. Als er ins Reverenzgäßchen einbog, ging sein Atem etwas ruhiger. Er lachte plötzlich und schluckte mit einem Ruck das, was ihm im Hals steckte, hin-

unter. Er ging zwischen alten, stillen Häusern. Er hörte
Trommeln. Die Böllerschüsse waren nun ganz nah. Vor dem
Schwarzen Bären blieb er stehen und schaute das Wirtshaus-
schild an. Es war das erstemal, daß er dieses Lokal betrat,
über das er so viel geschrieben hatte. Herrgott, war das ein
schöner Raum! So herrlich hatte er es sich gar nicht vorgestellt. Er setzte sich still in eine Ecke. Er bestellte einen
Zweier Magdalener, wegen dem Magen, sonst hätte er eher
einen Dreier Féchy genommen. Der Wirtschaftsraum war
aus braunem Holz. Ein Kohlenofen brannte in der Mitte.
Die Gäste saßen an langen Tischen, auf langen Bänken.
Vorne, bei der Tür, saßen ein Saxophon- und ein Hammond-
orgelspieler. Sie spielten. Der Deutschlehrer sah sich im Lokal um. An einem andern Tisch saß ein Mädchen. Sie sah
lieb aus. Er dachte: Ich könnte mit ihr plaudern, und vielleicht könnten wir einen Spaziergang dem Rhein entlang
machen, eine Fahrt mit der Fähre, und wir könnten in der
Solitüde ein Bier trinken. Er trank mit kleinen, schnellen
Schlucken.«

Ich schweige. Ich sehe, daß die dicke Frau und der Pilot
an einem Haus emporsehen, über dessen Tür die Zahl 1386
steht. Schließlich gehen sie weiter. Ich gehe einige Schritte
voraus. Ich denke daran, wie mein Deutschlehrer lächelte,
wenn er mir meine Aufsätze zurückgab. Als wir bei der
Confiserie Spillmann um die Ecke biegen, sage ich zu den
beiden, die jetzt wieder neben mir gehen: »Plötzlich setzte
sich eine Frau an den Tisch des Deutschlehrers. Er sah sofort,
daß sie weder jung noch nüchtern war, aber das machte ihm
heute nichts aus, im Gegenteil. Er prostete ihr zu, in einem
Anflug von Kühnheit. Sie sprachen miteinander. Der
Deutschlehrer hörte und sagte Sätze wie noch nie in seinem
Leben. Ich bin Deutschlehrer, sagte er schließlich nach einer
Stunde, da, schauen Sie! Er zerrte unsere zerknitterten Aufsätze aus der Tasche, er hatte jetzt auch schon seinen dritten
Zweier hinter sich und war bereit, alle Aufsätze gut zu

finden. Er nahm den obersten. Er las ihn mit lauter Stimme vor. Der Vogel Gryff, las er: Brrr, klingelt der Wecker. Ich springe jubilierend ins Badezimmer und putze mir glücklich die Zähne. Die Freundin lachte, so etwas hatte sie noch nie gehört. Der Deutschlehrer lachte auch. Ich will immer, verstehen Sie, sagte er zu ihr, daß meine Schüler einen lebendigen Stil schreiben – ich, ich liebe Sie, Madame. Die Frau lachte heftig. Ich auch, ich dich auch, rief sie, Fräulein, noch ein Liter. Ja, rief der Deutschlehrer, noch einen Liter, für mich und meine Braut. Er setzte sich neben sie. Sie war Verkäuferin in den Magazinen zur Rheinbrücke. Der Deutschlehrer nickte. Das habe ich mir gedacht, sagte er. Was, sagte sie, warum? Ich habe auch nicht gedacht, daß du ein Schullehrer bist. Sie trank ihr Glas aus. Dann sangen beide, die Frau mit einer Seemannsstimme, der Deutschlehrer mit einer Kraft, die ihn überraschte. Ich habe immer geglaubt, ich habe eine Art Katzensopran, dabei habe ich einen Baß, dachte er.«

Wir drängen uns inzwischen durch die Männer, Frauen und Kinder, die auf der Mittleren Brücke stehen. Vor der Kapelle aus Sandstein tanzt der Vogel Gryff. Er macht Schritte, von denen wir nicht wissen, sind sie ein uraltes, ehrwürdiges Ritual, oder sind sie Zufall, weil die Uniform so schwer ist und weil er, nach dem achtzehnten Umtrunk, nicht mehr ganz sicher auf den Vogelbeinen ist. Wir schauen zu. Wir geben einen Franken in eine Uelikasse. Die Trommler gehen mit langsamen Bärenschritten. Mein Herz schlägt. Dann kämpfen wir uns durch die Kopf an Kopf stehenden Zuschauer. Wir gehen durch die Rheingasse, zum Restaurant Zum Schwarzen Bären. »Wenn wir jetzt hineingehen«, sage ich zu den andern, »ist es noch nicht so voll. Später dann, wenn sie ausgetanzt haben, findest du hier keinen Platz mehr, bis zur Polizeistunde.« Wir setzen uns. Die dicke Freundin, die ich liebe, will einen Féchy, der Pilot einen Träsch, und ich nehme einen Zweier Magdalener. »Der

Deutschlehrer und seine Braut saßen und sangen bis zur Polizeistunde«, sage ich, nachdem wir uns zugeprostet haben. »Dann gingen sie Arm in Arm nach Hause. Das heißt, sie hätten gern ein Zuhause gehabt, aber der Deutschlehrer hatte zu Hause eine böse Alte und die Frau einen lieben Alten. Der Deutschlehrer war verzweifelt. Gehen wir in die Fähre, flüsterte er, sie ist abgeschlossen nachts, aber ich weiß, wie man hineinkommt. Die Frau war begeistert. Sie nahm noch einen Liter mit. Sie schwankten eng umschlungen durch die Rheingasse, durchs Reverenzgäßchen, über den Rheinweg, die steile Treppe zum Rhein hinunter, über den Steg. Wie ein Junger hangelte sich der Deutschlehrer um das abgeschlossene Türchen herum, öffnete von innen den Riegel und ließ seine Geliebte ein. Sie tänzelten wie Seelöwen über das Brett, das übers Wasser zur Fähre führte, und verschwanden im Schiffsinnern. Die Fähre schwankte. Innen, unter dem Schutzdach, war es stockdunkel. Sie saßen nebeneinander auf der Holzbank. Sie küßten sich. Der Rhein gluckste leise, und in der Ferne hörte man Autolärm. Die Frau lachte jetzt nicht mehr. Sie begann plötzlich zu weinen. Wenn du wüßtest, schluchzte sie, was mir mein Vater angetan hat, wenn du wüßtest. Der Deutschlehrer schaute in die Dunkelheit. Er fror ein bißchen. Er verstand, daß er die Frau trösten mußte. Er streichelte sie, stundenlang. Dann legten sie sich auf den Fährenboden und schliefen ein.«

Die dicke Frau lächelt. Sie trinkt. »Jetzt bin ich gespannt, wie du diese Geschichte zu einem guten Ende führst«, sagt sie. »Ich auch«, sage ich. Der Pilot steht auf und geht zum Orchester. Er kann aus der Zeit, wo er bei der Royal Air Force war, schlagzeugen, und jetzt fegen die drei eine Polka hin, wie man sie hier schon lange nicht mehr gehört hat. Wir klatschen.

»Ich glaube, es ist so gewesen, daß, mitten in der Nacht, er doch noch mit ihr schlafen gekonnt hat«, sage ich dann. »Sie beschlossen auszuwandern. Der Deutschlehrer machte das Fährseil los, und langsam trieb die Fähre auf dem kalten schwarzen Rhein abwärts, bis zum Horizont.« Die dicke Frau sagt: »Ich glaube, es ist nicht so gewesen. Sondern er ging mit ihr nach Hause, und dort fing *er* an zu weinen, und vielleicht starb er auf dem Heimweg.«

Ich nicke. Es kann schon sein, denke ich. »Ich habe vergessen, daß er sich verkleiden wollte«, sage ich, »das ist das Wichtigste. In Basel geht keine Geschichte ohne eine Verkleidung vor sich.«

»Ach so«, sagt die dicke Frau. Sie hat heute keinen Büstenhalter an. Ich gebe ihr einen Kuß. »Ich werde mir einen Wurstsalat bestellen«, murmelt sie, »ein Wurstsalat aus einem Klöpfer, mit Zwiebeln, das ist das Größte.«

»Ja«, sage ich. »Es ist mit Sicherheit so gewesen: es war gar nicht Vogel Gryff, sondern Fasnacht, denn alle Fährengeschichten spielen an der Fasnacht. Der Deutschlehrer schlich sich aus seinem Haus heraus, zum erstenmal in seinem Leben, aber er hatte sich maskiert, als Harlekin, glaube ich. Er ging durch das Gedränge in den Straßen in den Schwarzen Bären, und im Schwarzen Bären setzte er sich an einen Tisch, den Tisch von vorhin. Sicher setzte sich auch eine Frau neben ihn, eine dicke, kräftige, lustige. Sie war als alte Tante verkleidet. Sie tranken viele halbe Liter zusammen, er einen Roten wegen des Magens, sie einen Weißen. Dann gingen sie zusammen nach Hause, zum Nachhause der Frau. Mein Deutschlehrer zitterte. Sicher fing er irgendwann einmal zu weinen an, vor Glück, vor Trauer. Sein Herz klopfte. Sie saßen zusammen auf dem Bett. Beide waren nun völlig demaskiert. Die Frau streichelte ihm über den Kopf. Weine doch nicht so, sagte sie, es war doch schön. Ja, sagte der Deutschlehrer, schon. Weißt du, eigentlich bin ich ein Dichter. Darf ich dir eine von meinen Geschichten erzählen? Manchmal, wenn ich allein bin, schreibe ich sie auf. Sie spielen alle auf der Rheinfähre, und fast alle an der Fasnacht. Der Held in meiner Geschichte ist ein Mann. Er arbeitete seit vierzig Jahren im Gaswerk. Er hieß, sagen wir, Rudolf. Seit immer ging er in seiner Clique bei den Pfeifern vorne links, und bei den Fasnachtsvorbereitungen war er immer der aktivste, bereiteste, stillste, lustigste. Aber vor dieser Fasnacht, von der ich rede, merkten seine Freunde, daß er nicht mehr ganz so aktiv, nicht mehr ganz so bereit, nicht mehr ganz so lustig und viel stiller war. Sein Freund Paul fragte ihn schließlich, als die andern lärmend am Requisit herumhämmerten: Rudolf, was hast du? Gehts dir schlecht? Rudolf, mein Held, lächelte ihn nur traurig an. Doch, doch, murmelte er, ich bin schon in Ordnung, völlig in Ordnung. Er sah zu Boden und trank einen Schluck Roten, aber Paul hatte gesehen, daß in seinen Augen Tränen standen. Er hörte Rudolfs rasselnden Atem. Er klopfte ihm auf die Schulter, blieb einen Augenblick neben ihm stehen, dann nahm er einen Hammer und schritt aufs Requisit zu. Als er, viel später, das Cliquenlokal verlassen wollte, sah er, daß Rudolf noch immer am selben Platz saß. Rudolf machte ihm ein Zeichen mit der Hand, und Paul ging. Auf der Straße draußen bückte er sich und sah durch Kellerfenster hindurch. Er sah Rudolf, wie er auf sein Piccolo starrte. Schließlich setzte er es an die Lippen. Paul sah, wie sich seine Finger bewegten. Aber gleich setzte er es wieder ab. Er stand auf, hustend und keuchend. Langsam ging er zur Tür, öffnete sie, drehte sich um und sah lange in den Keller hinein. Dann schloß er die Tür. Paul ging hastig die Straße hinunter. Verdammt, dachte er, was ist nur mit dem Rudolf? Er hat Tränen in den Augen, und er hat keinen Atem mehr beim Pfeifen!

Dann kam der Morgenstreich. Die Clique stellte sich auf. Es fehlten noch fünf Minuten bis zum Lichteraus um vier, und Rudolf, mein Held, war immer noch nicht da. Das hatte es noch nie gegeben. Vier Uhr. Morgenstreich, foätz maasch, und kein Rudolf. Während des Pfeifens und Trommelns drehten sich seine Freunde manchmal um, um zu sehen, ob er den Anschluß noch fände. Er kannte ja die Route so ungefähr: den Spalenberg hinauf in den Leuenzorn, dann oben durch die Gassen bis zum Braunen Mutz, dann durch die Streitgasse, die Hutgasse, die Pfluggasse zum Schlüssel. Sie sahen die Laternen und die schwarzen Zuschauer. Sie hörten, unter ihren Larven, das Trommeln und das Pfeifen. Wenn eine Clique ganz nahe kreuzte, dann schalteten sie wie immer das Zuhören ab, um die eigene Melodie nicht zu verlieren. Wie immer hatte Paul eine Larve mit einer Perücke, die ihm beim Piccolospielen zwischen die Finger kam. Dann saßen sie im Braunen Mutz und aßen ihre Mehlsuppe, und zum erstenmal ging es ihnen auf die Nerven, daß die Bedienung schlecht gelaunt, arrogant und langsam war. Habt ihr den Harlekin gesehen, fragte Paul schließlich seine Freunde, der immer hinter uns dreingeht? Ja, sagten die andern. Er hat ein völlig schwarzes Kostüm. Er ist draußen stehengeblieben. Von einer plötzlichen Ahnung gepackt, stürzte Paul die Treppe hinunter auf die Straße. Er starrte in die Menge. Aber der Harlekin war verschwunden. Dank dem Féchy und dem Trommeln und Pfeifen wurde der Tag dann doch schön. Je trauriger Paul war, desto schöner spielte er. Wie immer küßte er seine Jugendlieben, die alle auch sein Alter hatten, aber das machte nichts. Erst spät, als er ihn schon beinahe vergessen hatte, sah Paul den Harlekin wieder. Es war im Restaurant Zum Schwarzen Bären. Der Harlekin saß, klein, schwarz, drohend, an einem Tisch neben einer dicken Frau, und als einziger hatte er seine Larve auf. Paul setzte sich an einen andern Tisch. Er ließ den Harlekin nicht aus den Augen. Er sah, wie dieser sich manchmal über die Brust rieb. Er sprach mit der Frau hinter der vorgehaltenen Hand, in ihr Ohr hinein. Sie kicherte, und einmal sah sie erstaunt zu Paul hin. Als der Harlekin sich bückte, weil der Frau das Taschentuch auf den Fußboden gefallen war, sah Paul, daß in seiner Tasche ein Piccolo steckte, eines mit einem Leukoplast als Erkennungszeichen. Er wußte jetzt, wer der Harlekin war. Er stand auf und ging hinüber. Rudolf, sagte er leise. Hast du etwas gegen uns? Der Harlekin sah ihn an. Durch die Larvenschlitze sah Paul seine schwarzen, nassen Augen. Ich bin kein Rudolf, sagte der Harlekin schließlich leise unter seiner Larve, und noch leiser sagte er: Mit dem Rudolf ist es aus. Kopfschüttelnd setzte sich Paul wieder. Er trank nun still vor sich hin. Aber auch der Harlekin hatte seine Sprache nicht mehr gefunden. Er stand langsam auf, streichelte seiner dicken Frau über den Hals und ging, leise schwankend, zur Tür. Paul wartete, bis die Tür wieder zu war, dann folgte er ihm. Ein kalter Wind fuhr ihm ins Gesicht. Die Rheingasse lag still und dunkel vor ihm. In der Mitte ging schwankend der schwarze Harlekin. Jetzt spielte er auf seinem Piccolo. Nein, das kann nicht der Rudolf sein, dachte Paul. Sein Herz pochte. Dieser Harlekin spielte unsicher und zittrig. Immer wieder setzte er ab. Paul ging langsam hinter ihm drein. Der Harlekin bog ins Reverenzgäßchen ein. Er pfiff nun die Neuen Schweizer. Er brauchte fast die ganze Gasse zum Gehen, er ging und spielte sehr langsam. Er machte immer größere Pausen. Paul hatte Tränen in den Augen, er wußte auch nicht, warum. Er begriff, wo der Harlekin hinging. Er ging zur Fähre. Noch immer pfeifend ging er über den Steg, auf dem schwankenden Brett, und nun war er nicht mehr unsicher. Paul stand unter den Bäumen am Rheinweg. Er sah den Harlekin nicht mehr in der schwarzen Fähre drin. Er hörte seine Töne. Der Harlekin spielte, während die Fähre langsam vom Ufer ablegte. Die Töne klangen über das Wasser, und plötzlich griff Paul in seine Tasche, holte sein Piccolo heraus und pfiff eine zweite Stimme dazu. Die Stimme des Harlekins kam nun von der Mitte des Rheins. Sie war schön und kräftig. Paul hörte, wie die Fähre mit dem piccolospielenden Harlekin den Rhein hinuntertrieb. Jetzt mußte sie unter der Mittleren Brücke sein. Paul spielte seine Stimme fertig, auch als er die Stimme aus dem Wasser nicht mehr hörte. Er war mein bester Freund, dachte er. Er weinte. Am nächsten Tag fand man die Fähre unten beim Kraftwerk Kembs. Der Harlekin war verschwunden, und Rudolf auch.«

Ich mache eine Pause und sehe die dicke Frau an. Sie nickt. »Ja«, sagt sie, »so ist es gewesen.« »Und dann stand der Deutschlehrer auf und küßte seine dicke Frau. Er wußte, er ging jetzt nicht mehr nach Hause. Kerzengerade, wie ein Bolz, schritt er in seinem Kostüm eines der steilen Treppchen zum Rhein hinunter. Er spürte das kalte Wasser, zuerst an den Füßen, dann an den Knien, am Schwanz, am Bauch, an der Brust, am Hals. Ein letztes Mal hörte er von fern das Trommeln und Pfeifen, und dann war er in der Welt der Algen und Elritzen. Wenn wir am Ufer gestanden hätten, hätten wir gesehen, wie die Harlekinkappe auf dem Wasser davontrieb, und daneben ein paar von den Schulaufsätzen, auf denen in verschmierter Tintenschrift gestanden hätte: Brrr, klingelt der Wecker, juchzend schnelle ich aus den Linnen, denn es ist Morgenstreich.«

Ich lege meinen Kopf zwischen die Brüste der dicken Frau. Sie streichelt mich. Ich lächle. Wir bestellen einen Liter, nachdem wir uns ein paar Tränen aus den Augen gewischt haben. »Eigentlich ist der Vogel Gryff ja kein Heulfest«, sage ich. »Wir sind ja auch noch nicht vom Tode bedroht. Auf euer Wohl.« Der Pilot, der vom Schlagzeugen zurückgekommen ist und vor Begeisterung strahlende Augen hat, und die dicke Frau heben das Glas. Wir trinken es aus. Das Lokal ist nun sehr voll. Die Uelis und Harlekine sitzen an mehreren Tischen, sie zählen das Geld, das sie in den Büchsen gesammelt haben für das Waisenhaus. Sie trinken Bier und lachen. Die Musik spielt. Alle Uelis und Harlekine trommeln mit ihren Schlegeln auf Stühlen und Tischen. Die Gläser hüpfen herum. Ich schaue zu, wie der Pilot die dicke Frau herumschwenkt. Sie tanzen beide gut. Ich atme tief ein und aus.

# Zug

Diesmal stehen wir in der Ballongondel, in tausend Meter Höhe, an die Sicherungsseile gekrallt. Ein heftiger Wind treibt uns vorwärts, Wolken fegen unter uns vorbei. Wir hören einen fernen, rollenden Donner. Am Horizont wetterleuchtet es. Ich binde mir meine Aviatikermütze um. Ich schaue über den Korbrand auf ein sanftes Hügelgebiet unter mir, auf glänzende Seen. Ich deute nach unten. »Wir sollten eine lange Schnur haben«, schreie ich durch den Wind, »und unsern Einkaufskorb hinunterlassen und auf den Einkaufszettel schreiben: Eine Flasche Kirsch, *por favor.*« Die dicke Frau, die der Höhe wegen einen Wollschal um den Hals trägt, und der Pilot schauen mich verständnislos an. »Wir sind über dem Kanton Zug«, schreie ich. »Zug ist nicht nur der kleinste Kanton der Schweiz, er hat auch den besten Kirsch. Da kann sogar der aus dem Baselbiet abstinken. Die Zuger machen auch eine Torte, die ist aber nicht so nach meinem Geschmack. Überall Saft und Geschmier.« Der Pilot schaut nach unten. »Soll ich landen?« brüllt er. »Wenn du triffst, warum nicht?« schreit die dicke Frau. Der Pilot zieht das Gasventil. Er beobachtet seine Instrumente. Wir sinken. Ich befestige den Einkaufskorb an der Ankerleine und werfe ihn ins Leere.

»Ich erzähle euch die Schlacht von Morgarten«, schreie ich. »Dort unten hat sie stattgefunden, dort.« Die dicke Frau und der Pilot starren auf den Hügelzug und den kleinen See, auf die ich deute. »In einer unendlich langen, glitzernden Kolonne kamen die Männer des Herzogs Rudolph von Österreich dahergeritten. Sie waren ausgerüstet wie niemand sonst zu dieser Zeit, und die Vögel verstummten in den Kirschbäumen, an denen die klirrenden Ritter vorbeizogen. Die Hasen erstarrten auf den hartgefrorenen Äckern, als sie den gleißenden Heereszug sahen, und den Bauernkindern blieb das Herz stehen, wenn die schimmernden Stahlphantome aus den Novembernebeln auftauchten. Wir wissen, daß die Ritter miteinander plauderten. Sie machten Soldatenwitze, sie spuckten durch die Schlitze ihrer Helme. Sie waren glücklich. Ihr Lachen dröhnte die Bergwände hoch, bis hinauf zu den einsamen Alphütten, wo den Frauen eine Gänsehaut den Rücken hinablief und die Hirten innehielten beim Schafescheren, ihre Frauen ansahen, dann wortlos aufstanden und mit der Mistgabel in der Hand die nur ihnen bekannten Pfade hinunterrannten.«

»Sauwind«, brüllt der Pilot, während der Ballon, nun schon ziemlich tief, über Stoppelfelder und Kirschbäume auf den Ägerisee zugetrieben wird. In den taunassen Feldern hoppeln Hasen. Wir starren mit klopfenden Herzen auf sie nieder.

»Die Schweizer dagegen hatten keine Rüstungen«, schreie ich. »Sie standen in ihren Hirtenhemden im feuchten Gras. Sepp Melchthal erklärte zum letztenmal die Taktik. Die Bauern machten auch ein paar Witze, aber sie hatten Angst. Ihre Waffen waren Spieße, Hellebarden, Knüppel und Morgensterne. Die jüngeren Bauern sahen ein letztes Mal zu den Heustöcken zurück, vor denen ihre Bräute winkten, mit Gesichtern ohne Tränen. Sie gingen los. Eine kalte Luft blies. Als sie unten, am See, die Fremden sahen, packte sie eine plötzliche Sauwut. Sie sahen, wie die Grafen und Knappen sich die unbekannte neue Landschaft zeigten und wie die Scharniere ihrer Rüstungen sich bewegten beim Deuten auf eine Naturschönheit. Sie hörten ihr Gelächter. Schnaubend vor Wut rollten die Schweizer Felsbrocken den Abhang hinunter und rannten hinterdrein. Die Fremden starrten den Abhang hoch. Sie sahen die Hirten, und ein gräßlicher Schrecken fuhr in ihr Herz. Sie ahnten, das war das Ende. Sie schoben die Visiere über die zitternden Lippen. Da fuhren ihnen auch schon die ersten Hellebardenrundschwünge

96

an die Kessel, daß es nur so dröhnte. Wie wir wissen, wurden die meisten Ritter in den See gestoßen. Weil sie ihre schwerste Reisekleidung angezogen hatten, standen sie bald alle wie Taucher auf der Seeunterfläche, nur ohne Luftschläuche. Minutenlang starrten die Schweizer auf die Luftblasen, die aus den grünen Wassertiefen hochstiegen, überall zuerst, dann noch hie und da, dann gar nicht mehr. Oben, am grünen Abhang, standen unter Apfelbäumen die Frauen bereit, mit Latten und Sensen. Aber in dieser Schlacht mußten sie noch nicht eingreifen, erst in der nächsten, bei Näfels.«

Wir fliegen in der Zwischenzeit tiefer, über Kirschbäume hin, in denen Buben mit blauen Mündern sitzen. Sie fuchteln mit den Armen. Winken sie uns zu? Wir machen Handzeichen und schwenken unsere Flaggen, ich die mit dem Bischofsstab, die dicke Frau die mit dem Bären, der Pilot die des United Kingdom. Der Wind treibt uns schnell vorwärts. Blitze fahren ins andere Seeufer. Es donnert. Wir fegen über Hügelabhänge dahin. Gebüsche eines Höhenrückens, den wir jetzt überfliegen, streifen die Gondel. Wir schleifen Brombeerranken und Hagrosenstauden hinter uns her. Schwarze Wolken stehen über dem Höhenzug, der der Morgarten heißt. Wir sehen unter uns das Seeufer. »Was ist das dort«, ruft die dicke Frau, »dort drüben?« Wir starren hinunter. An den Hügelabhängen, über unserm Landeplatz am Seeufer, stehen Hunderte von Kindern mit Spießen, Stecken, Brettern, Steinschleudern. Durchs Fernrohr kann ich deutlich sehen, daß ein paar von ihnen Morgensterne bei sich haben, aus Holz. »Sie spielen«, rufe ich, »fein! Da werden wir etwas zu lachen haben!« Der Pilot leitet das Landemanöver ein. Ich sehe, daß die Schulbuben zu uns heraufblicken und tanzen. Sie schreien. Wir hören ihr kuhreigenartiges Geheul. Die dicke Frau filmt. Der Pilot ist jetzt voll konzentriert. Er liest die Werte von der Sturmtabelle ab. Ich bemerke, daß mein ausgeworfener Einkaufskorb dem Boden entlangschleift.

Ich hole ihn herauf, da ich hier sicher nicht einen Kirsch fangen kann, mitten in dieser Schlachtfeldlandschaft. Der Pilot reißt an den Leinen. Der Ballonkorb rüttelt und schwankt im heulenden Wind. Wir halten uns an den Seilen fest. Ich sehe, nun schon über uns, die schreienden Buben. Sie haben sich in einer Reihe aufgestellt. Während unser Korb die letzten Meter über den Grasboden hinschleift, rennen sie los. Wir stehen keuchend in der Gondel. Der Pilot deutet über die spiegelnde, grauschwarze Seefläche. »Jetzt habe ich doch ein bißchen geschwitzt«, sagt er, »fast wären wir da drin ersoffen, wie die alten Österreicher.« Wir hören jetzt gut, wie die Kinder singen, schreien und heulen. Sie rennen den Abhang hinunter, auf uns zu. Vor ihnen rollen große Steinblöcke. Wir starren hinauf. Wir sehen die Gesichter der Kinder, ihre blutigen Münder, ihre ernsten Augen. Ein Schreck fährt mir ins Herz. »Herrgott, die meinen uns«, rufe ich, »nichts wie fort.« Wir beginnen Ballast abzuwerfen, während die Steine auf uns zupoltern, mit dem Knabenheer dahinter. »Die Felsen werden uns zertrümmern«, schreit die dicke Frau. Ich werfe alles über Bord, was mir in die Hände kommt, den Sand, die Suppenwürfel, das Tagebuch, das Fernglas. Endlich hebt der Korb ab. Die Felsklötze donnern unter uns vorbei. Die vordersten Buben springen hoch. Sie wollen die Gondel festhalten. Einer, der Längste, krallt sich am Korbboden fest. Die dicke Frau haut ihm mit der Flagge eins auf die Finger, so daß er losläßt und ins Gras hinunterfällt. Die Kinder heulen mit ihren beschmierten Mäulern, während wir von einem böigen Wind über den See abgetrieben werden.

»Sand, Sand!« brüllt der Pilot. »Sonst haut es uns ins Wasser, und dann gute Nacht.« Wir schaufeln unsern Sand hinaus. Er fliegt uns um den Kopf, um die Ohren, in den Mund, in die Augen. Ich niese, und Tränen rinnen mir die Wangen hinunter. Ich sehe, verschwommen, die Knaben im seichten Wasser herumtanzen und, über das ganze Ufer verstreut, große Haufen aus weißgewaschenen Knochen, abgenagten Schädeln, verrosteten Rüstungen, Automobilkotflügeln, Lodenmänteln, Sonnenbrillen. Die Buben trampeln im Feuer herum. Funken stieben hoch. Wir hören ihre fernen Schreie noch, als wir schon wieder höher fliegen, über einen großen, weiten, grünen Wald.

## Wallis

Es ist stickig heiß in dem Schlafsaal, in dem ein Mann mit einem Schnurrbart auf einer Pritsche kauert und die Nase an das eiskalte Fenster preßt. Männer und Frauen schnarchen und schnüffeln. Sie wälzen sich herum und sprechen im Schlaf und schnaufen. Der mit dem Schnurrbart schaut in die Nacht hinaus, gegen Felswände, die jenseits des im Mondlicht schimmernden Talkessels aufragen, auf einen Wildbach, auf Schneefelder, über die schwarze Hirsche galoppieren. Er niest. Er sieht über sich die schimmernde Kuppe des Allalinhorns. Am Himmel stehen Sterne und ein halber Mond. Stöhnend legt sich der mit dem Schnurrbart wieder hin, neben das Gebirge des Rückens einer dicken Frau, die im Schlaf die Atemluft rasselnd ausstößt. Er schaut stundenlang auf seine phosphoreszierende Armbanduhr. Warum habe ich Angst vor dem Aufstieg? denkt er. Oder fürchte ich, zwischen den fremden Männern und Frauen zu ersticken? Dann setzt er sich im Bett auf und schüttelt die Schulter der dicken Frau. Sie trägt einen Trainingsanzug und hat im Schlaf die Hand auf die Brust des Mannes neben ihr gelegt. Er ist groß und liegt mit offenem Mund auf dem Rücken.

Der mit dem Schnurrbart zündet eine Taschenlampe an. »Was ist?« fragt die dicke Frau mit kleinen, verschlafenen Augen und setzt sich auf. Sie reibt sich mit den Händen übers Gesicht. »Auf!« sagt der mit dem Schnurrbart und wirft die Hüttenwolldecke zurück. Staub wirbelt durch die Luft. Ich muß jetzt schnell aufspringen, denkt der mit dem Schnurrbart, damit ich meine Morgenangst überliste. Er hustet. Dann steht er auf und zieht die Pyjamahosen aus.

Die dicke Frau und der mit dem Schnurrbart lassen sich nicht aus den Augen, während sie sich anziehen. Sie lächeln sich an. Die dicke Frau hat große, braune Brüste. Die andern

Bergsteiger liegen schlafend um sie herum, auf dem Bauch, auf dem Rücken, mit schnarchenden Mündern, ineinander verkrallt, mit Bergschuhen an den Füßen. Die dicke Frau deutet lächelnd auf eine Frau, die in einem Nachthemd, auf dem Mickey-Mouse-Zeichnungen sind, daliegt. Der mit dem Schnurrbart deutet, während er sich lange Flanellunterhosen anzieht, mit dem Kinn auf einen bärtigen Mann, der im Schlaf seinen Daumen im Mund hält. Die dicke Frau zieht zwei Strumpfhosen übereinander an. Sie schüttelt den großen Mann an der Schulter. Er schlägt die Augen auf. Er schaut sie an. »Sind alle Bergsteiger so verrückt wie ihr?« murmelt er. Der mit dem Schnurrbart nickt. Gähnend setzt sich der große Mann auf. Er hat einen Brustkasten voller Haare. Er zieht sich Wollsocken an und eine Wollzipfelmütze.

In der Hüttenküche sitzen die Bergführer plaudernd um die Morgenkartoffeln herum. Sie trinken Banago aus großen Henkeltassen. Der Strumpf der Gaslampe rauscht. Alle Führer haben Runzeln und tragen einen blauen Pullover mit einem Abzeichen. Sie reden mit hohen, singenden Stimmen. Der mit dem Schnurrbart setzt sich auf einen Hocker, neben einen Führer mit einem uralten, zerfurchten Gesicht, einem riesenhaften Kinn, mit Zahnlücken im Mund und gewaltigen alten Fäusten. Seine Augen sind listig, denkt der mit dem Schnurrbart, während er eine Packung Ovosport öffnet. Er geht schon seit Jahrhunderten auf die Gipfel, ohne jemals einem Bergdämon ins Netz getappt zu sein. Wie zwergenklein sitze ich auf meinem Küchenhocker neben ihm, in meinen schlechten Militärschuhen, mit meinen Knickerbockern! Die dicke Frau tritt in die Küche. Sie hat eine Thermosflasche in der Hand. Sie setzt sich in eine Ecke und gießt Kaffee in einen Plastikbecher. Man macht Bergtouren, weil man einsam, gesund und hoch oben sein will, denkt der mit dem Schnurrbart. Die dicke Frau wird heute zum erstenmal in ihrem Leben über zweitausend Meter kommen. In ihrem

Land wachsen noch auf den höchsten Bergen Ulmen und Buchen. Hier gibt es Dämonen, die singen den ganzen Tag mit süßen Lauten, und dann stoßen sie einen über den allerletzten Felsabbruch. Schreiend stürzt man durch die Leere. Der alte Bergführer schaut den mit dem Schnurrbart an. Er schüttelt den Kopf. Dann wendet er sich ab und macht ein Kreuzzeichen.

Der große Mann kommt gebückt durch die Küchentür. Er trägt eine Art Fliegermontur und schwere Bergschuhe mit Gamaschen. Die Bergführer glotzen ihn an. Der alte Bergführer steht ächzend auf und packt seinen Rucksack. »As ischt as prima Wetterli«, sagt er zum großen Mann, »as ischt Zyt.« Er nickt den Bergführern am Küchentisch zu und geht zur Tür hinaus. Der mit dem Schnurrbart packt seinen Rucksack, die dicke Frau schraubt die Thermosflasche zu, der große Mann öffnet die Tür. Sie stürzen hinter dem Bergführer drein, der durch die eisige Nacht geht. Von hinten sieht er wie ein schwarzer Riese aus. Er schwankt, vor sich hinbrummend, vor ihnen her. Sie sehen die rote Glut seiner Pfeife. Ihr Atem macht Wolken. Sie gehen mit den gleichen regelmäßigen Schritten wie der Bergführer durchs leere, einsame Dorf, am Restaurant Burgener vorbei, am Bergkiosk, an Sonnencremereklamen, an Chalets mit Balkongeländern aus Kunststoff. Holzstadel auf Steinplattenpilzen stehen an den Abhängen. In der Ferne hört man die Hufe der Hirsche und das Schreien der Weibchen. Über den Berggipfeln steht das erste Morgenlicht. »Ah«, sagt der mit dem Schnurrbart, »das hat sich wieder einmal gelohnt, das Frühaufstehen.« Der Bergführer geht auf die Talstation der Luftseilbahn zu. Er hämmert an die Tür. Ein Beamter öffnet. Sie treten ein. Der mit dem Schnurrbart, der große Mann und die dicke Frau sehen, als der Bergführer ins Neonlicht tritt, daß er ein großes Gletscherseil und einen Eispickel mit sich trägt. Der Beamte und der Bergführer reden miteinander. Haben sie Streit? Sie brüllen mit roten Gesichtern. Plötzlich hauen sie sich auf die Schultern. Der Beamte schließt die Kabine auf. Sie stellen sich alle zwischen Kisten mit Kartoffeln, Salaten und Orangen und Harassen mit Bier, Sinalco, Toko und Pepita. Die Bahn fährt ab, sie schwebt immer schneller werdend in den eisigen Morgendunst hinein. Der mit dem Schnurrbart haucht auf die Scheibe, die aus Plastik ist. Stumm blicken sie auf schwarze Felsen, Tannen, Schneeflecken, kleine Steinhütten, Gemsen, die zur Bahn hochsehen. »Habe ich Ihr Gespräch recht verstanden?« fragt der mit dem Schnurrbart. »Ist ein Unglück passiert?« Der Bergführer saugt an seiner Pfeife und schaut den Beamten an. »Wie man's nimmt«, sagt er dann. »Der Burgener Alfred ist gestern über die Mauer beim Kirchhof gestürzt und hat sich das Genick gebrochen.« »O Gott«, sagt der mit dem Schnurrbart, »hat er die Mauer denn nicht gesehen?« »Doch, schon«, sagt der Bergführer. »Aber es ist nach Wirtschaftsschluß gewesen.« Der Beamte lacht plötzlich. Der Bergführer schaut schweigend auf die Berge, auf denen, hoch oben, das erste Sonnenlicht liegt.

»Dazu kommt«, murmelt er dann, »daß der Weg des Geisterzugs vor dem Friedhof vorbeiführt. Wer den rasenden Toten in den Weg tritt, wird weggefegt oder mitgenommen. Sie reiten in einer einzigen Nacht vom Nordkap bis Jerusalem.« Der mit dem Schnurrbart nickt, er schaut die dicke Frau an. Der Wind schüttelt die Kabine. Die dicke Frau schlägt die Hände gegeneinander und trampelt mit den Füßen. Der Pilot nimmt eine Bierflasche aus einer Harasse und öffnet sie. Er bietet dem Bergführer und dem Beamten einen Schluck an. Sie wehren ab und lachen. Während sie über das Biertrinken am frühen Morgen reden, sagt der mit dem Schnurrbart leise zur dicken Frau: »Diese Walliser sind ein komischer Menschenschlag. Sie tragen am Werktag Blue jeans und am Sonntag uralte Trachten. Sie jassen mit zwei Spielen gleichzeitig. Sie glauben jedes Wort, das in Ringiers ›Blatt für Alle‹ steht. Sie tun den Großvätern Gift in den Wein, wenn sie mit ihnen nicht mehr zurechtkommen. Sie schneiden den Söhnen die Schwänze ab, wenn sie sie mit der Mutter auf der Alp erwischen. Sie stoßen sich in den Mattmarksee. Sie machen Messerkämpfe wegen dem Gemeindeholz. Die Postautochauffeure verunglücken auf ihren einsamen Bergfahrten so oft, bis sie die modernsten Autobusse der Schweiz haben. Die Weinbauern im Tal schießen mit ihren Armeekarabinern auf die Helikopter, die mit Chemikalien ihre Reben ausrotten wollen, weil sie nicht mehr rentieren. Sie sind Millionäre, weil die Deutschen ihnen die Alpen abkaufen und Hotels mit zweitausend Betten daraufstellen. Die Mädchen gehen von den hohen Alpen weg in die Fabrik im Tal, weil die Männer keine mehr haben wollen, die nach Mist riecht. Sie saufen wie die Löcher und fahren Auto wie die Wahnsinnigen. Im Militärdienst nehmen sie die Manöver ernst und schlagen die andern Schweizer halbtot. Sie haben alle eine Schwester oder Kusine, die in einem Kloster lebt. Sie kennen die Namen aller Geister und ihren Stundenplan. Sie sind jähzornig wie Eisbären.«

Während die dicke Frau in sich hineinkichert, schaut der mit dem Schnurrbart zum Bergführer hinüber. Dieser sieht ihn mit ernsten, schwarzen Augen an. Der große Mann spricht auf ihn ein, mit einer Bierflasche in der Hand. Der mit dem Schnurrbart schaut in die Augen des Bergführers, bis er spürt, daß die seinen zu schmerzen beginnen.

Als sie aus der Bergstation der Luftseilbahn treten, in einen heftigen, kalten Wind, sehen sie die weiße Kuppe des Allalinhorns in der Morgensonne vor sich. Sie sehen einen Weg durch eisblauen, schmutzigen Schnee vor sich. Vögel krächzen.

»Wir müssen gleich los«, sagt der Führer, »bevor die andern kommen. Sie nehmen alle die nächste Bahn.« Sie seilen sich an. Der Führer geht zuvorderst. Die andern gehen in dem in den Schnee getretenen Weg hinter ihm drein. Sie setzen die Füße langsam und vorsichtig in die Stufen. Der

Schnee knirscht. Sie atmen tief und regelmäßig. »Herrlich, so eine Bergeinsamkeit«, murmelt der mit dem Schnurrbart. Er sieht in den wolkenlosen Himmel hinauf. Die Sonne scheint ihm ins Gesicht. Er blinzelt. Er dreht sich um, im Gehen, und sieht, daß die dicke Frau mit einem glasigen Blick hinter ihm hertappt. Sie schwitzt. Der große Mann schaut um sich herum und schwingt die Arme. »Wir sind hier nicht am Piccadilly Circus«, ruft der mit dem Schnurrbart, »du wärst nicht der erste Engländer, der in den Alpen abrutscht.« Der große Mann grinst und tippt sich an die Stirn. Rückwärts gehend stolpert der mit dem Schnurrbart, er faßt nach einem Stein, dann spürt er die Faust des Bergführers unter der Achsel. Mit einem ausdruckslosen Gesicht schaut dieser ihn an, während er ihn wieder in die Spur stellt. Schon geht er weiter.

Der mit dem Schnurrbart atmet tief ein. Weißer Frost bildet sich an seinen Schnurrbartspitzen.

Wenn ich bedenke, denkt der mit dem Schnurrbart, unter welchen Bedingungen Whymper das Matterhorn bestiegen hat. Das Matterhorn ist zwar auch heute noch schwieriger als das Allalinhorn, aber es ist auch nur ein Horn. Whymper aber saß ganz allein im Hôtel Glacier in Zermatt am Frühstückstisch, er hatte den übrigen Gästen zugenickt, und dann starrte er durch das Fenster auf den riesenhaften unbezwingbaren Brocken. Die Damen in den Spitzenkleidern tuschelten ihren Herren im Bratenrock ins Ohr: Das ist der spleenige Engländer, der aufs Matterhorn hinauf will. Die Servierfräuleins gaben Whymper ein Stück Butter mehr als den andern Gästen, weil sie ihn liebhatten. Aber im Schutz des Buffets kicherten sie mit roten Gesichtern, wenn sie ihn an seinem Tisch sitzen sahen, einsam, mit Tränen in den Augen. Whymper war allein mit seiner Idee, wie Galilei, wenn er im Suff seinen Freunden erzählte, daß die Erde sich bewegt. Eines Morgens brachte die Mauleselpost ein Telegramm. Whymper öffnete es, las, wurde bleich und schlug mit der

Faust auf den Frühstückstisch. Die harten Eier und die Toasts schepperten hoch. Die Gäste sahen ihn an, als hätte eine Bombe ins Hôtel Glacier eingeschlagen. Sorry, murmelte Whymper, faltete die Serviette, stand auf, ging durch den Saal, rechts nickend, links nickend. Draußen rannte er los, wie ein Wahnsinniger, die Dorfstraße hinunter, bis zum Pfarrhaus. He, rief er, Herr Pfarrer, Herr Pfarrer! Der Pfarrer schaute oben zum Fenster hinaus, im Nachthemd. Die Magd sah ihm mit verschlafenen Augen über die Schulter. Die Italiener, rief Whymper, die Italiener! Die Italiener sind dabei, das Matterhorn von der andern Seite her zu besteigen, die Säue. Der Pfarrer nickte. Er verstand jedes Wort von Whympers britischem Walliserdeutsch. Er sagte etwas zur Magd, und nach ein paar Minuten sah Whymper sie zum Haus herauskommen, in einem Hauskleid, mit den ungekämmten Haaren unter einem Kopftuch, in Pantoffeln. Sie rannte zum Lehrer, zum Krämer und zum Schuhmacher, die am ehesten imstande waren, Whymper auf einer Bergfahrt zu begleiten. Dann kam auch der Pfarrer die Treppe des Pfarrhauses hinunter. Er trug hohe Hirtenschuhe, einen dicken Mantel und einen langen Stock in der Hand. Schon kamen der Lehrer und der Krämer und der Schuhmacher angerannt: mit Hüterbubenschuhen und Fellmützen. Sie gingen los, mit schnellen Schritten, nur der Pfarrer wandte sich ein paarmal um, um der weinenden Geliebten zuzuwinken. Ich werde sie nie mehr sehen, dachte er mit einem jähen Schrecken. Sie gingen, ohne ein Wort zu sprechen. Whymper ließ das Matterhorn vor sich nicht aus den Augen. In seinen Phantasien sah er lachende schnauzbärtige Männer mit grünweißroten Flaggen bergwärts steigen. Whymper dachte, eine Hundertstelsekunde lang, an eine Lawine oder einen rettenden Steinschlag.

»Schaut mal, da unten«, ruft die dicke Frau plötzlich. Der große Mann, der mit dem Schnurrbart und der Bergführer wenden sich um und sehen den Schneeabhang hinunter. Hunderte von Touristen gehen in ihrer Spur, mit gesenkten Köpfen, in regelmäßigen Abständen. Sie stampfen im Gleichschritt. »Wollen die alle aufs Allalinhorn?« fragt der mit dem Schnurrbart leise. Er spürt das Zittern des Bergs in seinen Beinen. Der Führer nickt.

»Das ist immer so bei schönem Wetter«, sagt er. »Ihr solltet einmal sehen, was auf dem Matterhorn los ist an einem guten Tag. In der Hörnlihütte schlafen die Leute stehend. Im Morgengrauen klettern sie los, Nase an Arsch, einer hinter dem andern drein, und auf dem Gipfel sehen die, die in der Mitte stehen, die Aussicht nicht.« Der mit dem Schnurrbart lacht. »Jedes Jahr stürzen ein paar ab«, sagt der Führer, »aber es kommen immer neue hinzu. Jetzt sind es hauptsächlich Japaner. Sie sind angenehme Kunden. Sie gehorchen aufs Wort und sind ziemlich leicht, wenn sie einmal abrutschen.« Sie gehen schneller. Der Bergführer schaut über die Schultern zurück. Seine Lippen sind verkniffen. Die Touristen kommen näher. Zuvorderst geht ein kräftiger Bergführer mit einem Bürstenschnitt. Er tritt eine Coladose mit einem Tritt platt. Der mit dem Schnurrbart keucht. Die Sonne brennt. Ein Schneebrett rutscht weg, es schlittert an den Touristen vorbei, die es nicht beachten. Der alte Bergführer zieht seine Gletscherbrille über die Augen und murmelt vor sich hin. Er geht schnell. Er keucht.

Dann, denkt der mit dem Schnurrbart, hinter dem Führer dreinhastend, dann kamen Whymper, der Pfarrer, der Lehrer, der Krämer und der Schuhmacher an der Stelle vorbei, an der heute die Hörnlihütte steht. Sie schwitzten Bäche, aber sie machten keine Rast. Das Matterhorn stand nun direkt vor ihnen, wie ein Donnerschlag. Eine Gänsehaut rieselte Whymper den Rücken hinunter, als er hinaufsah, auf die Runsen, die Nebelwolken, die Schneefetzen. Er hörte das Donnern eines fernen Steinschlags. Sie stiegen in die Wand ein. Sie hieben ihre Nagelschuhe in den Schnee, hievten sich an den Felsen hoch, gaben sich die Hand, klemmten die Bergstöcke in

Runsen, lächelten sich zu, schwangen sich über Granitzacken, duckten sich, als Steine über sie hinweg die Wand hinunterschlugen, vermieden es, nach unten in den Abgrund zu sehen, schlugen Stufen in den Altschnee, krallten sich mit den Fingernägeln in feinste Gesteinsritzen, stiegen auf brüchigem Stein, hörten das Rauschen der Wasserfälle, sahen die letzte Wand vor sich, beobachteten Adler, die die eisblaue Wand entlangschwebten, faßten neuen Mut, warfen sich an den Fels, als eine Lawine über ihnen losbrach, tranken einen Fingerhutschluck Kirsch, glitten mit den Füßen über eine Eisplatte, während ihre Hände ihr ganzes Gewicht hielten, kamen in den Gipfelwind, krochen auf allen vieren die letzten Meter hoch und waren endlich auf dem Gipfel. Ihre Herzen schlugen. Sie sahen keine Fahne und keine Spuren. Sie juchzten. Unter sich, auf der italienischen Seite, sahen sie Wolkenbänke vorbeiziehen. Bergdohlen flogen im Aufwind. Kleine Hütten standen auf den tiefen Alpweiden. In der Ferne schlugen Blitze in die Piemonteser Berge. Dann sahen sie durch ein Nebelloch vier sich bewegende Punkte mit kleinen, flatternden Punkten in der Hand. Da, rief Whymper, da sind sie.

Whymper und seine Freunde johlten und sprangen. Sie schwenkten die britische Fahne, bis die Punkte stehenblieben und dann umkehrten. Whymper rammte die Fahne in den Gipfelschnee. Dann machten sie sich an den Abstieg.

»Jetzt haben wir es dann«, sagt der Führer über seine Schultern hinweg und zeigt mit dem Eispickel auf das Gipfelkreuz. Sie sehen den letzten steilen Anstieg. Sie rennen jetzt beinahe. Sie hören die Schritte der Touristen hinter sich. Sie schwitzen. Der Schnee ist weich und tief, bei jedem Schritt rutschen sie aus. Konservenbüchsen und Niveadosen liegen darin. Der Führer stützt sich beim Steigen auf seinen Eispickel. Er schnauft. Er zerrt am Seil. Der mit dem Schnurrbart stolpert. Auf allen vieren erreicht er den Gipfel. Er bricht zusammen.

»Ah!« keucht er. »Herrlich!« Er sieht Sterne vor seinen Augen. Er hört, daß der Bergführer sagt: »Der Dom. Das Nadelhorn. Das Weismies.« Er hebt den Kopf und versucht durch seine Sterne hindurch etwas zu sehen. Er trinkt einen Schluck aus der Feldflasche und ißt eine Coramintablette.

»Herrlich!« sagt er zur dicken Frau, die nach Luft schnappend auf dem Rücken liegt. »Nicht wahr?«

Sie sieht ihn mit dicken, geschwollenen Augen an. Wolken ballen sich über den fernen Bergen, hinter denen es wetterleuchtet. Der Führer sagt: »Wir machen zehn Minuten Pause, dann müssen wir wieder hinunter. Ich habe heute noch eine Gruppe Kanadier, die auf die Mischabelhütte wollen. Wir gehen morgen auf den Dom. Was ich vom Matterhorn noch erzählen wollte: Wißt ihr, wie die Erstbesteigung verlief?«
»Es war ein Engländer, wenn ich mich nicht irre«, sagt die dicke Frau. »Sie irren sich nicht«, sagt der Führer. »Aber der erste, der oben ankam, war ein Walliser Bergführer. Der Engländer behauptete dann später, er habe das Rennen gewonnen, aber das ist Blödsinn. Es ist nicht möglich, daß einer aus England schneller ist als ein Bergführer aus Zermatt, das müssen Sie zugeben.« Sie nicken. »Abwärts kam es dann zur Tragödie«, sagt der Bergführer und bekreuzigt sich. »Einer von den Freunden des Engländers rutschte aus und riß die ganze Seilschaft mit sich. Sie hingen nämlich alle an einem Seil. Die Walliser und ein Freund des Engländers stürzten die Nordwand hinunter. Zwischen dem letzten Walliser und dem Engländer riß das Seil, wie durch einen Zufall, mit einem glatten Schnitt. Ich will ja nichts gesagt haben, aber man sagt da so manche Sachen im Tal.« Er schaut den mit dem Schnurrbart an.

»Man muß aufpassen mit den Ausländern in den Bergen«, sagt er. Dann wendet er sich ab. Der Führer mit dem Bürstenschnitt betritt das Plateau. Hinter ihm gehen braungebrannte Japaner. Sie lächeln. Der Führer setzt sich zum Führer mit dem Bürstenschnitt. »Das ist mein Sohn«, ruft er,

»wir gehen seit vier Generationen auf die Berge. Wir beide haben zusammen den größten Umsatz vom Tal.«

Ja, denkt der mit dem Schnurrbart und schließt die Augen, so etwa habe ich die Geschichte vom Matterhorn auch gehört, jetzt erinnere ich mich wieder. Allerdings erinnere ich mich eher so: es waren nicht der Pfarrer, der Lehrer, der Krämer und der Schuhmacher, mit denen Whymper losstieg, es waren drei andere Engländer. Das hätte ich mir ja gleich denken können. Briten nehmen immer einen Schulkollegen aus Eton oder Cambridge auf ihre Abenteuer mit. Sie hießen Douglas, Hudson und Hadow. Dazu hatte Whymper einen Bergführer aus Chamonix bei sich. Dazu kamen die beiden Taugwalder, Vater und Sohn. Sie kletterten also aufs Matterhorn, so wie ich mir das schon gedacht habe. Im Abstieg gingen sie alle tatsächlich an einem Seil, der Bergführer aus Chamonix zuvorderst, dann Douglas, dann Hadow, dann Hudson, dann Whymper. Den Schluß machten die Taugwalder, der Sohn und der Vater. Einer der Engländer rutschte aus und riß die ganze Seilschaft mit. Stumm, mit rasendem Herzen, glitten sie ein Firnschneefeld hinunter. Sie versuchten, die Bergstöcke in Felsritzen zu rammen oder mit ihren eisigen Fingern an einem vorbeisausenden Felsen Halt zu finden. Der Schnee sprühte ihnen in die Augen. Sie wußten, das war der Tod. Der Bergführer aus Chamonix stürzte als erster über die Felskante. Dann verschwand Douglas in der Tiefe, dann Hadow, dann Hudson. Zwischen Hudson und Whymper riß das Seil, Whymper blieb an einem Felsen hängen, über dem Abgrund. Keuchend sah er unter sich seine Kameraden wie schwarze Säcke die Wand hinunterstürzen, mit rudernden Armen, immer kleiner werdend. Einer schlug weit unten an einem Felsvorsprung auf und stürzte sich überschlagend weiter, jetzt wahrscheinlich blutüberströmt und tot, zwischen seinen unverletzten Freunden, denen der Fahrtwind die Schreckensschreie in den Mund zurückpreßte. In Sekunden waren sie auf der Höhe von Zermatt angekommen, bei den kleinen fernen Hütten auf der blaßgrünen Alp. Whymper wurde es schwarz vor den Augen. Als er wieder aufwachte, saßen hinter ihm, in den Schnee glotzend, die beiden Taugwalder. Nach Stunden hoben sie endlich den Kopf. Sie sahen Whymper mit leeren Augen an. Gehen wir, sagte Whymper leise. Die beiden Taugwalder nickten. Vorsichtig, mit zitternden Knien kletterten sie den Weg zurück, den sie hinaufgekommen waren. Es war tiefe Nacht, als sie in Zermatt ankamen. Sie gingen durch ein Spalier von stummen Bergbauern. Dann saßen sie in der Arvenstube des Hôtel Glacier. Langsam begannen sie zu erzählen. Die Walliser standen um sie herum. Ein paar Burschen machten sich auf den Weg, die Leichen zu suchen. Als Whymper ins Bett ging, sah er ihre Petrollampen hoch oben am Berg. Er schluchzte ins Kissen hinein. Ich weiß nicht, woher es kam, aber am nächsten Morgen waren sich alle einig, daß Whymper ein Messer im Gürtel gehabt habe, für so einen Fall. Whymper merkte, daß man ihm sein Frühstück nur noch so hinstellte, mit nur einem Stück Butter, und daß der Direktor die Hotelrechnung ungefragt brachte. Whymper reiste ab, auf einem Maulesel, verfolgt von Hunderten von schweigenden Augen. Ein paar Steine flogen an ihm vorbei ins Gras. Erst in Visp konnte er wieder ruhiger atmen. Er trank in einem Restaurant einen Liter Fendant. Ziemlich betrunken setzte er sich in die Postkutsche nach Montreux. Er stellte sich den Genfer See lieblich, blau und flach vor.

Der mit dem Schnurrbart schaut auf. Überall um ihn herum sind Beine von Touristen. Sie tanzen auf dem Gipfel herum. Der mit dem Schnurrbart steht auf. Die Touristen schreien und lachen. Sie bilden eine Gruppe, bei der die vordersten liegen, die zweitvordersten knien, die hintersten stehen und die allerhintersten hochspringen. »Die Gipfelwächte ist schon einmal abgebrochen«, sagt der alte Bergführer zu seinem Sohn. »Damals war es eine Gruppe mit Lederkaufleuten aus Düsseldorf.« Die Touristen essen Sardinenbrote und

Orangenschnitze. Der mit dem Schnurrbart spricht mit einer Japanerin, auf englisch. Sie trägt ein Papierzelt auf der Nase und hat binacafarbene Lippen. Er verabredet sich mit ihr für den Abend in der Diskothek Puuraschtuba in Saas Fee. »The wonderful of an alpine escalation is«, sagt er zu ihr, »that you are in the free nature, isn't it?« Sie lächelt ihn an und nickt. Der alte Führer steht auf. Er macht ein Zeichen. Diesmal geht die dicke Frau voraus, dann kommt der mit dem Schnurrbart, dann der große Mann. Der Führer macht den Schluß. Er hält das Seil in der Hand und beobachtet jeden der Schritte der drei. Wenn es die dicke Frau richtig hinhaut, denkt der mit dem Schnurrbart, dann kann uns kein Sterblicher helfen. Die Walliser tragen Amulette, die sie vor Abstürzen bewahren, und überall sind weiße Kapellen, in denen sie Dankgebete wegen ihrer haarscharf vermiedenen Katastrophen sprechen. Seit Jahrhunderten hängt ein Felssturz über Saas Balen. Das ganze Tal wartet, daß die Risse im Mattmarkstaudamm größer werden und das Wasser losbricht. Zuerst werden die Bewohner ein fernes Donnern hören, dann die Warnsirenen, sie werden sich bekreuzigen und aus dem Haus auf die Dorfstraße stürzen, dann werden die meterhohen Wassermassen schon durch das Dorf schäumen und Häuser, Stadel, Männer, Frauen, Kirchen, Kinder, Telefonmasten, Kühe mit sich reißen. In Montreux wird das Wasser, Stunden später, immer noch einen Meter hoch stehen.

Die Stufen im Schnee sind jetzt weich. Sie rennen dahin wie auf Kissen. Um Mittag sind sie in Saas Fee. Sie bezahlen. Sie setzen sich, braungebrannt und glücklich, auf die Terrasse des Restaurants Burgener. Der mit dem Schnurrbart trinkt ein Bier. Die dicke Frau sieht aus wie ein gekochter Krebs. Sie ißt ein Eis und liest die Frankfurter Rundschau, die sie am Bergkiosk gekauft hat. Der große Mann schreibt Postkarten mit dem Allalin- und dem Matterhorn drauf. Der mit dem Schnurrbart stößt ihn an und zeigt ihm den Bergführer, der mit einer andern Gruppe auf dem Weg geht, der zum

Dorf hinausführt. Er trägt ein Stück Kuhhorn an einer Schnur um den Hals. »Das sind ganz schön zähe Burschen«, sagt er. Der große Mann nickt. »Mich reut das Geld nicht«, sagt er. Da sieht der mit dem Schnurrbart seine Japanerin kommen. Sie ist von oben bis unten in Verbände eingemullt und hinkt. »What did you do?« ruft der mit dem Schnurrbart. »Come, drink a beer with us.« Sie hinkt lächelnd an seinen Tisch. »I slipped out«, sagt sie mit einer piepsigen, hohen Stimme. »I am sorry.« Der mit dem Schnurrbart hilft ihr auf den Stuhl. Dann gehe ich eben nicht tanzen, denkt er, dann halt im nächsten Kanton, den wir bereisen. Er schiebt seiner Freundin sein Glas hinüber, und der Blick, mit dem sie ihn über den Glasrand anschaut, entschädigt ihn dafür, daß sie das ganze Bier austrinkt.

## Tessin

Wenn ich mich recht erinnere, ist Ascona eine schöne, alte, winklige Stadt mit rosa Häusern, Pergolas, Weintrauben, Palmen in großen, grünen Blumentöpfen, an einem See gelegen, denke ich auf meinem Fahrrad. Wir keuchen im kühlen Alpenwind die Gotthardstraße hoch. Im Tessin, hat man uns gesagt, werden Ballone abgeschossen und die Insassen verhaftet. Der Pilot fährt, in den Pedalen stehend, ziemlich weit vorne, zwischen Altschneefeldern und Felsklötzen. Ich stampfe einige Spitzkehren hinter ihm, ich rieche das hochsprühende Eiswasser der Reuß, die zur Teufelsbrücke hinunterrauscht, tief unter mir, über die jetzt gerade die dicke Frau radelt. Autos mit Wohnwagen fahren an mir vorbei. Ich wippe auf den Pedalen hin und her. In Ascona, denke ich, wohnen in allen Häusern deutsche Millionäre, die Kaufhausketten befehligen und Privatjets. Diese stehen auf dem Flugplatz von Mailand. Von dort fliegen die Industriellen mit einer zweimotorigen Piper nach Ascona, vom Flugplatz nach Hause fahren sie in einem silbergrauen Mercedes 350 SL. Sie verhandeln in der Abenddämmerung mit italienischen Bankiers, die in Schiffskoffern Lire über die Grenze schaffen, weil sie Angst vor den Kommunisten und, ein bißchen, vor den Faschisten haben. Das Tessin ist ein Sumpf, denke ich auf meinem Fahrrad, nur wer Geld hat, ersäuft hier nicht.

In den Tälern oben herrscht ein Elend, das man durch Landschaftsgärtnerei lindert. Die Bergbauern stehen mit Spritzkannen und Pinzetten im Alpengärtlein. Japaner fotografieren sie.

Einstmals war das Tessin ein Dorado für Schmuggler. Die Bräute ließen sich von Kollegen trösten, wenn der Geliebte in einem italienischen Kerker schmachtete. Wenn dieser dann aber zurückkam, bekam er einen herrlichen Risotto und eine

Liebesnacht, an die er während vieler Schmuggelmärsche denken konnte. Die Schmuggler hatten Angst vor den Kugeln der Carabinieri, aber das Versprechen einer heißen Heimkehr machte ihnen Mut. O Schmuggler, wo seid ihr hin, denke ich auf meinem Fahrrad. Heute fahren sie mit Mercedessen mit doppelten Böden mit Heroin darin.

Rentiere wechselten von einer Talseite zur anderen, und die Urbergler standen auf dem Gotthard-Hospiz und kontrollierten die durchziehenden Säumer. Die, die ihnen nicht paßten, stießen sie über die Teufelsbrücke in die tobenden Fluten der Reuß. Deutsche Säumer gelangten kaum je weiter, auch deutschschweizer nicht. Die Urbergler trugen Uniformen aus Ziegenfellen, sie hatten Rufe, die später die Jodler der Trachtenvereine wurden, sie trugen Federn von Adlern in den schwarzglänzenden Haaren. Wie hätten sie ahnen können, daß die Urner Jahrhunderte später Tunnels durch ihren Berg treiben würden, einen für Eisenbahnen, einen für Autos?

Der Ticino fließt das Tal hinunter. Oben ist er ein Bergbach, in dem sich Forellen tummeln, dann wird er ein brauner, breiter Bach, dann ein schwarzer, träger Fluß. Schöner ist es, den Bergkämmen entlangzugehen, das Tal tief unter sich. Oben liegt Schnee, durch den Soldanellen brechen, überall sind Spuren von Gemsen. Man kann ihnen durch den Harschschnee nachkriechen, wenn man schnell genug kriecht, erblickt man in den vordersten vier Spuren die Gemse. Aber noch fliehen die Gemsen, wenn auch langsamer als früher. Es wird eine Zeit kommen, in der die Gemsen zum Angriff übergehen werden. Zu Tausenden, Zehntausenden werden sie in die Täler herunterkommen und die Automobilisten zertrampeln, die in Airolo ihre Autos vom Autoreisezug rollen. Ihre Schreie werden bis nach Bellinzona hinunter zu hören sein. Heute aber sind die Gemsen noch nicht so weit, sie warten auf die Murmeltiere, die jedoch zu verschlafen sind, zu ängstlich pfeifen und zu fett sind, denke ich auf meinem

115

Fahrrad, die letzten Kehren vor dem Hospiz in Angriff nehmend.

In keinem der Tessiner Seen darf man baden. Wer seinen Fuß in den Lago Maggiore tut, kann zusehen, wie die Säuren ihm das Fleisch von den Knochen fressen. Es ist vorgekommen, daß mit Schmugglern kämpfende Polizeiboote gekentert sind. Minuten später zogen Polizistenkollegen Skelette aus dem Wasser, mit Käppis, an Maschinenpistolen geklammert. Die Schmuggler arbeiten heute mit verschobenen Eisenbahnwaggons, irgendwie stehen diese dann plötzlich auf dem Bahnhof von Olten, voller Haschisch und Eurodollars. Dann müssen die braungebrannten Schmuggler in den nebligen Norden fahren und ihren Waggon in Sicherheit bringen, denke ich auf meinem Fahrrad. Mein Atem geht rasselnd. Ich fahre in der kleinsten Übersetzung, aber ich habe, möglicherweise wegen dem vielen Ballonfahren, kein Training mehr. Früher bin ich die ganze Schweiz abgeradelt. Heiri Suter ist mit mir verwandt, zwar von fern, aber wer weiß heute noch, wer Heiri Suter ist?

Wenn im Tessin wenigstens das Grappatrinken noch etwas taugte. Der Grappa, einst ein Schnaps aus Trester, ist kein Schnaps aus Trester mehr. Es gibt kaum noch Trester. Seitdem die Italiener ihre Weine ohne Trauben herstellen, besteht auch der grüne Algenzweig, der in mancher Grappaflasche wächst, aus Plastik.

Wenn ein Millionär im Tessin ermordet wird, weiß niemand, warum, und niemand will es wissen. Es ist sein Risiko, hier zu leben. Wir tun es ja schließlich auch nicht. Es soll sogar Dichter geben, die unter Kastanienbäumen sitzend schreiben, in der Sonne, mit einem Blick über Palmen und glitzerndes Wasser. Ich glaube das nicht. Ich bin nicht neidisch, aber ich würde keine Zeile Prosa lesen, die im Tessin entstanden ist, denke ich auf meinem Fahrrad.

Die Urbergler, um auf sie zurückzukommen, haben in den obersten Bergregionen überlebt, oben im Bleniotal, in der

Leventina, im hintersten Maggiatal. Man sieht sie nie, aber man sieht die Lawinen, die sie im Winter auslösen. Donnernd rollen sie ins Tal und verschütten einen TEE. Tagelang graben dann die SBB-Arbeiter, bis sie auf das Dach des Zugs stoßen. Sie schweißen ein Loch hinein. Die Gäste aus dem Norden sitzen erfroren im Speiseraum, mit verzerrten Fratzen. Die Arbeiter schaudert's. Sie schütten Benzin in den Zug und zünden es an. Die Presse wird ferngehalten, aber natürlich gelingt es doch einigen, die verkohlten Steuerflüchtigen auf den Film zu bannen. Die Bergbauern wärmen sich in zweitausend Meter Höhe die Hände über der Hitzefahne, die vom Tal her hochsteigt. Sie erinnern sich an ihre Ahnen, die schon den Ureidgenossen Partisanenkämpfe geliefert haben. Es ist nicht sicher, ob sie diesen neuen Krieg gewinnen werden. Die Schweizer Luftwaffe ist mit Düsenflugzeugen ausgerüstet. Auch könnte sich die Schweiz einen amerikanischen Sonderberater leisten, einen, der in Saigon war.

Wir fahren mit dem Fahrrad, weil auch Autostopper im Tessin verhaftet werden. Wie Phönix aus der Asche kommen wir auf dem Gotthard-Hospiz an, völlig verschwitzt. Das Gotthard-Hospiz wäre einmal beinahe an einen deutschen Zigarettenfabrikanten verkauft worden, der die Mönchszellen in eine Gemeinschaftssauna umbauen wollte. »Phönix, was tat Phönix in der Asche?« Ich schaue die dicke Frau hilfesuchend an. Sie steht schweißüberströmt und verstaubt mit ihrem Fahrrad im Paßhöhenwind. Sie zuckt ratlos mit den Schultern. »Wir haben ein falsches Bild verwendet, Entschuldigung«, sage ich in den Wind hinein. »Komm, wir trinken eine Ovomaltine.«

Wir sind natürlich völlig erschöpft. Es war eine saudumme Idee, die ganze Rampe hochzufahren, nur weil wir schnell im Tessin sein wollten. Selbst Eddy Merckx schiebt sein Rad zuweilen. Vor dem Teufelsfelsen machen wir ein Gruppenfoto, mit den Rädern. Weil die Straße kürzlich auf acht Spuren ausgebaut wurde, wurde der Teufelsfelsen um einige hundert Meter verschoben, obwohl er so groß wie ein Haus ist. Ich lege die Hand auf den heiligen Stein. Hurenzeug, denke ich, dieser Stein hat die ersten Urner mit ihren Hunnenhelmen gesehn, wie sie den Urtessinern die Köpfe einschlagen gegangen sind. Millionen wilder Winde sind um ihn gebraust. Nichts kann ihn erschüttern. Ich seufze. Ich habe ein idiotisches Rad für eine längere Tour, denke ich, so ein kleines, modernes, mit Minirädern und einer Übersetzung für Babys oder Schimpansen. Dabei bin ich doch nicht so schlecht in Form. Früher habe ich die ganze Schweiz auf einem englischen Stahlrad abgefahren, das zwei Tonnen wog. Wer es mir stehlen wollte, kam allenfalls hundert Meter weit, dann resignierte er. Ich packe mein neues Fahrrad und rücke die rotblaue Mütze zurecht, auf deren Schild ›Rivella‹ steht. Ich nehme einen letzten Schluck Ovomaltine, dann, als ich sehe, was der Pilot in der Zwischenzeit trinkt, auch noch einen Schluck davon, dann schwingen wir uns in den Sattel und stürzen uns in die Tiefe, die Tremola hinunter.

So getrunken habe ich auf einer Fahrradtour noch nie, dabei sind wir noch kaum angekommen. Vielleicht habe ich Angst vor diesem Tal, in dem jeder Quadratmeter schön ist. Im Hundertkilometertempo stechen wir in die Kurven hinein. Ich liege so schräg, daß ich sekundenlang nur noch den Himmel sehe, die dicke Frau, die vor mir fährt, streift mit ihren über den Sattel quellenden Hinterbacken fast den Straßenbelag, und der Pilot rast so wild, daß ich den verbrannten Gummi bis hier rieche.

Hier machen die Zugmöwen die erste Rast, die, wenn sie nordwärts fliegen, von Genua herkommen. Die Genueser Möwen warten im Frühling, bis sie die Möwen aus Tunis und Tanger ankommen sehen. In einem großen schwarzen Pulk donnern diese übers Mittelmeer. Reiher, Wasserenten, Fliegende Fische, die in ihren Sog geraten, werden gnadenlos mitgerissen. Die Genueser Möwen hüpfen vor Begeisterung auf ihren Stummelbeinen herum, wenn sie die fernen Verwandten am Horizont erkennen. Sie empfangen sie mit wildem Schnattern. Für eine Nacht ist der Strand von Genua von Möwen überfüllt, alle Hafenmauern, Schiffsrelinge, Strandkörbe, Brückengeländer sind voll von Möwen. Sie erzählen sich, wie das Jahr war, und manche verkriechen sich in einen leeren Mastkorb und lieben sich mit einer Leidenschaft, wie sie nur eine Abschiedsnacht möglich macht. Glücklich, mit wehen Gliedern kommen sie wieder an den Strand, an dem die ganze Nacht über gesungen wird. Niemand macht ein Auge zu. Dann brechen die Genueser Möwen auf. In der ersten Morgensonne fliegen sie über die Poebene, ohne ein einziges Mal innezuhalten, eine schreckliche Masse wilder Vögel, die mit sich reißt, was ihnen in den Weg fliegt, Spottdrosseln, Elstern, Habichte.

Ein paar Schrotschüsse machen ihnen nichts aus. Sie fliegen über den Lago Maggiore, schon etwas ermüdet, sie haben alle zu wenig geschlafen. Sie fliegen über Lugano, über den Monte Ceneri, schon keuchend, über Bellinzona. Dann, hinter Bellinzona, machen sie die erste Rast. Zu Millionen sitzen sie an den Ufern des Ticino. Nun schlafen sie eine Nacht von vierzehn Stunden. Jetzt haben sie Angst, den Alpenüberflug nicht zu bewältigen und auf die Gletscher abzustürzen. Am nächsten Morgen brechen sie auf, stumm, entschlossen, und die Singvögel des Landes trauen sich wieder aus ihren Astlöchern. Die Möwen fliegen in Formation das Tal hoch, über Airolo hinweg, höher, immer höher. Vorne fliegen die Alttiere, die den Weg nach Norden schon mehrmals gemacht haben, dann kommen die Frauen, dann die Jungen, die sich jeden Stein mit ihrem innern Radar merken. Die Luft wird immer dünner, kälter, eisiger. Über der Paßhöhe schließen die Möwen geblendet die Augen, sie ertragen das gleißende Licht der Gletscher nicht. Blind überfliegen sie das Hospiz, blind auch, weil sie nicht sehen wollen, wie viele ihrer Freunde plötzlich aufhören mit dem Bewegen ihrer Flügel und wie Steine nach unten stürzen, schluchzend, tot. Auf dem Weg nach unten, auf den Vierwaldstättersee zu, lassen sich die Möwen dann treiben, wie Segler. Ihre Herzen rasen, ein wahnsinniges Gefühl von Wärme durchzieht sie, wenn sie sich auf die Uferfelsen setzen, der Axenstraße entlang. Dann fliegen sie weiter, nach Basel, nach Frankfurt, nach Hamburg, wo die Möwen aus dem höchsten Norden auf sie warten. Es gibt eine wilde Nacht. Am nächsten Morgen machen sich die Nordmöwen auf den Weg, weil sie den Sommer nicht an der heißen Elbe, sondern in Spitzbergen verbringen wollen, denke ich auf meinem Fahrrad. Jetzt haben wir die steilsten Rampen hinter uns und radeln zwischen rosa angestrichenen Häusern dahin, die beinahe unter Weinranken verschwinden. Die Sonne scheint. Wir schwitzen, aber das Fahren ist jetzt nicht mehr anstrengend. Ich singe ein Lied, das ich in der Schule gelernt habe, *Addio la caserma.*

Mit der Glocke klingle ich den Rhythmus dazu. Wir wollen heute noch nach Ascona, auf den Zeltplatz. Etwas anderes können wir uns in diesem Tessin sicher nicht leisten, denke ich. Wir wollten auch einmal reich werden, aber, ich weiß nicht warum, irgendwie hat es sich nicht ergeben. Vielleicht haben wir die falschen Berufe ergriffen. Vielleicht hätte der Pilot Spielbankinhaber, die dicke Frau Animierfrau und ich Croupier werden sollen. Dann hätten wir die Puddingfabrikanten aus dem Tessin nach Strich und Faden ausgenommen, in unserm Casino in Melide, und die Fabrikanten hätten noch nicht einmal gemerkt, daß die jungen Frauen, mit denen sie sich über die finanziellen Verluste hinwegtrösten wollten, auch Angestellte von uns gewesen wären, mit einem Fixum und prozentualer Beteiligung, denke ich. An einem heftigen Rumpeln unter mir spüre ich, daß ich einen Plattfuß habe. Ich rufe. Wir halten am Straßenrand. Kopfschüttelnd schaue ich mir den Reifen an. Ich stelle das Fahrrad auf den Kopf. Ich nehme die beiden Metallklammern aus der Reparaturtasche an meinem Sattel und fahre damit zwischen

Mantel und Felge. Der Mantel läßt sich abheben, wie früher. Ich hänge die Klammern in die Speichen ein, dann hole ich den Schlauch heraus. Wasser, jetzt brauche ich einen Bottich Wasser. Wir schauen uns ratlos an. Schließlich trage ich das Rad über eine Wiese zum Ticino hinunter, ich lege es am Ufer hin, pumpe den defekten Schlauch auf und halte ihn ins Wasser. Ich sehe kleine Blasen aufsteigen. Ich merke mir die Stelle, so gut ich kann, dann hole ich einen Flick und Gummilösung aus der Reparaturtasche. Ich schmiere Gummilösung auf Flick und Schlauch, presse den Flick auf die schadhafte Stelle und zähle bis dreißig. Dann lasse ich los. Wir setzen uns ins Gras und schauen über das Wasser hin ans andere Ufer. Überall wachsen Kastanienbäume. »Wir könnten uns Maroni braten«, sage ich, »die schmecken herrlich.« Der Pilot watet mit einer leeren Plastiktüte durchs Wasser, die dicke Frau macht aus Schwemmholz ein Feuer. Ich stoße den Schlauch unter den Mantel zurück und pumpe den Reifen auf. Dann sitzen wir wie die Urbergler um unser Feuer herum und essen schwarzgekohlte, innen goldgelbe Kastanien. Ich habe mir eine Hühnerfeder in die Haare gesteckt, ich schaue zu den Bergen hoch und versuche einen Ruf. Ich lausche. Nach einer langen Zeit nehme ich die Flasche des Piloten und trinke daraus. Ich lege mich auf den Rücken. Hoch am Himmel sehe ich unglaublich viele Vögel talaufwärts ziehen. Ich schlafe ein.

Ich träume, daß ich über die Magadinoebene gehe, in einem Indianerkostüm. Vor mir liegt die schwarze Silhouette von Ascona. Mein Herz klopft. Ich spüre, daß meine Füße immer schwerer werden, dann sehe ich, daß die Ebene aus Sumpfboden besteht. Immer tiefer sinke ich ein, immer schwerer ist es, die Füße überhaupt herauszuheben aus dem Schlamm. Ein dicker Mann mit einer Zigarre im Mund trabt leichtfüßig neben mir her. Für zehntausend Franken trage ich dich über den Sumpf nach Ascona, ruft er mir zu, es ist ein Freundschaftspreis. Ich stülpe meine Hosentaschen um und zeige ihm, was drin ist: ein Block, ein Bleistift, eine Schnur. Er schüttelt bedauernd den Kopf, ich sehe, wie er davoneilt, mit einem Diplomatenköfferchen in der Hand.

Als wir uns hochrappeln, ist es schon beinahe Abend. Wir sind irgendwo in der Gegend von Taverne. Stumm stampfen wir dann mit unsern Fahrrädern über die Magadinoebene, bis wir im Licht der untergehenden Sonne Ascona vor uns sehen. Wir sind erschöpft. Hier wollen wir eine Woche bleiben und uns erholen. Wir wollen schwimmen und Ausflüge in die Täler machen. Heute abend wollen wir eine Polenta essen. Ich biege in den Weg zum Campingplatz ein, mit summendem Dynamo. Zuerst will uns der Mann an der Kasse gar nicht hereinlassen, er sagt, der Platz sei überfüllt und ausgebucht bis 1988. Dann aber läßt er sich doch überzeugen, daß wir weder einen Mercedes noch einen Wohnwagen haben. Er weist uns einen Platz in einer Ecke an, Nummer 347. Wir stellen unser Dreierzelt auf. Unsere Campingnachbarn helfen uns mit Gummihämmern und Butangaslampen. Am Kiosk kaufen wir Polenta in Tüten, Tomatensauce und Luganighetti. Wir kochen sie auf userm Spirituskocher. Sie schmecken sehr gut. Dann schwimmen wir in der Dunkelheit im See. Es ist herrlich. Wir ignorieren die Rufe der Campingnachbarn vom Ufer her. Dann gehen wir duschen. Unter dem sanften Rauschen der Palmen schlafen wir ein. Ich höre, wie die dicke Frau neben mir auf ihrem Körper herumklatscht, weil sie Mücken nicht mag. Dann schlafe ich ein.

# Freiburg

Wenn über den graubraunen Militärbaracken auf dem Jaunpaß der Mond blaß wird, wälzen sich die kleinen Rekruten ein letztes Mal im Schlaf. Sie stöhnen vor Angst und schlagen mit ihren Armen auf die Kopfkissen. Sie träumen. Sie liegen in weißen Gitterbetten, unter Militärwolldecken, in ihrem Spind sind die Zahnbürsten nach links gerichtet, und die feldgrauen Taschentücher sind Naht an Naht aufgeschichtet. Dann poltern die Schritte des Korporals auf die Kantonnementstür zu. Alle Rekruten wissen, im Tiefschlaf, daß sie in zehn Sekunden auf ihren nackten Füßen neben dem Bett stehen werden, zitternd, zu Tode erschrocken. »Tagwacht!« brüllt der Korporal. Alle Rekruten stehen rechts neben ihren Betten. Sie tragen Flanellpyjamas und feldgraue Pullover. Sie haben kleine Augen, wie Teddybären. Der Zimmerchef meldet, mit einer zarten Stimme, die krächzt, daß alle kampfbereit sind. Der Korporal geht stampfend auf und ab. Er mustert die Rekruten. Sein Atem macht weiße Wolken, der Kanonenofen ist längst eiskalt. Die Zähne der Rekruten klappern. »Weitermachen!« brüllt der Korporal, der selber einmal Rekrut gewesen ist. Die Rekruten ziehen ihre Unterhosen an. Die Haut ihrer Oberarme ist weiß und voller Gänsehaut. In einer Einerkolonne gehen sie hinaus, mit dem Zahnputzglas und der Zahnbürste in der rechten Hand, zum Waschtrog vor der Baracke. Es ist kalt. Weißer Rauhreif liegt im Hof. Es ist noch beinahe dunkel, auf die Bergspitzen hoch über Jaun fällt eine erste Sonne. Das Herz der Rekruten klopft, sie haben ein Würgen im Hals, während sie mit dem Desinfektionsmittel gegen Mundkrankheiten gurgeln. Vor ihnen geht der Korporal auf und ab. Er trägt seinen Kampfanzug aus gescheckten Stoff und Schuhe mit Ledergamaschen. Dann ruft er etwas, und die

Rekruten rennen ins Kantonnement zurück. Sie ziehen sich an. Sie machen die Betten mit den vorgeschriebenen Taschen. Stumm nesteln sie an den Riemen der Schanzwerkzeuge, die sie sich vorschriftsgemäß umbinden. Die ersten Rekruten können reden, wenn sie in einer Zweierkolonne zur Frühstücksbaracke gehen, quer über den Hof, im Gleichschritt. Die Sonne beleuchtet nun schon den ganzen Höhenrücken über ihnen. Es ist schön. Die Rekruten machen Bemerkungen, die Witze sein könnten. Mit scharrenden Schuhen setzen sie sich an lange Holztische. Sie riechen den Geruch aus der Küche, in der der Koch, der im Zivilleben Briefträger in Adelboden ist, den Kaffee kocht. Dazu gibt es Brot und ein Gerberkäslein. Die Rekruten diskutieren darüber, was schlimmer ist, der Kaffeetag oder der Kakaotag. Sie essen und trinken. Sie sind noch nicht wach. Ihre Freundinnen liegen jetzt irgendwo weit weg in einem Bett und schlafen, und viele haben überhaupt keine Freundin. Sie schlucken, damit das Beißen im Magen aufhört.

Die Korporale sitzen gutgelaunt an ihrem Tisch. Sie haben auch Konfitüre zum Brot. Sie lachen laut, als einer von ihnen erzählt, was er den Mädchen aus der Kanonenbar gesagt hat, was er mit ihnen machen werde, wenn er vom Dreißigkilometermarsch zurückkomme.

Die Rekruten wissen, um sieben Uhr ist Antreten, mit vollem Gepäck. Sie hocken auf den Latrinen. Es geht nicht so früh am Morgen, aber wenn es jetzt nicht geht, werden sie auf dem Dreißigkilometermarsch Schwierigkeiten haben. Dann stehen alle abmarschbereit da. Sie sind vollbehängt mit Riemen, Patronentaschen, Säcken, Gewehren, Tornistern, Maschinenpistolen, Tarngebüschen, Schanzwerkzeugen. Nun sind auch die Leutnants da und gehen in ihren Stiefeln auf und ab. Sie kontrollieren, ob der oberste Knopf am Kragen der Rekruten geschlossen ist. In einer Zweierkolonne marschieren sie los, im Schritt. Adler schreien über ihren Köpfen. Die Metallteile des Gepäcks schlagen gegen die Beine der jungen Rekruten, die heute noch nach Bulle müssen, tief unten im Greyerzerland.

In Bulle, in den Dienstmädchenzimmern des Restaurants Zur Kanone, liegen junge Mädchen. Sie schlafen tief. Sie träumen, daß Wölfe Gazellen verfolgen, deren Beine im Wüstenschlamm steckenbleiben. Die Mädchen wachen von ihren Schreien auf. Mit klopfendem Herzen liegen sie auf dem Rücken im Bett. Langsam begreifen sie, daß sie in ihrem Zimmer sind, im Dienstmädchenzimmer des Restaurants Zur Kanone, nicht zu Hause, im Bett von früher, wo der Vater im Nebenzimmer herumrumorte. Sie haben Tränen in den Augen. Sie sehen die abgeschabte Tür, das Waschbecken, den Spiegel mit dem zersprungenen Glas, die Strümpfe auf der Wäschekordel, die Kleider über der Stuhllehne. Ihr Herz geht ruhiger. Sie schauen auf die Uhr. Es ist noch sehr früh, die Mädchen aber wissen, sie können jetzt nicht mehr schlafen. Sie stehen auf und sehen, während sie sich fröstelnd anziehen, durch das schräge Dachfenster auf die Vorberge der Freiburger Alpen, auf deren Höhen schon eine helle Sonne scheint.

Wir sehen ganz schön idiotisch aus mit unsern Tarngebüschen auf dem Stahlhelm, denken die Rekruten, während sie im Gleichschritt durch den Fremdenkurort Jaun marschieren. Sie sehen ihren Leutnant, wie er mit vorgerücktem Kinn neben ihnen herstampft. Männer in grünen Arbeitsschürzen öffnen die Metallstoren der Souvenirgeschäfte. Auf den Trottoirs stehen taufeuchte geschnitzte Bären mit Aschenbechern oder Flaschenhaltern in der Hand. Überlebensgroße Kodakpackungen aus Blech stehen vor Türen von Fotogeschäften. Vor der Kompanie geht ein Oberst. Er hält einen Spazierstock in der Hand und trägt Wanderschuhe. Er ist dick. Er grüßt die Ladeninhaber, indem er lächelnd die Hand an das Schild seiner goldenen Mütze legt. Wenn alle zum Dorf hinaus sind, wird er in ein feldgraues Auto steigen, das jetzt in einigem Abstand hinter der Marschkolonne dreinfährt. Später, als das Dorf hinter ihnen liegt, gehen die Rekruten nicht mehr im Gleichschritt. Der Oberst ist weggefahren. Der Leutnant geht entschlossen vor sich hin. Die Rekruten winken Frauen zu, die mit Milchkannen in der Hand vor Bauernhöfen stehen. Die Frauen winken zurück. Hunde bellen. Der nasse Tau rauscht. Die Rekruten sind nicht mehr so trostlos traurig. Sie schwitzen. Jetzt ist es beinah schön, sagen sie zu sich selber, aber wir haben Angst, daß uns nach weiteren zwanzig Kilometern die Füße wehtun, die Rücken zerkrümmt sind und daß wir einen so großen Wolf haben, daß wir im Kopfstand schlafen müssen, mit gespreizten Beinen. Sie gehen. Tief unter sich sehen sie im Morgendunst die Ebene des Greyerzerlandes. Die Morgennebel lösen sich langsam in der Sonne auf. Sie sehen ferne Dörfer. Es wird heiß werden heute, denken die Rekruten.

Fröstelnd sitzen die Mädchen im Lokal unten an der Bar. Sie trinken ihren Morgenkaffee. Stumm schauen sie auf die Bareinrichtung, auf die glanzlackierte Theke, auf die silbrige Espressomaschine, auf die roten, leuchtenden Lampenschirme und auf die Whiskyflaschen in den Regalen. »Heute wird ein schlechter Tag werden«, sagen sie zueinander. »Die Rekruten machen ihren Dreißigkilometermarsch. Sie sind mit Lastwagen von hier nach dem Jaunpaß transportiert worden und müssen zurücklaufen wie die Brieftauben.« Die Mädchen seufzen. Sie trinken einen Schluck. »Wenn sie hier ankommen«, sagen sie, »haben sie nur Bier im Kopf und ein weiches Bett. Ihnen tut alles so weh, daß jede Berührung wie Feuer brennt.« Schweigend räumen die Mädchen das Geschirr zusammen. Der Wirt hat den Raum betreten und schaut ihnen zu. Er hat einen quadratischen Kopf mit Stummelhaaren. Er trägt ein Führungsbuch in der Tasche seines Jacketts, in das er Striche und Kartoffeln einträgt, für Einsatz und

Faulheit der Mädchen. Wer vier Kartoffeln hat, fliegt, da kann das Mädchen noch so hübsch und nett sein. Vielleicht aber, denken die Mädchen, sind die Rekruten heute abend so fertig, daß sie nicht mehr herumrenommieren wie sonst. Vielleicht liegen sie dann endlich einmal traurig und menschlich neben uns. Wir werden sie trösten, die Rekruten werden in Tränen ausbrechen, und wir auch. Die Mädchen spülen ihre Tassen aus und stellen sie in das Regal, in Reih und Glied.

Vielleicht ist unsere Armee absichtlich so gemacht, daß unsre Gegner in Lachen ausbrechen, wenn sie uns erblicken, denken die Rekruten. Sie marschieren in Tarnanzügen über sonnenbeschienene Voralpenwege. Wie blöd wir aussehen! Wie idiotisch unsere Maschinenpistolen sind! Die Rekruten schauen ihre Nachbarn an. Sie schwitzen und haben rote Gesichter. Sie keuchen. »Man sollte uns einmal in den Generalstab lassen«, sagen sie zueinander. »Da würde vieles ganz anders aussehen nachher. Es gäbe zum Beispiel Soldaten und Soldatinnen gemischt. Wer die Nase voll hätte, könnte nach Hause gehen. Es wird keine Uniformen mehr geben. Wir schaffen die Flugzeuge ab, weil sie sowieso nur Kurven fliegen können. Wir pflanzen an unsern Grenzen einen hundert Meter breiten Gürtel aus Walderdbeeren, denen kein feindlicher Soldat widerstehen können wird. Während er in den Erdbeeren hockt, fesseln wir ihn und führen ihn ab.« Die Rekruten lachen. Sie bedenken nicht, was wäre, wenn der Feind außerhalb der Erdbeersaison angriffe. Als der Leutnant den nächsten Stundenhalt anzeigt, lassen sie sich ins Gras fallen und starren in den Himmel hinauf, wo seltsame Wolkengebilde vorbeiziehen. Ganz in der Ferne sehen sie einen stecknadelkopfgroßen Ballon. Sie reiben sich die schmerzenden Schultern.

Trotz allem haben die Mädchen in der Kanonenbar in Bulle Arbeitskleidung angezogen: Netzstrümpfe, anliegende

Röcke, Minis, Blusen mit großen Décolletés. Sie haben sich Lidschatten angemalt. Sie sitzen im leeren Lokal auf den Barhockern, sie haben noch immer Kindergesichter. Manchmal starren sie mit glasigen Augen in eine Ecke. Dann streichen sie sich mit dem Handrücken über die Stirn und über die Haare, atmen tief ein und blinzeln, bis sie sich wieder an ihr jetziges Leben gewöhnt haben. Sie hassen den Wirt. Er vermietet ihnen die Zimmer im ersten Stock zu skandalösen Preisen. Sie haben einmal gedacht, er sei wie ein Vater. Er tut so, als würden ihm die Mädchen gehören. Von jedem Rekruten kassiert er fünfzig Prozent.

Jeder Humor ist den Rekruten jetzt vergangen. Selbst die Korporale, die nur einen kleinen Rucksack, und die Leutnants, die gar nichts tragen, haben ernste Gesichter und starren auf den Horizont. Die Rekruten stolpern immer häufiger. Sie blicken auf die Beine dessen, der vor ihnen geht. Die Füße tun ihnen weh. Wenn sie stehenblieben, könnten sie keinen einzigen Schritt mehr tun. Die Riemen der Tornister schneiden furchtbar ein. Manche helfen sich, indem sie das Gewehr ihres Nachbarn mittragen. Irgendwie wird ihnen leichter dabei. »Ein Lied, marsch«, ruft der Leutnant. Die Rekruten singen. Vor sich sehen sie, als sie einmal den Kopf heben, den Ballon von vorhin, viel größer und näher. Die haben es gut, denken die Rekruten, wir stampfen uns hier unten die Beine in den Hals, und die sitzen dort oben in der Sonne und lachen uns aus.

Indessen sitzen der Pilot, die dicke Frau und der Mann mit dem Schnurrbart in der Gondel, sie tragen alle T-Shirts und Blue jeans, essen ein Eis am Stiel und schauen auf die merkwürdigen Wolken. »Was für ein zauberhaftes Land«, murmelt der Pilot. Er schaut auf die sich in der Ferne auftürmenden Alpen, auf die Vorberge, auf die Weiden, über die, zwischen Tannen hindurch, Wanderwege führen. Er glaubt ein fernes Singen zu hören. »Es muß herrlich sein da unten«, murmelt der Pilot. »Durch die Wälder zu streifen, Heidelbeeren zu pflücken, Pilze zu kochen.« Die beiden andern nicken. Der Mann mit dem Schnurrbart legt einen Film in seinen uralten Fotoapparat, der aussieht wie ein schwarzer Blasebalg. »Wir können ja landen«, sagt er und zieht am Gashahn, denn inzwischen hat auch er das Funktionieren der Ballonmechanik begriffen.

»Volle Deckung, marsch!« schreit der Leutnant, als er den niederrauschenden Ballon bemerkt. Er denkt sofort, daß dies ein kommunistischer Schachzug sein könnte. Er hat schon vierzehn Manöver mitgemacht, in denen immer die Blauen gegen die Roten gewonnen haben, aber wenn die Roten einmal wirklich angreifen, kann man sich darauf doch nicht ganz verlassen. Dann muß jeder seinen Mann stellen. Schnaufend liegt der Leutnant im Gebüsch und beobachtet den landenden Feind. Er ist als dicke Frau, als Pilot und als Mann mit einem Schnurrbart getarnt. Der Leutnant läßt sich nicht irreführen. Er erinnert sich an seinen Lehrgang, an die Stunde über die Finten der Agenten usw. Er wendet sich nach seinen Rekruten um. Einige haben die Stahlhelme ausgezogen! Ein paar liegen auf dem Rücken und schlafen! Einer ißt Heidelbeeren! Herrgott, denkt der Leutnant fast weinend, niemand nimmt den Krieg ernst, das war früher ganz anders. Mein Vater ist tausend Tage Gewehr bei Fuß am Rhein gestanden und hat die Flüchtlinge zurückgescheucht. Heute haben die Soldaten so lange Haare, daß man sie ihnen in Einkaufsnetze stecken muß. Selbst ich bin ja noch am alten, tonnenschweren Armeekarabiner ausgebildet worden. Ich kann noch einen Gewehrgriff. Mit dem Karabiner haben wir immerhin Hitler vom Einmarschieren abgehalten. Heute denken die jungen Rekruten nicht einmal im Traum daran, daß ein landender Ballon einen feindlichen Atomsprengkopf enthalten könnte, den man umgehend entschärfen muß. Der

Leutnant wendet seine Aufmerksamkeit wieder dem Feind zu. Er sieht, daß der Mann mit dem Schnurrbart den Ballon an einer Tanne vertäut. Der Pilot bläst eine Luftmatratze auf, und die dicke Frau kauert hinter einem Baumstrunk und pinkelt. Den Leutnant überschauern Kindheitserinnerungen. Dann, als die dicke Frau die Hosen wieder hochgezogen hat, bläst er zum Angriff. Mit gezücktem Bajonett stürmt er über die Alpwiese. Er stößt das Angriffsgeheul aus, das er in seiner Ausbildung gelernt hat. Im Rennen erinnert er sich nochmals an die Reihenfolge des Angriffs mit dem Bajonett: brüllen, zustechen, Leiche abstreifen. Plötzlich hat er ein ungutes Gefühl. Es ist so still um ihn herum. Er wendet sich um in seinem Sturmlauf. Er sieht, daß die Rekruten sich in ihren Gebüschen aufgesetzt haben. Sie lachen. Mit klopfendem Herzen bleibt der Leutnant stehen. Sind sie alle Kommunisten, alle zusammen? denkt er. Er kann es nicht glauben. Er sieht den Mann mit dem Schnurrbart, die dicke Frau und den Piloten, die ihn mit offenem Mund anstarren. Der Pilot hält die halb aufgeblasene Luftmatratze wie einen Schild vor sich und die dicke Frau. Dann legt er sie langsam auf den Boden. Der Leutnant sieht den Ballon an. Er erschrickt. Habe ich etwas Falsches getan? denkt er. Was nur? Er bekommt einen roten Kopf. »Kompanie – auf zwei Glieder Sammlung!« brüllt er mit sich überschlagender Stimme. Die Rekruten rennen herbei und stellen sich in einer Zweierkolonne auf. Sie richten sich aus, mit den Füßen träppelnd. »Guttt!« schreit der hinterste Rekrut, der kleinste. Der Leutnant schreitet die Reihen ab. Er brüllt die Rekruten an, die den obersten Knopf aufgemacht haben oder deren Gürtelschnalle um einen Millimeter verrutscht ist. Er schnaubt. Dann entschuldigt er sich bei den Touristen für das unangemessene Verhalten seiner Rekruten. »Ich habe viel Verantwortung«, sagt er zu ihnen. »Man muß ungeheuer aufpassen, gerade heutzutage, wo man denken könnte, es ist kein Feind weit und breit. Wissen Sie«, sagt er zur dicken Frau, »der Feind sitzt oft im eigenen

130

Land. Wir haben Leute, die heimlich die Peking-Rundschau lesen, ich schwöre es. Gerade kürzlich war wieder ein Aufsatz in der Offizierszeitung darüber. Natürlich legen wir ihnen das Handwerk, das schon. In den Schulen haben wir zum Beispiel von der politischen Polizei angestellte Mitschüler, die solche Zeitschriften anbieten. Wer sie liest, wird von ihnen angezeigt und bekommt zwei Monate Jugendkerker. Das hilft, wissen Sie, vor allem, weil sich die Lehrerschaft und die Seelsorger alles in allem sehr loyal verhalten.« Die dicke Frau nickt beeindruckt. »Wir müssen jetzt leider gehen«, sagt der Leutnant. »Wir haben noch dreiundzwanzig Kilometer vor uns bis Bulle.« Er dreht sich um. Er macht sein Befehlsgesicht. »Kompanie – vorwärts marsch«, ruft er. Die Rekruten marschieren. Der Leutnant grüßt die drei Ausländer. Diese sehen ihn, wie er, immer kleiner werdend, neben seinen Rekruten einhergeht. Er schwenkt die Arme beim Gehen, wie Mussolini in alten Wochenschauaufnahmen.

»Und ich wußte noch nicht einmal, daß die Schweizer eine Armee haben«, sagt die dicke Frau, nachdem sie sich erholt hat. Sie setzt sich prustend in die Heidelbeeren. Der Mann mit dem Schnurrbart setzt sich neben sie, er ißt Heidelbeeren, bis er einen blauen Mund hat. Er sieht über die abfallenden, mit Tannen bewachsenen Abhänge hin, auf die nun im warmen Sonnenlicht liegende Ebene des Greyerzerlandes. »Ich bin auch einmal im Militärdienst gewesen«, sagt er dann. Er sieht auf den Piloten, der in der Gondel das Nähzeug geholt hat und die Abzeichen an seiner Pilotenuniform abtrennt. »Falls der Krieg in der Gegend von Balsthal stattfindet und der Gegner aus Nordosten kommt, weiß ich genau, wie ich mich zu verhalten habe. Ich kann mit einer Maschinenpistole und mit einer Leuchtpistole schießen und Handgranaten werfen. Nie werde ich das Gefühl vergessen, das ich hatte, als ich im November auf einem Kartoffelacker stand und lernte, wie man das Schloß des Karabiners auseinandernimmt und wieder zusammensetzt, hundertmal.« Die dicke Frau schaut mich an. Sie schüttelt den Kopf. Sie steckt sich eine Heidelbeere in den Mund. Vögel zwitschern. Die dicke Frau steht auf und geht mit einem Heidelbeerzweig in der Hand zum Piloten. Sie steckt ihm die Beeren in den Mund. Der Pilot lacht. Er küßt sie. »Komm«, ruft er dem Mann mit dem Schnurrbart dann zu, der einen roten Kopf bekommen hat, »wir fliegen den Rekruten nach. Die Rekruten erinnern mich an meine Kindheit.« Der Mann mit dem Schnurrbart löst das Halteseil und schwingt sich, am hochrauschenden Korb hängend, über die Reling. Der Ballon steigt in den blauen Himmel hinauf. Eine sanfte Brise weht ihn in die Ebene hinaus. Unter ihm, auf einer Weide, geht der langgestreckte Rekrutenzug, zwischen Kühen und Schafen. Wenn die Insassen des Ballons schweigen, hören sie das ferne Singen der Soldaten.

Es soll Frauen geben, denken die schwitzenden Rekruten ganz für sich allein, die wie manche Blumen des tropischen Urwalds sind: bei Tag ein blasses Nichts, einmal im Jahr aber blühen sie, nachts, im blauen Licht des Vollmonds, drei Minuten lang. Dann verstummen die Spatzen und Papageienvögel in den Bäumen, wenn sie sich endlich ausziehen, mit glühenden Augen, einem blinkenden Mund, feuerrot. Der Mann, der dann dabei ist, dem leuchten die Augen ein Leben lang, wenn er, im Schaukelstuhl sitzend, seinen Enkelkindern erzählt, was Schönheit ist. Die Enkel spüren, daß es für solche Schönheit keine Worte gibt. In ihnen steigt eine Ahnung auf, daß ihren Freundinnen, denen sie beim Doktorspielen zwischen den Hinterbacken herumfingern, auch mit einem Mondschein nicht zu helfen ist. Die Rekruten seufzen. Sie hören das rhythmische Stampfen ihrer Nagelschuhe. Heute abend werden wir vielleicht doch in die Kanonenbar gehen, denken sie, ganz einfach weil wir zu erschöpft sein werden. Die Mädchen tragen zwar idiotische Netzstrümpfe, geschlitzte Slips aus Glanzseide und Büstenhalter mit Löchern

vorne, aber manchmal merkt man doch noch, daß sie Bauern-
mädchen sind, mit Vätern mit Quadratschädeln und Müt-
tern, die vom Kühemelken weiße Finger haben. Dann fällt
die Tünche ab von den Mädchen, und es riecht im Zimmer
ganz leise nach Mist.

Tatsächlich sitzen die Mädchen in der Kanonenbar. Es gibt
noch keine Gäste, jetzt, um sechs Uhr abends, aber der Wirt
überwacht jede einzelne, ob sie richtig dasitzt, ob sie genügend Bein zeigt, ob sie Augenschatten trägt, ob sie lächelt.
Dann geht die Tür auf. Ein baumlanger Mann in einer Pilo-
tenausrüstung, ein kleinerer mit einem Schnurrbart und eine
dicke Frau kommen herein. Sie grüßen. Einen Augenblick
lang stehen sie verlegen herum. Dann setzen sie sich an einen
Tisch in einer Nische. Eines der Mädchen geht zu ihnen. Der
Pilot schaut es von oben bis unten an, als ob es Hasenohren
und einen Schwanz hätte. Das Mädchen wird rot. »Was darf
es sein?« fragt es. Die drei bestellen eine Flasche Weißwein.
Sie sehen sich um. »Wenn ich Kummer hätte, würde ich mich
bei einem dieser Mädchen ausweinen«, sagt der mit dem
Schnurrbart leise. »Hast du denn Kummer?« fragt die dicke
Frau. Der mit dem Schnurrbart lächelt. Schweigend trinken
sie, bis sie die schlurfenden Schritte von Nagelschuhen hören.
Die Mädchen setzen sich aufrecht. Sie zupfen ihr Décolleté
zurecht. Der Wirt lächelt plötzlich. Die stampfenden Schritte
kommen schnell näher. Die Tür donnert auf. Die Rekruten
fallen johlend und erschöpft zur Tür herein. Sie werfen sich
auf die roten Polster, keuchend, schwitzend. Sie haben heiße
Kindergesichter. Sie bestellen Bier. Die Mädchen setzen sich
neben sie. Die Rekruten schauen die Mädchen wie durch
dicke Milchglasscheiben an. Die Mädchen flößen ihnen Bier
ein, sie wiegen sie und singen Lieder. Die Rekruten schlafen
ein, mit Bierschaum auf den Schnurrbärten. Die Mädchen
lächeln sich zu, jede mit einem schlafenden Rekruten an der
Brust. Nur der Wirt ist wütend, er macht den Mädchen Kar-

toffeln ins Betragensbuch, weil schlafende Rekruten keinen Umsatz machen.

Später dann wachen die Rekruten in weichen Betten auf. Sie blinzeln. Sie sind verblüfft, in den Armen der Mädchen der Kanonenbar zu liegen. Sie lächeln sich an. »Was tun wir denn hier?« fragen sie. »Ihr schlaft«, sagen die Mädchen leise. Die Rekruten nicken und schlafen wieder ein. Sie träumen von Rosen, Tulpen und Wicken. Im Traum haben sie keine Blasen an den Füßen und keinen Wolf zwischen den Beinen. In Wirklichkeit müssen sie dann, später in der Nacht, in ihre Kantonnemente zurückschleichen. Die Wache ist zwar ihr Freund, aber sie trauen ihr nicht recht, weil Schweizer nicht sehr mutig sind, wenn ein Reglement gegen die Freundschaft steht. Mit zerschlagenen Gliedern kriechen sie unter ihre Wolldecke.

Die Mädchen liegen noch lange wach im Bett. Sie sind traurig. Ihre Väter waren Bauern. Sie waren einmal glücklich, wenn sie ihnen das Essen im Essensgeschirr aufs Feld brachten.

Ihr Vater gab ihnen einen Kuß, der ihnen glühend durch alle Glieder rann. Heute aber müssen sie sich sehr anstrengen, um bei einer heftigen Umarmung ein warmes Gefühl im Herzen zu spüren. Vielleicht sollten sie zurück auf einen Bauernhof, aber wie und wann? Ihr Vater ist tot, auf den Bauernhöfen hat man Maschinen.

Tief in der Nacht geht auch der Mann mit dem Schnurrbart zum Ballon zurück, der auf dem Hauptplatz von Bulle vertäut steht. Er sitzt in der Gondel und wartet, bis die dicke Frau und der Pilot von ihrem Mondscheinspaziergang zurückkommen. Er zählt die Sekunden. Er versucht, in aller Ruhe die Anweisungen für den Notfall zu lesen, die jeder Ballonpilot kennen muß, aber er hat keine Ruhe. »Was geht es mich an, wenn die dicke Frau auch einmal dem Piloten einen Kuß geben will oder zwei«, sagt der Mann mit dem

Schnurrbart zu sich selber. Er zündet sich eine Zigarette an. Er hat es seit zehn Jahren nicht mehr getan. Dann sieht er, wie die dicke Frau und der Pilot eng umschlungen durch die Dunkelheit kommen. Er kriecht unter seine Wolldecke. Er tut, als würde er schlafen, als die beiden unter die ihre kriechen. Er spitzt die Ohren. Als er dann aber gar nichts hört, schläft auch er ein, wie die Rekruten, von Tigern träumend.

## Waadt

Ich wache auf, weil mir die Sonne, die durch die Ritzen der Fensterläden dringt, ins Gesicht scheint. Gähnend liege ich auf dem Rücken. Ich recke meine Arme und strample mit den Beinen. Die dicke Frau neben mir und der Pilot schlafen noch. Ich setze mich auf. Ich habe wildes Zeug geträumt: irgend etwas von meinem Vater und meiner Mutter, ich hatte keinen Schnurrbart und war klein, und mein Vater lachte mich aus, weil ich mit einem Messer auf ihn losging, oder so etwas. Ich stehe auf und öffne die Fensterläden. Eine strahlende Sonne scheint auf die Dächer von Lausanne, über die ich blicke. Ich sehe das Schloß, die Kathedrale, die roten Ziegel der Häuser, Kamine und Fernsehantennen. Im Hintergrund liegt der See, er ist blau und blinkt in der Sonne. Er ist voller Segel. Weiße, ballige Wolken stehen am Himmel, und Schwalben versammeln sich auf den Telefondrähten, die von unserm Haus zum Dach eines Restaurants führen, das Café de la Barre heißt. Ich gähne und drehe mich um, ins Zimmer zurück.

Die dicke Frau, die nur noch nackt schläft, seit es so heiß ist, hat sich aufgesetzt. Ich sehe ihren gewaltigen braunen Rücken. Sie sieht auf die schrägen Wände unsres Zimmers, auf die alten, morschen Deckenbalken und auf die Löcher in der Wand, in denen wir Läuse, Mücken, Hornissen und Flöhe vermutet haben. »Wenn hier die Feuerpolizei so funktionieren würde wie in der deutschen Schweiz, hätten die Behörden dieses Haus längst zugemauert«, sagt sie zu mir. Es ist das Haus von Freunden, wir haben ein paar schöne Tage in Lausanne zugebracht, wir sind sogar im See geschwommen, obwohl dieser schon fast so schmutzig ist wie der Bodensee. Die dicke Frau steht auf. Sie macht einen Spreizschritt über den grunzenden Piloten, der sich die Augen reibt. Sie geht zum Koffer und wühlt darin, bis sie gefunden hat, was sie heute tragen will: einen Matrosenanzug. Ich grinse den Piloten an. Wir tippen uns an die Stirn, hinter ihrem Rücken. Ich jedenfalls werde mich nicht dazu verleiten lassen, mein rot-weiß gestreiftes Gondolierehemd zu tragen, auch wenn wir heute eine Dampferfahrt nach Genf machen wollen. Ich ziehe meine neuen Unterhosen mit Schweizer Kreuzen drauf an, dann meine Blue jeans und ein Shirt mit einer Reklame von Parisiennes drauf. Der Pilot schaut unterdessen zum Fenster hinaus. Ich sehe, daß seine Beine schwarz behaart sind. »Lausanne ist eine großartige Stadt«, sagt er über seine Schultern zu uns, »aber nichts für Radfahrer. Überall geht es abwärts beziehungsweise dann später wieder aufwärts.«

Später dann, nachdem wir uns von unsern Freunden verabschiedet haben, gehen wir zur Stadt hinunter, über lange, gedeckte Holztreppen, über einen großen Platz, auf dem Markt ist. Es gibt mit farbigen Planen überdachte Stände, auf denen Blumen, Kleider, Fische, Gemüse, Spielwaren aus Blech und Plastik, Putzmittel, gerupfte Hühner, Teppiche liegen. Arm in Arm schlendern wir die steil abfallenden Straßen hinunter, die Matrosenfrau in der Mitte. Buchhandlungen haben Kästen vor der Tür, wie die Bouquinistes in Paris. Wir wühlen in einem, und ich kaufe für einen Franken eine Schrift über die Unterdrückung des Kantons Waadt durch die Berner. Dann gehen wir weiter. In Cafés sitzen Studenten und Studentinnen und trinken Coca-Cola. Akkordeonmelodien kommen aus Restaurants. »Einmal ein Fondue essen«, murmelt die dicke Frau. »Ich verlasse die Schweiz nicht, ohne einmal Fondue gegessen zu haben.«

Mit dem blauen Funiculaire fahren wir nach Ouchy, zwischen riesigen Blütenbüschen schlendern wir auf die altmodischen Hotelkästen zu, in denen allen Lord Byron und Mary Shelley gewohnt haben. Wir gehen zwischen Tischchen mit Eis essenden Gästen hindurch zur Schifflände hinüber, ans Seeufer. Schwäne schwimmen unter herunterhängenden Zweigen von Trauerweiden. Wir lesen auf einer blauen Blechuhr die Abfahrtszeit des nächsten Dampfers. Eine sanfte Brise fährt uns in die Haare. Einer der Schwäne flattert auf und startet über das Wasser hin, wie ein schwerer Jumbo-Jet. Er fliegt einige hundert Meter dem Ufer entlang, dann setzt er sich wieder ins Wasser, und sein panisch vorgereckter Hals wird wieder gebogen und ruhig.

Wir sind glücklich. Wir sitzen in Korbstühlen und schauen die dahinschlendernden Männer und Frauen an, während wir Eis essen. Ich habe einen Becher mit Erdbeer- und Zitroneneis vor mir stehen, ohne Sahne, ich bin das meinem Traum schuldig, weil dies das Lieblingseis von meinem Vater war. Mein Vater war eines Tages plötzlich tot, mit verdrehtem Hals lag er auf dem Teppich. Ich lächle in mich hinein, während junge Mädchen junge Männer küssen, die Silberkettchen um den Hals tragen. Ich sehe einen Hund und eine Familie mit vielen Kindern und Rucksäcken. Ich denke an frühere Zeiten, ich meine, daran, wie meine Mutter und mein Vater zusammen Pedalo fuhren, und ich saß am Ufer und sah ihnen zu, nicht weit von hier, mit Tränen in den Augen.

Plötzlich erschrecke ich. Ein Schatten fällt über unsern Tisch, und ich sehe einen Augenblick lang einen riesengroßen Menschen. Er hat starre Augen, mit denen er mich ansieht. Er hat einen unbeholfenen Gang. Ich fahre mir mit den Händen an den Hals und spüre meine Schlagader. Ich sehe ihm nach, er ist allein, ohne Freundin, jetzt ist er im Gewühl verschwunden. Ich schlucke. Ich esse schnell meinen letzten Löffel Eis und lächle den Piloten an, der seinen Arm um die Schulter der dicken Frau gelegt hat. »Spürst du, was heute für ein Glück in der Luft liegt?« sagt die dicke Frau zu uns. Ich nicke. Ein leiser Wind weht Blütenblätter über uns hin. Die dicke Frau beugt sich zum Piloten hin und küßt ihn. Dieser lacht über den Überfall. Ich klatsche in die Hände und schaue auf den See hinaus.

Dort sehe ich unser Schiff, es ist noch weit weg, weiß, mit

einer steil hochsteigenden Dampffahne. Es tutet. Weiße
Gischt rauscht an seinem Bug auf. Schaufelräder drehen sich
an seiner Seite. Es sieht aus wie vom Mississippi, denke ich.
Jetzt kann ich auch den Namen lesen: »Général Guisan«. Ich
erkläre den andern beiden, wer General Guisan war. »Er
hängt heute noch in jeder anständigen Wirtschaft«, sage ich.
»Ohne ihn hätten wir den Zweiten Weltkrieg nie gewonnen.
Ich erinnere mich an sein Begräbnis. Das Radio spielte den
ganzen Tag immer dieselbe Trauermusik. Es war, als hätte
das ganze Land einen Vater verloren.« Ich mache eine Pause.
Wir stehen nun in der wartenden Menschentraube am Quai.
»Eigentlich ist mir Major Davel noch lieber«, fahre ich fort.
»Dort steht sein Denkmal. Er lebte zu einer Zeit, als die Berner das Waadtland noch als ihre Kolonie behandelten. Sie
waren richtige Schweine und köpften die Waadtländer Bauern, wenn sie ihnen ein paar Rüben weniger ablieferten, als
ihnen auferlegt worden war. Major Davel leitete einen Auf-
stand, oder so etwas, und wurde hingerichtet. Heute heißt ein
Restaurant in Cully nach ihm.«

Wir gehen über ein schwankendes Stegbrett ins Schiff. Es
riecht nach Tang und Motorenöl. Rettungsringe hängen an
den weißbemalten Schiffswänden. Junge Männer in Leder-
jacken und mit Transistorgeräten unter dem Arm sitzen auf
den Holzbänken auf dem Deck. Wir stellen uns ins Heck, zur
Schweizer Fahne, die im Wind flattert. Tutend legt das Schiff
ab. Ich sehe eine plötzliche Unruhe am Quai, ich sehe den
gewaltigen Mann von vorhin, der sich durch die Leute drängt
und mit einem wilden Sprung auf das Schiff springt. Die
Leute schreien auf, und die, die ihren Freunden gewinkt
haben, hören für einen Augenblick auf, die Hüte zu schwenken. »Habt ihr das gesehen?« frage ich. »Nein, was?« fragt
die dicke Frau. »Egal«, sage ich, »ein Passagier ist zu spät
gekommen und fast ins Wasser gestürzt.« Ich räuspere mich.
Wir schauen auf die Stadt, auf die Hotelkästen, die Häuser,
die zwischen riesigen Pinien stehen, auf die ferne Kathedrale.

Der Himmel ist blau. Die Gischt des Schiffsmotors spritzt bis zu uns herauf. »Früher hatten wir auf dem See sogar eine Kriegsflotte«, sage ich lachend, »das ist wahr. Aber nie fand eine Seeschlacht statt, außer daß einmal die besoffenen Genfer nach Evian hinüberfuhren und savoyardische Mädchen anquatschten und verhaftet wurden. An der Landesausstellung von neunzehnhundertvierundsechzig konnte man dann mit einem Unterseeboot zum Seegrund fahren. Aber es sprach sich herum, daß dort unten nur alte Schuhe, Ölkanister und rostige Kühlschränke lagen, und dann machte die U-Boot-Firma Pleite.«

Wir fahren nun in der Mitte des Sees. Hinter uns sehen wir die ansteigenden Terrassen der Weinberge vor den Walliser Bergen und, rechts davon, den im Sonnenlicht glänzenden Gletscher des Montblanc. Ganz in der Ferne kann man das Schloß Chillon ahnen. »In seinen Kerkern schmachtete einer ein ganzes Leben lang«, murmle ich. »Man kann seine Inschriften heute noch an den Mauern lesen.« Die dicke Frau nickt mit einem ernsten Gesicht. »Was hat er getan?« fragt sie. »Ich weiß es nicht«, antworte ich. »Manche Leute müssen einfach morden oder vergewaltigen, sie können nicht anders.« Wir schauen über die plätschernden Wellen des blauen Sees.

»Von hier stammt Frankenstein«, sage ich dann.

»Wer?« fragen der Pilot und die dicke Frau gleichzeitig. »Frankenstein«, sage ich. »Die Familie Frankenstein hat hier am Genfer See gewohnt, über Jahrhunderte. Jetzt, mit diesem Namen, heißt sie wohl anders oder ist wirklich ausgestorben. Sie waren ehrenwerte Bürger, sie wohnten dort drüben, wo die Pappeln stehen. Im Winter lebten sie in Genf. Man muß annehmen, daß sie sich irgendwie mit den Bernern arrangiert hatten, mit Geld, denn es ist nicht bekannt, daß sie Not zu leiden hatten. Auch haben sie ja einen merkwürdig deutschen Namen.« Die beiden andern sehen mich staunend an. »Ich kann mich nur undeutlich an die ganze Geschichte

erinnern, aus den Filmen«, sagt der Pilot. »Blödsinn«, sage
ich, »Filme. Die Frankensteins ruderten auf dem See herum
wie wir heute, sie waren lustig und traurig wie jeder, sie lieb-
ten sich von Herzen, und nur der junge Viktor war ein bißchen eigen. Zuweilen riß er Maikäfern die Beine aus, zuweilen machte er lange, schweigsame Spaziergänge, zuweilen sah
er seinen Vater, den er verehrte wie keinen zweiten, mit so
brennenden Blicken an, daß dieser wegsah und eine Gänsehaut auf seinem Rücken verspürte. Es war dann schon etwas
Seltsames mit seinem Geschöpf. Er hatte es selber gemacht,
aber eigentlich auch wieder nicht. Eines Tages war es einfach
da. Vielleicht hat ein jeder so ein Monster, dachte er zuweilen, nur weiß ich es von den andern nicht.« Ich sehe mich um.
Eine Wolke steht vor der Sonne. »Das Geschöpf von Frankenstein war ein typischer Deutschschweizer, groß, kräftig,
häßlich, und niemand liebte es. Niemand sah, daß unter seinen klobigen Mörderhänden zarte Nerven waren, die einen
Mädchenkopf streicheln und ein Glockenspiel spielen wollten.« Ich schweige. Ich schaue nach hinten, wo die Stadt Lausanne nun schon im fernen Dunst liegt. Dann werde ich durch
das Lachen von jungen Mädchen abgelenkt, die neben uns an
der Reling stehen. Ich werde rot und sehe die dicke Frau an.
»Entschuldigt mich für einen Augenblick«, brumme ich. Ich
gehe zu den Mädchen hinüber. Mein Herz klopft. Zurückse-
hend sehe ich, daß die dicke Frau und der Pilot sich an den
Händen halten und sich in die Augen sehen. Ich räuspere mich.

»Diese beiden dort«, sage ich zu einem der Mädchen, dem
nettesten, das eichhörnchenrote Haare hat, »mit denen mache
ich eine Weltreise. Wir sind seit immer zusammen. Wir haben
einen Ballon. Wenn ich jetzt nicht mit jemand anderem, wie
mit Ihnen, spreche, platze ich.« Das Mädchen nickt. Sie trägt
einen Rock mit Tupfen und ein Kettchen mit einem Herz aus
Silber um den Hals. Wir schauen übers Wasser, auf den Mont
Salève, der aus dem Dunst auftaucht. Das Mädchen schaut
mich an. Ich merke, daß sie nur Französisch kann. Ich ver-

suche es in ihrer Sprache. Ich habe einen Akzent, das heißt, ich rede wie alle Deutschschweizer. Mit meiner Stimme kann man Bäume zersägen. Ich denke, so wird auch das Geschöpf Frankensteins geknurrt haben, wenn es die Hand um den Hals eines seiner Opfer legte, um den Enkel, den Neffen, die Cousine, den Vater. »Manchmal«, sage ich zu dem Mädchen, »denke ich, dieser Viktor Frankenstein hatte es gar nicht so schlecht. Er kannte seinen Dämon von Angesicht zu Angesicht. Er konnte sich ein schwerkalibriges Gewehr kaufen und versuchen, ihn abzuschießen. In Wirklichkeit war sein Geschöpf natürlich unverletzbar, es konnte nicht erschossen werden. Allenfalls hätte er es in Luft auflösen können, wenn er es lange verständnisvoll und mit Liebe angeschaut hätte. Dann hätte das Untier gespürt, wie alle Kraft aus ihm wich. Aber das tat Frankenstein nie, und so wurde der Dämon immer kräftiger, heimtückischer und mörderischer.«

Ich schlendere mit dem Mädchen über das Zwischendeck. Sie gefällt mir gut. Warum, denke ich, hänge ich auf dieser Reise immer an den Rockschößen der dicken Frau und des Piloten? Schließlich, ich habe einen Schnurrbart, er keinen. Das Mädchen und ich stehen in einer Ecke beim Maschinenraum. Wir küssen uns. Das Mädchen riecht nach Vanilleeis. Wir lachen. »Du bist der erste Deutschschweizer, den ich küsse«, sagt das Mädchen. »Ich hätte nie gedacht, daß man das dort auch tut.« Ich lächle sie an. Sie heißt Denise. »Es ist seltsam«, sage ich. »Wir Deutschschweizer lieben euch Welsche, und ihr behandelt uns, als seien wir ein Volk von Putzmittelvertretern.« Denise zieht mich an den Ohren. »Erzähl mir noch ein bißchen von Monsieur Frankenstein«, sagt sie. »Das war so«, sage ich. »Viktor liebte seinen Vater und seine Cousine. Immer war er das Lieblingskind seiner Mutter gewesen, und er konnte sich an viele Sonntagsspaziergänge erinnern, wo er sich zwischen seinen Vater und seine Mutter drängte, jeden dann an einer Hand haltend. Abends aber, wenn alle müde und glücklich nach Hause gekommen waren, mußte er gleich in sein Gitterbett. Er fühlte sich rotglühend vor Zorn. Er preßte sein Ohr auf die Dielen, und dann hörte er, wie der Vater die Mutter fast totschlug. Sie stöhnte und röchelte und bat um Gnade.« Denise wird ein bißchen rot. »Ich habe meinen Vater auch geliebt«, sagt sie. »Ich ging immer mit ihm einkaufen, Gurken, Zitronen, Pariserbrote. Es war wunderschön.« »Ja«, sage ich, »so zimmerte sich Frankenstein sein Geschöpf zurecht, einen großen Franken-stein, mit einer Seele wie er selbst, aber einem Körper zehn-mal so groß wie sein Vater, zehnmal so kräftig, zehnmal so heftig. In seiner Wut ließ er ihn oft frei herumlaufen, er sel-ber saß dann manierlich auf seinem Stühlchen und schloß die Augen. Das Monster schlich herum und stand stundenlang hinter dem ahnungslosen Vater. Immer aber konnte Viktor das Monster wieder in seinen Käfig sperren. Manchmal schlug ihm das Herz bis zum Hals und er war überzeugt, daß der Vater das verwirrte Leuchten auf seinem Gesicht richtig gedeutet hatte. Aber der Vater strich ihm nur lächelnd übers Haar. Auch die Mutter war ahnungslos. Sie scherzte weiter mit dem Vater, stritt mit ihm, lachte, gutgelaunt unterhielt sie sich mit dem Bäcker und schrie den Krämer an. Viktor stand neben ihr und hielt sich an ihrem Rocksaum. Er roch ihren Geruch, wie Vanille. Er schwor sich, wenn er groß wäre, würde er etwas Tolles erfinden, etwas, was seine Mut-ter zu uneingeschränkter Bewunderung hinreißen mußte.«

Die Schiffssirene tutet, weiße Dampfwolken fahren aus den Ventilen. Die Schaufelräder drehen sich donnernd rückwärts. Wir fahren in den Hafen von Nyon ein. Die Passagiere, die aussteigen wollen, drängen sich gegen den Ausgang. Wir gehen ins Restaurationsabteil, wo jetzt Plätze frei geworden sind. Denise bestellt ein Pepita, ich, weil meine Kehle brennt vor Durst, ein Bier, ein Beauregard. Ich habe auch Hunger. Jetzt würde auch ich gern ein Fondue essen. Wo nur sind die dicke Frau und der Pilot? Vielleicht besichtigen sie den Maschinenraum?

»Dann wurde Frankenstein erwachsen«, sage ich. »Sein Vater sah, daß er einen Sohn hatte, der wie ein Kaugummi an ihm und seiner Mutter klebte. So schickte er ihn fort nach Ingolstadt, das damals eine Universität hatte. Natürlich nahm Frankenstein, ohne daß man es sah, ja ohne daß er selber es richtig bemerkte, sein Monster mit sich. Es saß wie ein Dunst neben ihm in der Postkutsche. Frankenstein winkte. Sein Vater und seine Mutter und seine Cousine standen mit Tränen in den Augen an der Poststation und schwenkten die Taschentücher, bis die Postkutsche um die Ecke verschwunden war. Während der Fahrt dachte Frankenstein vor sich hin. Er hatte Angst, sein altes Asthma wieder zu bekommen. Er dachte an seinen Vater und daß es sein könnte, daß er ihn nie mehr lebend sehen könnte. Nie, nie, nie wünschte er sich seinen Tod, das wußte er sicher. Er wollte jetzt heftig arbeiten, um seiner Mutter Freude zu machen. Dann sollte sich alles zum besten wenden in seinem Leben, und dann konnte er seine Cousine heiraten. In Ingolstadt mietete er ein Zimmer. In ihm saß er tagelang und phantasierte von dem, was er den Professoren sagen werde, von Dissertationsthemen, von brillanten Prüfungen. Ohne daß er es recht bemerkte, wuchs der Dämon neben ihm immer mehr heran, er war nun schon gut zu sehen, und eines Tages, als Frankenstein den Kopf hob, erblickte er ihn. Er schrie auf vor Entsetzen und stürzte aus dem Zimmer. Nächtelang irrte er zitternd in den Straßen herum und versuchte, die Erscheinung seines gräßlichen Spiegelbilds zu vergessen. Langsam wurde er ruhiger. Er traute sich wieder in sein Zimmer. Er gewöhnte sich daran, daß sein schrecklicher Gefährte hie und da durch den Korridor stampfte. Sekundenlang konnte er ihn ansehen. Je mehr er ihn beobachtete, je mehr er begriff, daß er mit ihm leben mußte, so oder so, desto mehr dachte er, er ist immerhin eine außergewöhnliche Erfindung. Vielleicht ist er die Erfindung, über die meine Mutter aus dem Staunen nicht herauskommen wird. Das Ungeheuer lebte nun immer offensichtlicher in seiner Wohnung. Überall saß es, an seinem Tisch, in der Küche, auf dem Klosett. Geh, ich kann dich nicht mehr ertragen! schrie Viktor eines Abends und schlug die Hände vors Gesicht. Tu, was du willst, nur, ich will nichts davon wissen. Lange stand er so da. Kannst du nicht sehen, daß wir zusammengehören? sagte das Monster schließlich mit einer überraschend sanften Stimme und ging still aus dem Zimmer. Er sah es nie mehr, das heißt, nie, bis er wieder zu Hause im Haus seiner Eltern war, hier am Genfer See. Tagelang war er in der Postkutsche gereist, allein. Ja, er war eigentlich sehr erstaunt, zu sehen, daß sein Vater noch lebte. Er war ja schon recht alt. Er freute sich über alle Maßen darüber.«

Denise schaut schweigend vor sich auf den Tisch. Sie trinkt einen Schluck Pepita und nestelt an ihrem Silberherzen herum. Entweder ich rede zuviel, oder es interessiert sie nicht. Ich lächle sie um Verzeihung bittend an. »Ich bin manchmal etwas auf meine eigenen Geschichten konzentriert«, sage ich. »Ich spreche dann nur von mir statt von dir oder von der Landschaft, die uns umgibt.« Ich deute mit einer weiten Handbewegung über den See und auf die waldigen Hügel auf der französischen Uferseite. Die Sonne steht jetzt tiefer. Unser Schiff überholt Segelboote mit winkenden Männern und Frauen drin. Sie liegen schräg im Wasser, es windet jetzt stärker. Ich winke der Serviertochter. Denise, die wieder lacht, bestellt einen Wurstsalat. »Das ist eine gute Idee«, rufe ich, »zwei, ich meine, *deux salades de saucisson, Mademoiselle.*« Denise nimmt einen Schluck von meinem Bier. »Und dann?« sagt sie. Ich sage: »Dann sah Viktor Frankenstein eines Tages tiefe Spuren im Rasen des Gartens, er wußte sogleich, sie stammten vom Dämon. Er schloß die Augen und lag tagelang im Zimmer und hielt sich die Ohren mit den Händen zu, bis das Unfaßbare geschah. Sein Vater wurde mit umgedrehtem Hals im Salon gefunden, tot, ermordet. Viktor schrie auf. Gott, schrie er, warum hat das niemand verhindert, warum? Man mußte ihn trösten wie niemanden sonst. Dann war die Beerdigung. Viktor stand tränenlos vor Schreck am Grab. In den Jahren, die folgten, ging es Viktor langsam besser, das Ungeheuer war verschwunden, und Viktor blühte auf. Er wurde ein guter Kaufmann. Dann aber merkte er an Anzeichen, die nur er kannte, daß das Ungeheuer wieder ums Haus herumzuschleichen begann, Nacht für Nacht. Es schaute zum Fenster hinein, vor einem hellen Mond, und zuweilen stand es drohend an seinem Bett, wenn er, neben seiner Cousine liegend, aufschreckte. Dann stürzte Viktor in den Garten hinaus, auf fremde Hügel, nach seinem häßlichen schwarzen Freund schreiend. Er schlug ihm Pakte vor. Jetzt aber war der Dämon stärker geworden, jetzt ließ er sich nicht mehr fortschicken. Viktor wehrte sich gegen ihn, wie er konnte, aber wenn es ihm zuviel wurde, schloß er sich in seinem Zimmer ein und vergrub den Kopf unter der Bettdecke. So hatte er ein Alibi, wenn einer nach dem andern, seine Cousine, sein bester Freund und seine Mutter, tot auf dem Teppich des Salons aufgefunden wurden. Als Viktor seine tote Mutter sah, schrie er wie ein Wahnsinniger. Mörder, Mörder, Mörder, schrie er und wälzte sich am Boden. Er rannte in den Garten hinaus, in den Regen, in die Dunkelheit, er verfolgte das Untier, das leichtfüßig dahinfloh, bis nach Rußland, bis in die Arktis. Jedem, den er traf, erzählte er, er verfolge einen gefährlichen Feind. In Wirklichkeit aber war *er* auf der Flucht. Er starb auf einem Walfänger, viele Seemeilen nördlich des Polarkreises, von einer kalten Mitternachtssonne beleuchtet. Niemand hat seinen Tod miterlebt, aber am nächsten Morgen fand man riesengroße Fußspuren um ihn herum im Frost.«

Ich trinke einen Schluck. Meine Geschichte hat mich erschöpft. Möwen krächzen. Es ist kühler geworden. Ich reibe mit der Hand über die Gänsehaut auf meinem Arm. Plötzlich höre ich ein Schreien vom Vorderdeck her. Ich springe auf. Ich habe es erwartet. Denise und ich rennen nach vorn. Wir sehen, daß die Passagiere unter uns sich gegeneinanderdrängen. Einige Männer rennen auf die Reling zu, zur Seeseite hin. Sie verfolgen jemanden, und jetzt sehe ich, wen. Es ist der große hünenhafte Mann, den ich schon in Lausanne gesehen habe. Mein Herz klopft zum Zerspringen. Der Mann schwingt sich über das Geländer, er wendet sich um, und ich sehe sein Gesicht. Er trägt einen Schnurrbart und lacht zu mir herauf. Dann springt er ins Wasser. Ich sehe ihn, wie er mit wilden Armschlägen durchs Wasser krault, mit ungeheurer Geschwindigkeit, dem französischen Ufer zu. Er wird immer kleiner. »Was schaust du so komisch?« fragt mich Denise. Ich löse meine Augen von dem Ungeheuer und sehe Denise an.

»Ich, schaue ich komisch?« frage ich.

Auf dem Vorderdeck beugen sich die Passagiere jetzt über jemanden, der aus der Tür des Maschinenraums geschleppt wird. »Himmel, der Pilot«, murmle ich. Ich wühle mich durch die neugierigen Gaffer. Schon knie ich neben dem Piloten. Er hat Blut im Gesicht und Druckspuren am Hals. Er atmet mühsam. So alt ist er doch noch gar nicht, denke ich. Ich starre ihn an. »Was ist nur passiert?« frage ich. Die dicke Frau schluchzt. »Entschuldige, entschuldige«, sage ich und streichle sie. »Was kannst du denn dafür?« sagt sie mit Tränen in der Stimme. »Plötzlich kommt dieser Wahnsinnige daher, mit einem Schraubenschlüssel in der Hand. Wir haben ihn zuerst gar nicht beachtet. Er sah sogar sehr nett aus, wie du oder ich. Beinah hätte er den Piloten totgeschlagen.« Ich halte den Arm der dicken Frau umklammert. »Ich hätte bei euch bleiben können, ich hätte euch beschützen sollen«, rufe ich. Die dicke Frau schüttelt den Kopf. »Blödsinn«, sagt sie. »Das kann man doch vorher gar nicht wissen. Das war ganz in Ordnung, daß du mit deiner Bekannten geplaudert hast.« Sie lächelt Denise zu, die neben mir steht. Auch Denise lächelt. Der Pilot rappelt sich vom Boden hoch. Er hält sich den Kopf. »Was für ein Wahnsinn«, sagt er. »Ich verstehe das nicht. Alles hat hier so friedlich ausgesehen. Ich habe Glück gehabt.«

Später dann sitzen wir alle an einem Tisch auf dem Zwischendeck. Es ist jetzt kühl geworden. Die Sonne geht über dem Hafen von Genf, in den wir einfahren, unter. Unsre Gesichter sind rot. Wir blicken auf den Wasserstrahl, der heute auf ganz groß eingestellt ist, wie auf den Postkarten. Der Pilot lächelt Denise an. »Das passiert mir nicht alle Tage«, sagt er. »Der Mann hatte Gesichtszüge, die mich an irgend jemanden erinnern. Aber an wen?« Ich trinke einen Schluck. »Ich werde ihn jagen, bis ich ihn erwischt habe, das werde ich«, sage ich heftig. »Er wird keine ruhige Minute haben. Was hätten die dicke Frau und ich ohne dich getan?« Die dicke Frau nickt.

Wir spüren einen Ruck, als das Schiff gegen das Ufer stößt. Zu viert schlendern wir durch die Altstadt, durch winklige Gassen, über Treppen, an Brunnen vorbei. Manchmal denke ich, ich sehe das Ungeheuer vor mir um eine Ecke biegen. Erregt hebe ich die Hand. »Wie willst du ihn wiederfinden?« fragt mich der Pilot. »Ich weiß nicht«, sage ich. »Vielleicht kommt er schon heute nacht. Ich will mir mit einem Saint-Saphorin Mut für diese Nacht antrinken. Diese Idioten fangen jetzt auch schon an, Werbung für ihre Weine zu machen«, sage ich, »bis auch sie an den Punkt kommen, wo alle andern Weinbauern längst sind. Dann wachen auch wir am Morgen mit Kopfweh auf und denken an die Zeiten, wo ein Saint-Saphorin aus Trauben aus Saint-Saphorin bestand.« Dann steigen Denise und ich die Treppe eines winkligen Altstadthotels hoch. Ich trage eine Flasche unter dem Arm und einen Korkenzieher in der Tasche.

# Neuenburg

Wären wir heute doch am Boden klebengeblieben, hätten wir heute doch nicht den Ballon aufgepumpt, wir Idioten. Jetzt fegen wir dahin, in einem eiskalten Schneesturm, in Pelze gehüllt, mit Fausthandschuhen an die Seile gekrallt. Der Schnee brennt uns im Gesicht. Der Wind heult. Wir versuchen nach unten zu spähen. Wir treiben über einer unendlichen Hügelgegend, auf der schwarze Tannenwälder stehen. In weißen Tälern, in denen der Schnee alles zugedeckt hat, stehen einzelne Scheunen, einsame Bauernhöfe. Nichts bewegt sich da unten, die Wege und Straßen sind zugeschneit, Verwehungen steigen an den Mauern verlassener Stadel hoch. Unsere Gondel schlingert immer heftiger. Der Pilot, an den Höhenmesser geklammert, schaut mich durch seine runde Gletscherbrille an und macht mir Handzeichen. Ich winke, um ihm zu sagen, daß ich ihn verstanden habe. Wir fliegen über schwarze, vom Sturm krummgebogene Tannenwipfel auf eine weiße, schneestille Hochebene zu. Immer tiefer rasen wir über die Bäume dahin, über braune Pfosten von Gehegen, die aus dem Schnee ragen, mit weißen Kappen. Kein Haus ist zu sehen. Der Pilot zieht am Gashahn, er kriegt den Handgriff mit seinen klobigen Handschuhen nicht recht zu fassen, endlich zischt das Gas in die Winterluft hinaus. Die dicke Frau kauert indessen in Eisbärenpelze gehüllt im Korb, ohne jedes Interesse für die Landung. Ich spüre meine Todesangst im Magen. Ich stemme die Füße gegen den Korbrand, als jetzt die Gondel über den Boden hinzuschleifen beginnt. Schnee wirbelt hinter uns auf. Wir stehen immer schräger. Dann kippt der Korb um. Mit einem dumpfen Knall schlage ich im Schnee auf. Ich bewege mich nicht. Es ist alles still, dann, langsam, buddle ich mich aus dem Schnee heraus. Ich wische mir den Schnee aus den Augen. Neben mir sehe ich die weißen Köpfe des Piloten und der dicken Frau aus dem Schnee ragen. Wir sehen uns an und lachen los. Es hätte schlimmer gehen können.

Wir stehen auf und sehen uns um. Was für eine todeinsame Gegend! Die Ballonhülle liegt schlapp im Schnee. Wir untersuchen sie. »Die werden wir so schnell nicht wieder flottkriegen«, murmelt der Pilot. Schon beginnen sich an der Gondel und der Hülle die ersten Schneeverwehungen zu bilden. Wir dürfen hier nicht bleiben, auch ist es schon ziemlich dämmrig, obwohl es erst vier Uhr ist. Um uns herum stehen schwarze Tannen wie drohende Waldmänner, stumm, ächzend. Wir packen unsre Rucksäcke, das heißt, ich den Skirucksack, die dicke Frau den Büdel und der Pilot den Tornister. Wir haben eine Taschenapotheke, etwas Trockenfleisch und Zwieback und eine Flasche Himbeergeist bei uns, aber in einer Schneehöhle übernachten möchte ich mit dieser Ausrüstung nicht. »In welcher Richtung gehen wir?« frage ich den Piloten. Dieser schaut sich um, von Horizont zu Horizont. Alles sieht gleich aus: weiß, hügelig, weit, einsam, von dunklen Wäldern begrenzt. Der Wind heult.

In Einerkolonne stapfen wir durch den Schnee, einer Talsenke entlang. Wir sinken bei jedem Schritt bis zu den Knien ein. Wir sprechen nicht mehr. Der Wind fährt uns ins Gesicht. Unser Atem geht keuchend. Ich habe meine Anorakkapuze zugebunden. Wenn ich während eines besonders heftigen Sturmstoßes einatme, meine ich, daß ich ersticke. Wir wechseln uns mit der Führung ab, die, die hinten gehen, treten in die Fußstapfen des Vordermannes. Die dicke Frau weint stumm vor sich hin. Wir gehen den rostigen Drähten einer Hecke entlang. Vielleicht geht hier im Sommer ein Weg durch, vielleicht führt er zu einem der Bauernhöfe, die wir von oben, bevor der Wind zu heftig wurde, gesehen haben. Hier müssen die Menschen wie Bären aussehen, oder wie Wölfe.

Nach einer Stunde, die mir wie ein Tag vorkommt, kommen wir auf eine weiße, in einem fahlen Abendlicht blinkende Hochebene. Schneeschlieren werden von fernen Windwirbeln darübergefegt. Stumm stehen wir da und schauen zum Horizont. Sind das Wildschweine? Hirsche? Der Pilot stützt die dicke Frau. Ich habe eisharte Tränen in den Augen. Plötzlich sehe ich eine verwehte Spur im Schnee. Ich rufe und fuchtle mit den Armen: Es ist kein Zweifel, sie stammt von jemandem, der mit schmalen Skis, wie Faßdauben, hier durchgekommen ist. Ich reibe mir die Eisbrocken aus dem Schnurrbart. Wir stampfen jetzt wieder frischer durch den tiefen Schnee. Ferne Käuze schreien. Der Wind heult immer lauter. Es wird dunkel, aber noch kann ich die Spur gut erkennen. Sie führt in eine Lücke zwischen den schwarzen, ächzenden Tannen hinein. Von ihren Ästen fallen uns Schneebretter in den Hals. Wir schütteln uns kaum mehr. Wenn ich in der Skispur gehe, trägt der Schnee zuweilen, wie auf Eiern tanze ich dann, bis ich erneut einbreche. Ich fluche. Die dicke Frau hinter mir hat einen leeren Blick. Würde der Pilot sie loslassen, sie fiele in den Schnee und ließe sich zuwehen.

Dann, als es schon dunkel ist und ich mich bücken muß, um nach der Skispur zu tasten, sehe ich plötzlich vor mir ein Licht. Ich schreie auf und beginne zu rennen. Eine wilde Hitze durchströmt mich, ich stolpere und falle in den tiefen Schnee. Ich lasse die beiden andern hinter mir und renne lachend auf ein Gebäude zu, das allein mitten in der weißen Landschaft steht. Näher kommend sehe ich, daß viele Skispuren von ihm ausgehen, in alle Richtungen. Das Gebäude ist klein, mit einem Stockwerk. Hinter einem Vorhang brennt ein Licht. Ich tappe der Hausmauer entlang bis zur Vorderfront, wo eine kleine Treppe zur Haustür hinaufführt. Keuchend lehne ich mich einen Augenblick lang an die Tür. Dann klopfe ich.

Es bleibt still. Ich klopfe lauter. Ich höre leise, huschende Schritte, dann ist es wieder still. Ich klopfe erneut und rufe.

Eine kleine Stimme, die Stimme einer Frau, fragt: »Ja? Wer ist da?«

»Wir haben uns verirrt, bitte öffnen Sie, bitte!« sage ich ins Holz der Tür hinein.

Die Tür öffnet sich. Ich sehe eine junge Frau vor mir, in einer grauen Strickjacke, mit wirren, hellen Haaren. Sie hat verweinte Augen. Sie trägt eine Stallaterne in der Hand. Wir sehen uns an, schweigend. Das Petrollicht der Laterne flackert auf ihrem Gesicht.

»Ich bin nicht allein«, sage ich dann leise. »Dort im Dunkeln kommen noch mein Freund und meine Freundin. Sie sind so erschöpft, daß sie nicht schneller durch den Schnee kommen.« Ich lehne mich gegen den Türrahmen und reibe mir mit den Fingern über die knackenden Wangen.

Die junge Frau hält die Stallaterne höher und späht in die Nacht hinaus. Über ihre Schulter hinweg sagt sie: »Gehen Sie ins Zimmer, es brennt ein Feuer.« Im Zimmer steht ein Kanonenofen, der glühend heiß ist. Ich stelle mich ganz nahe daran, bis alles an mir naß ist, dann setze ich mich auf den Fußboden und reiße vor mich hinstöhnend die Schuhe von meinen Füßen. Erst jetzt merke ich, daß ich beinahe abgefrorene Füße habe. Sie brennen und schmerzen, ich lache und weine in einem. Dann sehe ich mich um. Ich bin in einem großen Raum mit hellgrün getünchten Wänden. An den Wänden stehen Bänke und Tische und eine schwarze Wandtafel, auf der steht: *Le pompier éteint le feu.* Auf einem Tisch in der Mitte des Raums stehen ein Teller und ein Glas mit Weißwein drin, am Boden ein Koffer mit Kleidungsstücken, daneben zugeschnürte Pakete, Bücher, ein alter Plattenspieler. Ich höre Schritte. Ich sitze an den Ofen gekrallt, zitternd, mit den Zähnen klappernd, mit aufgetauten Tränen, die mir jetzt langsam über die Wangen rinnen. Die junge Frau betritt den Raum, hinter ihr gehen der Pilot und die dicke Frau. Die dicke Frau fällt auf den Boden und schluchzt los. Wir machen uns alle an ihr zu schaffen. Wir wickeln sie aus ihren Pelzen. Die junge Frau mit den wirren Haaren wühlt in ihrem Koffer und holt trockene Kleider heraus, dicke, handgestrickte Pullover, Schals, Röcke, kräftige Jacken. Sie lächelt mir zu, während ich die eisblauen Hände der dicken Frau reibe. Sie kocht jetzt auf dem Kanonenofen einen Grog. Sie hat sich die Tränen aus den Augen gewischt und sieht fast glücklich aus. Sie gibt mir, nachdem die dicke Frau sich ihre Pullover übergezogen hat, einen Rock mit kleinen weißen Tupfen und eine dicke graue Wolljacke, ich lächle, mir ist jetzt alles egal. Ich ziehe meine klammen, nassen Hosen und den Anorak aus und streife mir den Rock und die Wolljacke über. Die junge Frau lacht, als sie mich sieht. Dann lachen wir alle wegen des Piloten, der in einem roten Morgenmantel, einem Schal um den Hals und weißen, weichen Bettsocken dasitzt. Jeder trinkt einen großen Schluck Grog, dann setzen wir uns an den Tisch der jungen Frau und sehen uns zum erstenmal in einiger Ruhe an.

»Wo sind wir hier eigentlich?« frage ich schließlich. »Wissen Sie, wir haben die Orientierung völlig verloren, wir sind in einem Ballon notgelandet.«

»Ach so«, sagt die junge Frau. »Hier kommen zu dieser Jahreszeit nie Fremde vorbei. Wir sind im Neuenburger Jura, oder wissen Sie das? Das hier ist eigentlich kein Ort, mehr eine Ansammlung versteckter Bauernhöfe.«

Ich nicke. »Ich wußte nicht, daß es hier oben so einsam ist«, sage ich. »Das einzige, woran ich mich erinnere, ist, daß in La Brévine der Kältepol der Schweiz liegt. Dort sind die Brunnen im Mai noch zugefroren.«

Der Pilot sagt: »Dies ist aber kein Bauernhof?«

»Das ist die Schule«, sagt die junge Frau. »Ich bin die Lehrerin. Das heißt, ich bin es gewesen. Ich bin entlassen worden, wegen. Ich reise morgen ab. Die Schule steht allein mitten im Tal. Sie haben Glück gehabt, daß Sie nicht daran vorbeigegangen sind, ohne sie zu sehen. Die Bauernkinder kommen auf Skiern von ihren Höfen, von allen Seiten her. Ich habe vierzehn Kinder, von sechs bis sechzehn Jahren. Jedem muß ich einen eigenen Unterricht geben. Nachts bin ich allein hier. Man kann hier leicht wahnsinnig werden oder melancholisch, oder man macht Holzschnitzereien oder schreibt Gedichte.« Sie lacht, aber nach einer kurzen Zeit macht sie wieder ein ernstes Gesicht und starrt auf ihren Koffer. »Wollen Sie etwas essen?« fragt sie dann, und ohne unsere Antwort abzuwarten, steht sie auf, holt eine Pfanne aus gebranntem Ton, einen Spirituskocher, ein Gestell, auf das sie die Pfanne stellt. Sie reibt die Pfanne mit einer Knoblauchzehe aus und schüttet aus einer Papiertüte geriebenen Käse und aus einer angebrochenen Flasche Weißwein hinein. Dann zündet sie die Spiritusflamme an. Die Augen der dicken Frau leuchten, als sie das sieht. Sie setzt sich aufrecht. »Das habe ich mir auf meiner ganzen Schweizer Reise gewünscht«, flüstert sie, es ist das erste, was sie seit Stunden sagt. Die junge Frau stellt indessen kleine, sehr kleine Gläser vor uns hin und gießt Wein hinein. In einem Schluck habe ich meines leer. Die junge Frau lächelt mich mit ihrem seltsamen, traurigen Lächeln an und gießt mir nach.

»Wir sind hier oben keine Antialkoholiker, im Gegenteil«, sagt sie. »Ich glaube, unsere Urahnen haben die ganz kleinen Gläser erfunden, weil sie uns einen Rest von Kontrolle geben. Hören Sie!«

Wir lauschen. Jetzt hören wir den Wind draußen gut. Er heult und rüttelt an den Fensterläden. Ich ziehe meine Schultern ein. Das Feuer im Ofen donnert auf, wenn ein heftiger Windstoß in den Kamin fährt. Die junge Frau lächelt. »Ich kenne diesen Wind seit meiner Kindheit«, sagt sie leise. »Man gewöhnt sich an ihn, man mag ihn mit der Zeit, man hat Angst vor ihm. Hunderte von Freunden sind in ihm umgekommen, weil sie versuchten, durch den Schnee zu ihrem Hof zu kommen. Es geht dann plötzlich sehr schnell. Von allen Seiten fährt der Schnee wie eine Wand auf einen zu. Man kann nicht vorwärts und nicht rückwärts, man wird zugedeckt, und alle Schreie gehen im Toben des Windes unter.« Sie lauscht. »Manchmal denke ich, ich höre jemanden um Hilfe rufen, aber immer ist es dann nur der Wind allein, fast immer. Hier ruft man nicht. Hier bleibt man stumm und betet. Es ist zum Wahnsinnigwerden, manchmal. Viele *sind* auch wahnsinnig hier.«

Sie schweigt und sieht vor sich hin. Dann schreckt sie hoch und rührt im Fondue. Ich lächle sie an, aber sie sieht mich nicht. So stehe ich auf und beginne Brot zu schneiden. Ich schneide kleine Brocken, die man auf die Gabel spießen kann, so wie ich es im Unterland gesehen habe. Als die junge Frau es sieht, lächelt sie mich an. »Danke«, sagt sie.

Wir essen schweigend. Die dicke Frau und der Pilot essen wie die Mähdrescher. Die junge Frau ißt sehr wenig, und ich, ich weiß nicht warum, bin auch nicht sehr hungrig, trotz den Strapazen der letzten Stunden. Ich spüre eine seltsame Liebe zu dieser weißen, weiten, windigen, gefährlichen Landschaft. Die Menschen müssen hier sein wie wettergewohnte Tiere, obwohl diese junge Frau nicht wie ein Tier aussieht und nicht sehr wettergewohnt. Ich schenke mir aus der Flasche nach. Es ist ein saurer Weißwein, ein ähnlicher, wie wir ihn schon am Genfer See getrunken haben, dessen Gestade mir wie in einem fernen Traum versunken vorkommen, Lichtjahre entfernt. Die junge Frau hat wieder Tränen in den Augen.

»Aber was haben Sie denn?« frage ich leise und schütte auch ihr, statt ihre Hand zu streicheln, Wein ins Glas. Sie sieht mich an. Ihre Lippen bewegen sich. Ich verstehe nicht, was sie sagt. Ich denke, vielleicht kann man in so wilden Gegenden nur ganz unglücklich sein oder ganz glücklich. Vielleicht gehen die einen wie Könige durch die Schneestürme, mit Baumstämmen auf dem Rücken, und die andern bringen sich in solchen Nächten um, im Stall, mit einem Strick, den sie im Schein einer Stallaterne um den Tragbalken binden. Mit ungelenken Buchstaben schreiben sie einen Abschiedsbrief, dann stellen sie sich auf den Hocker, hören einige Sekunden lang auf den heulenden Wind, frösteln dann und stoßen mit den Füßen den Stuhl um. Ich greife mir an den Hals und atme heftig ein. Warum fliehen die Leute nicht aus dieser Gegend?

»Viele gehen ins Tiefland, wo die Fabriken stehen«, sagt die junge Frau. »Ich werde auch gehen. Viele aber kommen wieder. Wir schaffen es nicht, zu leben unter Pinien, Pappeln, Singvögeln. Hier liegt der Schneematsch bis in den Juni hinein, wir tragen bis in den Sommer hinein Gummistiefel, weil die Wege verschlammt sind. Aber wenn uns die erste Frühlingsluft in die Brust fährt, erleben wir ein Gefühl, das es anderswo nicht gibt. Vielleicht ist es kein Zufall, daß Bakunin hier oben seine besten Freunde hatte.«

»Bakunin?« sage ich. »Bakunin?«

»Er hat einige Kilometer von hier gelebt«, sagte sie. »Wir erinnern uns gut an ihn. Die Väter erzählen von ihm. Sie sind heute noch alle Uhrenarbeiter, wenn sie nicht Bauern sind. Mein Vater ist der letzte Uhrenarbeiter, der noch eine ganze Uhr zusammensetzen kann. Jetzt lebt er von der AHV. Manchmal steht er vor der Tür und sieht zur Fabrik hinüber, als würde er hingehen und alle Türen eintreten. Aber er geht nicht. Nicht einmal die übliche Uhr haben sie ihm zum Abschied geschenkt, weil er ein paar Tage zu wenig zu den notwendigen dreißig Dienstjahren hatte, und Bakunin ist tot.« Der Pilot, der aus Manchester stammt, schaut die Lehrerin aufmerksam an. Sie fährt sich mit den Händen durch die Haare. Dann schenkt sie auch dem Piloten Wein ein.

»Wir sind hier alle dem Wahnsinn nahe«, sagt sie, »da müssen Sie sich nicht beunruhigen lassen. Bei uns hat jeder Asthma, Pickel, Kreuzschmerzen, Tuberkulose, und alle fühlen sich einsam. Alle sind entweder sehr fromm oder wilde Atheisten. Ich auch.«

»Was?« sage ich.

»Beides«, sagt sie und lächelt. Sie steht auf und legt neues Holz in den Ofen.

»Und warum reisen Sie ab?« frage ich. Ich sehe, daß die

junge Frau rot wird, oder ist es der Schein aus der geöffneten Ofentüre? »Ich will Ihnen eine Geschichte von hier erzählen«, sagt sie, als sie sich wieder setzt. »Hier nebendran haben wir einen Hof, keine drei Kilometer entfernt. Auf ihm wohnt seit jeher dieselbe Familie, die Urgroßeltern, die Großeltern, die Eltern, die Söhne, die Enkel. Sie waren einmal sehr viele, aber einer war kräftiger als alle. Er ist jetzt ein alter Mann. Knorrig steht er im Hof, mit einer Sense im Sommer, mit einer Axt im Winter. Ich weiß nicht, wann, aber vor einigen Jahren ist das Unglück über das Haus gekommen. Einer nach dem andern verschwand. Immer im Winter fand einer nach dem andern den Weg nicht im Schneesturm, wie Sie beinahe. Von keinem hat man die Leiche gefunden, auch im Frühling nicht. Jetzt wohnen der alte Mann und ein junges Mädchen allein im Hof. Sie holen ihr Wasser aus einem unendlich tiefen Zugbrunnen. Ich habe Angst. Heute ist so eine Nacht, wo auch das Mädchen sich verirren könnte.«

»Wollen Sie damit sagen, daß?« frage ich leise.

»Nein«, sagt sie. »Ich meine nur, es wäre besser, der Sturm hörte auf. In solchen Nächten sind sie alle verschwunden.«

Ich nicke. Ich stochere im Fondue herum. »Sollten wir nicht das Mädchen holen gehen?« sage ich leise. Die junge Frau schüttelt den Kopf. »Nein«, sagt sie dann. »Ich bin das Mädchen. Ich habe Angst, wenn ich in den Zugbrunnen schaue, sehen mich die Augen der Toten an.«

Wir starren sie an. Die junge Frau fingert an ihrer Bluse herum.

»Bei uns überleben viele den Winter nicht, wie die Bären früher«, sagt sie.

Ich stehe auf, gehe ans Fenster und sehe hinaus. Das Licht aus dem Zimmer scheint auf den aufgewehten Schnee vor dem Fenster. Unter einem fahlen Mond liegt eine blaßblaue Schnee-Ebene. Ich presse die Augen ans Fensterglas. Es will mir sein, ferne Wildschweinherden rasen von Wald zu Wald.

Der Wind treibt Fahnen aus Schnee herum, wie tanzende Ungeheuer. Ich erschrecke. Stampft dort eine schwarze Gestalt durch den Schneeschleier, mit einer Axt auf dem Rücken, auf das Haus zu? Ich spüre ein Würgen im Hals. »Gott«, flüstere ich, »ich glaube, er kommt, dort, mit der Axt.« Zitternd gehe ich zum Tisch zurück.

Die junge Frau ist ans Fenster gerannt. Die andern sind aufgesprungen. Die junge Frau starrt in die Dunkelheit. Dann wendet sie sich um, sie geht zum Tisch und setzt sich. Sie ist bleich. Wir sitzen bewegungslos da, bis wir ein Knirschen von Schuhen im Schnee hören, dann Schritte auf der Treppe, dann ein schweres, dröhnendes Klopfen. Die junge Frau erhebt sich wie eine Schlafwandlerin. Sie geht zur Tür und öffnet sie. Ein großer, zottiger Mann steht unter der Tür, mit einer Axt über der Schulter. Die beiden sehen sich an. »Komm herein, Vater«, sagt die junge Frau. Der schwarze alte Mann schlurft ins Schulzimmer hinein, eine Schneespur hinter sich herziehend. Er schüttelt sich. Schnee sprüht uns ins Gesicht. Dann stellt er die Axt neben sich, stützt die Hände auf die Knie und hebt den Kopf. Er sieht uns an, lange. Dann schüttelt er den Kopf.

»Das sind verirrte Wanderer, Vater«, sagt die junge Frau. Sie steht am Tisch. »Was willst du hier, Vater?«

Der Mann dreht den Kopf und sieht sie an. Er hat schwarze Locken, geschwollene Adern an den Schläfen und einen stechenden Blick.

»Warum bist du nicht nach Hause gekommen heute?« fragt er. »Warum kommst du nie nach Hause?«

Die junge Frau ist feuerrot. Sie hält sich an der Tischkante fest. »Das Wetter«, sagt sie, »du weißt doch, bei einem solchen Wetter kann ich nicht kommen, da schlafe ich in der Schule.«

»Da schläfst du in der Schule«, sagt der Mann mit einer wilden Stimme, »da schläfst du in der Schule.« Er donnert die Faust auf den Tisch, daß die Gläser hochhüpfen.

»Vater«, sagt die junge Frau, »du hast gesoffen. Willst du noch ein Glas?«

»Die Leute sagen«, sagt der Mann etwas leiser, »die Leute sagen, daß der Schulinspektor oft hier ist.«

Die junge Frau sieht ihn an. »Er muß mich prüfen«, sagt sie. »Das ist sein Beruf, ich bin eine junge Lehrerin.«

»Die Leute sagen«, sagt der Mann nun etwas lauter, »daß der Opel vom Schulinspektor ganze Nächte unter den Bäumen vorn in der Kurve steht.«

Die junge Frau sagt nichts. Sie hat ein rotes Gesicht.

»Die Leute sagen auch«, sagt der Mann sehr laut, »daß die Buben, wenn sie am Morgen mit den Skiern in die Schule fahren, die ganz frischen Spuren von den Stadtschuhen des Schulinspektors sehen und daß die Spuren aus der Schule kommen.«

Die junge Frau schaut den Mann an. Dieser hat ein erhitztes Gesicht. Ohne ihn aus den Augen zu lassen, schiebt ihm die junge Frau die Weinflasche hin. Der Mann nimmt sie, setzt sie an den Mund und trinkt. Er keucht. »Ich kann auch alleine leben, das kann ich auch«, sagt er keuchend. Plötzlich fängt er an zu weinen. »Keine Schulkinder werden mehr in deine Schule gehen«, schluchzt er, »aber darauf kommt es nicht an. Die Leute sind Arschlöcher, sie lügen alle, alle. Ich weiß nicht, wie ich den Winter überstehen soll, jetzt, wo alle weg sind vom Hof.«

»Ich gehe morgen ins Unterland für ein Jahr«, sagt die junge Frau leise. »Ich wollte es dir morgen früh sagen.«

Der Mann starrt sie an. Er ist riesengroß, wie ein Grisly, aber er hat große, rote Augen. Er nickt. Dann steht er plötzlich auf, schultert seine Axt und geht zur Tür hinaus. Ein eiskalter Wind fährt in das Zimmer herein. Die junge Frau sitzt einige Sekunden wie erstarrt, dann rennt sie zur Tür und ruft: »Bleib da, du kannst doch nicht so durch den Schnee laufen.« Dann dreht sie sich um und schließt die Tür. »Er kennt sich aus mit den Stürmen«, sagt sie leise. »Durch hunderttausend Stürme ist er schon gegangen, mit Baumstämmen auf dem Rücken, singend.«

Ich stehe am Fenster und sehe im Mondlicht die bärenhafte Gestalt des Manns durch den Schnee stampfen, zielstrebig, unbeirrbar. Der Wind heult. Ich lausche, ich bin nicht sicher, höre ich ein Schluchzen? Ich drehe mich um und gehe ins Zimmer zurück. Die junge Frau hat ein weißes Gesicht, durch das jetzt ein Lächeln kommt. Dann weint sie los. Ich setze mich neben sie, und statt sie zu trösten, weine ich auch, wie ein Dammbruch. Stundenlang sitzen wir tränengeschüttelt aneinandergelehnt, mit ineinander verkrampften Händen, und als wir endlich wieder etwas sehen, dämmert es draußen schon. Der Ofen ist kalt geworden. Wir sehen uns an. Ich lächle und streiche der jungen Frau über die Haare. Dann trete ich ans Fenster. Über einer klirrendweißen Landschaft geht eine rotglühende Sonne auf. Schneekristalle funkeln. Ich höre, daß die junge Frau ein Feuer anmacht. Sie stellt Tassen auf den Tisch. Stehend trinken wir einen Kakao. Ich helfe ihr, die letzten Dinge in den Koffer zu packen. Auf den Zehenspitzen gehen wir ins Nebenzimmer, wo wir sehen, wie der Pilot und die dicke Frau aneinandergekuschelt im Bett der jungen Frau liegen und schlafen. Wir lächeln. Leise schließen wir die Tür. Ich schultere den schweren Koffer der jungen Frau, packe mein Rucksäckchen und öffne die Tür.

Die junge Frau geht hinter mir her. Wie ein Flüchtlingstreck stampfen wir über den morgenharten Schnee, ich in den Röcken der jungen Frau, die junge Frau mit einem Kopftuch über ihren Haaren. Pfosten ragen aus dem Schnee. Blaue, leuchtende Tannen stehen rechts und links. Unsere Spuren von gestern sind nicht mehr zu sehen, nur frische von Hasen und Rehen. Wir gehen stundenlang. Plötzlich schreit die junge Frau auf. Sie läuft über den Schnee. Ich werfe den Koffer hin und sehe, wie sie neben dem Mann von gestern kniet. Er liegt im Schnee, tot. Seine Axt liegt neben ihm. Die junge Frau starrt ihn an. Sie streichelt sein schneeiges Gesicht.

Dann fängt sie an, ihn mit Schnee zuzuschaufeln, mit den Händen. Als er ganz zugedeckt ist, steht sie auf. Ich schultere den Koffer. Wir stapfen los. Wir drehen uns noch einmal um und sehen den elenden Grabhügel hinter uns immer kleiner werden. Endlich erreichen wir den Ballon. Die Sonne steht nun schon ziemlich hoch über dem Horizont, und es ist recht warm. Die junge Frau atmet tief ein. »Heute riecht es zum erstenmal nach Frühling«, sagt sie. »Ich kenne den Geruch. Jetzt fängt hier bald die Schneeschmelze an, und dann kommen die ersten Vögel.« Ich mache mich an der Ballonhülle zu schaffen. Ich schließe die Ersatzgasflaschen an. Die Ballonhülle füllt sich langsam. Wir verstauen unser Gepäck in der Gondel. Wir steigen ein. Als die Hülle genügend voll ist, löse ich das Halteseil. Majestätisch erhebt sich unser Ballon und schwebt in die Morgensonne hinein. Eine Brise erfaßt uns und treibt uns über die weiße, weite, tannige Hochebene hin. Die junge Frau schaut staunend hinunter. »Dort!« ruft sie, »dort!« In der Tat, das ist das Schulhaus. Es ist klein, wie ein Spielzeug. Man sieht unsere Spuren gut. Ich sehe, daß die Tür sich öffnet und daß der Pilot und die dicke Frau unter die Tür treten. Sie stehen eng umschlungen im tiefen Schnee und blinzeln in die Sonne. Wir rufen. Sie heben die Köpfe und sehen uns. Wir winken ihnen, und durch das Rauschen unserer Ballonhülle hören wir undeutliche Rufe. Dann trägt uns ein kräftiger Windstoß außer Rufweite, wir sehen, wie die winkenden Freunde hinter uns zurückbleiben, immer kleiner werdend. Der Wind treibt uns immer höher, den Wolken zu, nordwärts, in ein anderes Land.

# Nachwort

Ich habe versucht, Geschichten zu schreiben, in denen es sozusagen nach Schweiz riecht, nach ihren unverwechselbaren, von Kanton zu Kanton, von Ort zu Ort verschiedenen Eigenschaften. In der Schweiz sind zehn Kilometer schon eine große Distanz. Ich glaube, daß meine Geschichte aus Solothurn nur in Solothurn möglich und daß die aus dem Neuenburger Jura nicht ins Wallis übertragbar ist. Ich hoffe es zum mindesten. Ich habe versucht, wahr zu sein. Ich habe mir beim Schreiben nie überlegt, ob die Schweiz nun gut oder schlecht wegkommt dabei. Ich habe auch nicht versucht, ein Buch zu schreiben, das Auskunft gibt. Man kann aus meinen Geschichten nur sehr indirekt lernen, wie die Schweiz funktioniert. Der Raster dessen, was die politische und die private Schweiz ausmacht, ist mitgedacht, aber nicht erklärt. Ich kann die Schweiz nicht erklären.

Ursprünglich wollte ich über jeden Kanton eine Geschichte schreiben, zweiundzwanzig verschiedene Geschichten. Dann merkte ich, daß ich das nicht kann. Selbst die kleine Schweiz ist zu groß für einen Menschen. Ich kenne sie nicht ganz. Im Kanton Uri bin ich ein Fremder.

Meine Geschichten stimmen nur in einem poetischen Sinn. Mein Deutschlehrer, den ich in einer Geschichte beschreibe, war wirklich mein Deutschlehrer, aber er ist wohl nicht auf diese Weise gestorben. Ich bin nie auf dem Allalinhorn gewesen, nur fast (es hat geregnet), und ich kenne mich mit Frauen aus dem Appenzell nicht aus. Ich finde, daß meine Geschichten realistisch sind. Phantasien sind sie trotzdem.

Die Geschichten sind auch ein Ausdruck meiner schwankenden Gefühle der Schweiz gegenüber. Ich lebe seit sieben Jahren in Frankfurt. Erst hier ist mir bewußt geworden, wie selbstgerecht wir Schweizer sind. Wir wissen schon alle, daß

162

*wir es sind, aber insgeheim denken wir immer, daß, wo ein Rauch ist, schließlich auch ein Feuer sein muß. In der Zwischenzeit habe ich den Verdacht, daß das Feuer längst erloschen und das, was wir für Rauch halten, aufwirbelnde Asche ist.*

*Aber ich liebe die Schweiz auch. Ich habe Freunde in der Schweiz. Mit von den schönsten Wirtschaften, die ich kenne, stehen in der Schweiz, auch wenn es immer mehr Pubs, Snacks und Eß-Centers gibt. Die Alpen sind immer noch die Alpen, auch wenn jeder zweite Bach für einen Kraftwerksee durch Stollen umgeleitet wird und die Bergbauern langsam zu Alpengärtnern umgeschult werden, die Subventionen für jede Kuh über zweitausend Meter Höhe bekommen. Gerade weil die Schweiz so schön ist, tut sie mir manchmal leid, wenn ich sehe, wie schnell sie kaputtspekuliert wird. Deutschland brauchte immerhin einen Weltkrieg, um zu so scheußlichen Städten wie Frankfurt zu kommen. Die Schweizer schaffen es mitten im Frieden. Es ist schlimm anzusehen. Wenn ich in meine Heimatstadt Basel komme, verirre ich mich, so sehr hat sich alles verändert. Es ist traurig, daß alle Menschen alle Erfahrungen selber machen wollen. Die Amerikaner wissen seit zwanzig Jahren, daß und weshalb ihre Städte unmenschlich geworden sind. Die Deutschen wissen es seit zehn Jahren. Die Schweizer bauen jetzt Stadtautobahnen durch alte Biergärten und Parks hindurch. Zuweilen denke ich in der Tat, daß die häßlichen Bankenfassaden von Frankfurt ehrlicher den Zustand unserer Welt ausdrücken als die halbwegs intakten Fassaden der Schweizer Städte. Der Kapitalismus ist in der Schweiz besser getarnt. Es sieht alles so hübsch aus. In Bern will ein Warenhauskonzern in einer Altstadtstraße, die unter Heimatschutz steht, ein Warenhaus bauen. Weil die Altstadt erhalten werden soll, muß der Konzern die Fassade erhalten. Dahinter soll ein großräumiges Warenhaus entstehen. Die Fassade des mittelalterlichen Hauses soll hinter den Fenstern Wartungsgänge erhalten,* damit die Geranien gegossen werden können. Nachts werden hinter weißen Gardinen Lichter brennen. Das beschreibt, glaube ich, den Zustand der Schweiz nicht schlecht.

Die Schweiz ist keine Idylle, sondern ein großer Bauplatz. Die Schweizer sind gerade dabei, die Alpen zuzubetonieren. Irgendwann einmal werden sie sich wundern, daß kein Tourist mehr ihre Kunst-Natur haben will.

Meine Geschichten beschreiben nicht die Schweiz, sondern meine Schweiz. Ich könnte mir vorstellen, daß ich ein analoges Buch über Deutschland oder Österreich gerne lesen würde. Aus den subjektiven Vorlieben und Abneigungen eines andern kann man, wenn diese nur erkennbar subjektiv bleiben, zuweilen genau so viel lernen wie aus Darstellungen, die objektiv sein wollen und es – wie denn auch? – so sehr auch nicht sein können.

# Urs Widmer
## im Diogenes Verlag

**Alois**
Erzählung. Pappband

**Die Amsel im Regen im Garten**
Erzählung. Broschur

**Das enge Land**
Roman. Leinen

**Die gestohlene Schöpfung**
Ein Märchen. Leinen

**Indianersommer**
Erzählung. Leinen

**Das Normale und die Sehnsucht**
Essays und Geschichten. detebe 20057

**Die lange Nacht der Detektive**
Eine Kriminalkomödie. detebe 20117

**Die Forschungsreise**
Ein Abenteuerroman. detebe 20282

**Schweizer Geschichten**
detebe 20392

**Nepal**
Ein Stück in der Basler Umgangssprache. Mit der Frankfurter Fassung von Karlheinz Braun im Anhang. detebe 20432

**Die gelben Männer**
Roman. detebe 20575

**Züst oder Die Aufschneider**
Ein Traumspiel in hoch- und schweizerdeutscher Fassung. detebe 20797

**Shakespeare's Geschichten**
Sämtliche Stücke von William Shakespeare nacherzählt von Walter E. Richartz und Urs Widmer. detebe 20791 + 20792

**Vom Fenster meines Hauses aus**
Prosa. detebe 20793

**Liebesnacht**
Erzählung. detebe 21171

Außerdem liegt vor:

**Das Urs Widmer Lesebuch**
Herausgegeben von Thomas Bodmer. Mit einem Vorwort von H. C. Artmann und einem Nachwort von Hanns Grössel.
detebe 20783

## Schweizer Autoren
## im Diogenes Verlag

● **Rainer Brambach**
*Auch im April*
Gedichte. Leinen

*Kneipenlieder*
Mit Frank Geerk und Tomi Ungerer. Erheblich erweiterte Neuausgabe. detebe 20615

*Wirf eine Münze auf*
Gedichte. Mit einem Nachwort von Hans Bender. detebe 20616

*Für sechs Tassen Kaffee*
Erzählungen. detebe 20530

Außerdem ist Rainer Brambach Herausgeber der Anthologie
*Moderne deutsche Liebesgedichte*
detebe 20777

● **Ulrich Bräker**
*Leben und Schriften in 2 Bänden*
Herausgegeben von Samuel Voellmy und Heinz Weder. detebe 20581–20582

● **Benita Cantieni**
*Willt du, daß ich dich liebe*
Kleine Melodramen. Leinen

● **Friedrich Dürrenmatt**
*Stoffe I – III:*
Der Winterkrieg in Tibet. Mondfinsternis. Der Rebell. Leinen. Auch als detebe 21155 und 21156

*Achterloo*
Komödie. Leinen

*Minotaurus*
Eine Ballade. Mit Zeichnungen des Autors Pappband

*Justiz*
Roman. Leinen

*Werkausgabe in 29 Bänden*
Herausgegeben in Zusammenarbeit mit dem Autor. Alle Bände wurden revidiert und mit neuen Texten ergänzt

*Das dramatische Werk in 17 Bänden*
detebe 20831–20847

*Das Prosawerk in 12 Bänden*
detebe 20848–20860

Als Ergänzungsband liegt vor:

*Über Friedrich Dürrenmatt*
Essays, Zeugnisse und Rezensionen. Interviews, Chronik und Bibliographie. Herausgegeben von Daniel Keel. detebe 20861

● **Konrad Farner**
*Theologie des Kommunismus?*
detebe 21275

● **Jeremias Gotthelf**
*Ausgewählte Werke in 12 Bänden*
Herausgegeben von Walter Muschg
detebe 20561–20572

Als Ergänzungsband liegt vor:

*Gottfried Keller
über Jeremias Gotthelf*
Mit einem Nachwort von Heinz Weder. Chronik und Bibliographie. detebe 20573

● **Gottfried Keller**
*Zürcher Ausgabe
Gesammelte Werke in 8 Bänden*
Herausgegeben von Gustav Steiner
detebe 20521–20528

Als Ergänzungsband liegt vor:

*Über Gottfried Keller*
Sein Leben in Selbstzeugnissen und Zeugnissen von C. F. Meyer bis Theodor Storm. Chronik und Bibliographie. Herausgegeben von Paul Rilla. detebe 20535

● **Hugo Loetscher**
*Der Waschküchenschlüssel*
Broschur

*Der Immune*
Roman. Leinen

*Wunderwelt*
Eine brasilianische Begegnung. detebe 21040

*Herbst in der Großen Orange*
detebe 21172

*Noah*
Roman einer Konjunktur. detebe 21206

*Das Hugo Loetscher Lesebuch*
Herausgegeben von Georg Sütterlin
detebe 21207

● **Mani Matter**
*Sudelhefte*
Aufzeichnungen 1958–1971
detebe 20618

*Rumpelbuch*
Geschichten, Gedichte, dramatische
Versuche. detebe 20961

● **Hans Neff**
*XAP oder Müssen Sie arbeiten?*
*fragte der Computer*
Ein fabelhafter Tatsachenroman
detebe 21052

● **Emil Steinberger**
*Feuerabend*
Mit vielen Fotos. Broschur

● **Beat Sterchi**
*Blösch*
Roman. Leinen. Auch als detebe 21341

● **Walter Vogt**
*Husten*
Erzählungen. detebe 20621

*Wüthrich*
Roman. detebe 20622

*Melancholie*
Erzählungen. detebe 20623

*Der Wiesbadener Kongreß*
Roman. detebe 20306

*Booms Ende*
Roman. detebe 20307

● **Robert Walser**
*Der Spaziergang*
Erzählungen. Nachwort von Urs Widmer.
detebe 20065

*Maler, Poet und Dame*
Aufsätze über Kunst und Künstler. Heraus-
gegeben von Daniel Keel. Mit zahlreichen
Dichterporträts. detebe 20794

● **Urs Widmer**
*Alois*
Erzählung. Pappband

*Die Amsel im Regen im Garten*
Erzählung. Broschur

*Das enge Land*
Roman. Leinen

*Die gestohlene Schöpfung*
Ein Märchen. Leinen

*Indianersommer*
Erzählung. Leinen

*Das Normale und die Sehnsucht*
Essays und Geschichten. detebe 20057

*Die lange Nacht der Detektive*
Kriminalstück. detebe 20117

*Die Forschungsreise*
Ein Abenteuerroman. detebe 20282

*Schweizer Geschichten*
detebe 20392

*Nepal*
Ein Stück in der Basler Umgangssprache
detebe 20432

*Die gelben Männer*
Roman. detebe 20575

*Züst oder die Aufschneider*
Ein Traumspiel. detebe 20797

*Vom Fenster meines Hauses aus*
Prosa. detebe 20793

*Liebesnacht*
Erzählung. detebe 21171

*Shakespeare's Geschichten*
Sämtliche Stücke von William Shakespeare
nacherzählt von Walter E. Richartz und Urs
Widmer. detebe 20791–20792

*Das Urs Widmer Lesebuch*
Herausgegeben von Thomas Bodmer
detebe 20783

● **Liebesgeschichten aus der
Schweiz**
Von Jeremias Gotthelf bis Max Frisch. Her-
ausgegeben von Christian Strich und Tobias
Inderbitzin. detebe 21124

# Neue deutsche Literatur
## im Diogenes Verlag

● **Das Günther Anders**
   **Lesebuch**
Herausgegeben von Bernhard Lassahn
detebe 21232

● **Alfred Andersch**
*»... einmal wirklich leben«.* Ein Tagebuch in
Briefen an Hedwig Andersch 1943–1975
Leinen
*Sämtliche Erzählungen*
Diogenes Evergreens
*Die Kirschen der Freiheit.* Bericht
detebe 20001
*Sansibar oder der letzte Grund.* Roman
detebe 20055
*Hörspiele.* detebe 20095
*Geister und Leute.* Geschichten
detebe 20158
*Die Rote.* Roman. detebe 20160
*Ein Liebhaber des Halbschattens*
Erzählungen. detebe 20159
*Efraim.* Roman. detebe 20285
*Mein Verschwinden in Providence*
Erzählungen. detebe 20591
*Winterspelt.* Roman. detebe 20397
*Der Vater eines Mörders.* Erzählung
detebe 20498
*Aus einem römischen Winter.* Reisebilder
detebe 20592
*Die Blindheit des Kunstwerks.* Essays
detebe 20593
*Ein neuer Scheiterhaufen für alte Ketzer*
Kritiken. detebe 20594
*Öffentlicher Brief an einen sowjetischen
Schriftsteller, das Überholte betreffend*
Essays. detebe 20398
*Neue Hörspiele.* detebe 20595
*Einige Zeichnungen.* Graphische Thesen
detebe 20399
*Flucht in Etrurien.* 3 Erzählungen aus dem
Nachlaß. detebe 21037
*empört euch der himmel ist blau.* Gedichte
Pappband
*Hohe Breitengrade.* Mit 48 Farbtafeln nach
Aufnahmen von Gisela Andersch
detebe 21165
*Wanderungen im Norden.* Mit 32 Farbtafeln
nach Aufnahmen von Gisela Andersch
detebe 21164
*Das Alfred Andersch Lesebuch.* detebe 20695
Als Ergänzungsband liegt vor:
*Über Alfred Andersch.* detebe 20819

● **Robert Benesch**
*Außer Kontrolle.* Roman. detebe 21081

● **Rainer Brambach**
*Auch im April.* Gedichte. Leinen
*Wirf eine Münze auf.* Gedichte. Nachwort
von Hans Bender. detebe 20616
*Kneipenlieder.* Mit Frank Geerk und Tomi
Ungerer. Erweiterte Neuausgabe
detebe 20615
*Für sechs Tassen Kaffee.* Erzählungen
detebe 20530
*Moderne deutsche Liebesgedichte.* (Hrsg.)
Von Stefan George bis zur Gegenwart
detebe 20777

● **Benita Cantieni**
*Willst du, daß ich dich liebe.* Kleine Melodramen. Leinen

● **Manfred von Conta**
*Reportagen aus Lateinamerika*
Broschur
*Der Totmacher.* Roman. detebe 20962
*Schloßgeschichten.* detebe 21060

● **Friedrich Dürrenmatt**
*Stoffe I–III.* Winterkrieg in Tibet. Mondfin-
sternis. Der Rebell. Leinen. Auch als
detebe 21155 und 21156
*Achterloo.* Komödie. Leinen
*Minotaurus.* Eine Ballade. Mit Zeichnungen
des Autors. Pappband
*Justiz.* Roman. Leinen

Das dramatische Werk:
*Es steht geschrieben / Der Blinde.* Frühe
Stücke. detebe 20831
*Romulus der Große.* Ungeschichtliche
historische Komödie. Fassung 1980
detebe 20832
*Die Ehe des Herrn Mississippi.* Komödie und
Drehbuch. Fassung 1980. detebe 20833
*Ein Engel kommt nach Babylon*
Fragmentarische Komödie. Fassung 1980
detebe 20834
*Der Besuch der alten Dame.* Tragische
Komödie. Fassung 1980. detebe 20835
*Frank der Fünfte.* Komödie einer Privatbank
Fassung 1980. detebe 20836
*Die Physiker.* Komödie. Fassung 1980
detebe 20837

*Herkules und der Stall des Augias*
*Der Prozeß um des Esels Schatten*
Griechische Stücke. Fassung 1980
detebe 20838
*Der Meteor / Dichterdämmerung*
Nobelpreisträgerstücke. Fassung 1980
detebe 20839
*Die Wiedertäufer.* Komödie. Fassung 1980
detebe 20840
*König Johann / Titus Andronicus*
Shakespeare-Umarbeitung. detebe 20841
*Play Strindberg / Porträt eines Planeten*
Übungsstücke für Schauspieler
detebe 20842
*Urfaust / Woyzeck.* Bearbeitungen
detebe 20843
*Der Mitmacher.* Ein Komplex. detebe 20844
*Die Frist.* Komödie. Fassung 1980
detebe 20845
*Die Panne.* Hörspiel und Komödie
detebe 20846
*Nächtliches Gespräch mit einem verachteten*
*Menschen / Stranitzky und der Nationalheld*
*Das Unternehmen der Wega.* Hörspiele
detebe 20847

Das Prosawerk:
*Aus den Papieren eines Wärters.* Frühe Prosa
detebe 20848
*Der Richter und sein Henker / Der Verdacht*
Kriminalromane. detebe 20849
*Der Hund / Der Tunnel / Die Panne*
Erzählungen. detebe 20850
*Grieche sucht Griechin / Mr. X macht*
*Ferien.* Grotesken. detebe 20851
*Das Versprechen / Aufenthalt in einer kleinen*
*Stadt.* Erzählungen. detebe 20852
*Der Sturz.* Erzählungen. detebe 20854
*Theater.* Essays, Gedichte und Reden
detebe 20855
*Kritik.* Kritiken und Zeichnungen
detebe 20856
*Literatur und Kunst.* Essays, Gedichte und
Reden. detebe 20857
*Philosophie und Naturwissenschaft.* Essays,
Gedichte und Reden. detebe 20858
*Politik.* Essays, Gedichte und Reden
detebe 20859
*Zusammenhänge / Nachgedanken.* Essay
über Israel. detebe 20860

Als Ergänzungsband liegt vor:
*Über Friedrich Dürrenmatt.* detebe 20861

● **Egon Friedell**
*Die Rückkehr der Zeitmaschine.* Phanta-
stische Novelle. detebe 20177
*Das letzte Gesicht.* 69 Bilder von Totenmas-
ken, eingeleitet von Egon Friedell. Mit Erläu-
terungen von Stefanie Strizek. detebe 21222

*Abschaffung des Genies.* Gesammelte Essays
1905–1918. detebe 21344
*Ist die Erde bewohnt?* Gesammelte Essays
1918–1931. detebe 21345

● **Heidi Frommann**
*Die Tante verschmachtet im Genuß nach*
*Begierde.* Zehn Geschichten. Leinen
*Innerlich und außer sich.* Bericht aus der
Studienzeit. detebe 21042

● **E. W. Heine**
*Wer ermordete Mozart? Wer enthauptete*
*Haydn?* Mordgeschichten für Musikfreunde
Leinen
*New York liegt im Neandertal.* Bauten als
Schicksal. Leinen
*Wie starb Wagner? Was geschah mit Glenn*
*Miller?* Neue Geschichten für Musikfreunde
Leinen
*Kille Kille.* Makabre Geschichten
detebe 21053
*Hackepeter.* Neue Kille Kille Geschichten
detebe 21219
*Nur wer träumt, ist frei.* Eine Geschichte
detebe 21278

● **Ernst Herhaus**
*Der Wolfsmantel.* Roman. Leinen
*Die homburgische Hochzeit.* Roman
detebe 21083
*Die Eiszeit.* Roman. Mit einem Vorwort von
Falk Hofmann. detebe 21170
*Notizen während der Abschaffung des Den-*
*kens.* detebe 21214

● **Wolfgang Hildesheimer**
*Ich trage eine Eule nach Athen.* Erzählungen.
Zeichnungen von Paul Flora. detebe 20529

● **Otto Jägersberg**
*Der Herr der Regeln.* Roman. Leinen
*Vom Handel mit Ideen.* Geschichten. Leinen
*Wein, Liebe, Vaterland.* Gesammelte
Gedichte. Broschur
*Cosa Nostra.* Stücke. detebe 20022
*Weihrauch und Pumpernickel.* Ein west-
pfählisches Sittenbild. detebe 20194
*Nette Leute.* Roman. detebe 20220
*Der letzte Biß.* Erzählungen. detebe 20698
*Land.* Ein Lehrstück. detebe 20551
*Seniorenschweiz.* Reportage unserer Zukunft
detebe 20553
*Der industrialisierte Romantiker.* Reportage
unserer Umwelt. detebe 20554
*He he, ihr Mädchen und Frauen.* Eine Kon-
sum-Komödie. detebe 20552

● **Janosch**
*Cholonek oder Der liebe Gott aus Lehm*
Roman. detebe 21287

● **Norbert C. Kaser**
*jetzt mueßte der kirschbaum bluehen.* Gedichte, Tatsachen und Legenden, Stadtstiche. Herausgegeben von Hans Haider. detebe 21038

● **Hans Werner Kettenbach**
*Minnie oder Ein Fall von Geringfügigkeit*
Roman. detebe 21218

● **Hermann Kinder**
*Vom Schweinemut der Zeit.* Roman. Leinen
*Der helle Wahn.* Roman. Leinen
*Der Schleiftrog.* Roman. detebe 20697
*Du mußt nur die Laufrichtung ändern*
Erzählung. detebe 20578

● **Hermann Kükelhaus**
*»... ein Narr der Held«.* Gedichte in Briefen
Herausgegeben und mit einem Vorwort von Elizabeth Gilbert. detebe 21339

● **Hartmut Lange**
*Die Waldsteinsonate.* Fünf Novellen
Leinen
*Die Selbstverbrennung.* Roman
detebe 21213

● **Bernhard Lassahn**
*Land mit Lila Kühen.* Roman. Broschur
*Ab in die Tropen.* Eine Wintergeschichte
Leinen
*Dorn im Ohr. Das lästige Liedermacherbuch.*
Mit Texten von Wolf Biermann bis Konstantin Wecker. Herausgegeben und kommentiert von Bernhard Lassahn. detebe 20617
*Liebe in den großen Städten.* Geschichten und anderes. detebe 21039
*Ohnmacht und Größenwahn.* Lieder und Gedichte. detebe 21043

● **Wolfgang Linder**
*Steinschlag auf Schlag.* Keine Liebesgeschichten. Broschur

● **Jürgen Lodemann**
*Luft und Liebe.* Geschichten. Leinen
*Essen Viehofer Platz.* Roman. Leinen
*Anita Drögemöller und Die Ruhe an der Ruhr.* Roman. detebe 20283
*Lynch und Das Glück im Mittelalter*
Roman. detebe 20798
*Familien-Ferien im Wilden Westen.* Ein Reisetagebuch. detebe 20577

*Im Deutschen Urwald.* Essays, Aufsätze, Erzählungen. detebe 21163
*Der Solljunge.* Autobiographischer Roman
detebe 21279

● **Hugo Loetscher**
*Der Waschküchenschlüssel* und andere Helvetica. Broschur
*Der Immune.* Roman. Leinen
*Wunderwelt.* Eine brasilianische Begegnung
detebe 21040
*Herbst in der Großen Orange.* detebe 21172
*Noah.* Roman einer Konjunktur
detebe 21206
*Das Hugo Loetscher Lesebuch.* Herausgegeben von Georg Sütterlin. detebe 21207

● **Mani Matter**
*Sudelhefte.* Aufzeichnungen 1958–1971
detebe 20618
*Rumpelbuch.* Geschichten, Gedichte, dramatische Versuche. detebe 20961

● **Fritz Mertens**
*Ich wollte Liebe und lernte hassen*
Ein Bericht. Broschur
*Auch du stirbst, einsamer Wolf.* Ein Bericht
Broschur

● **Fanny Morweiser**
*Ein Winter ohne Schnee.* Roman. Leinen
*Lalu lalula, arme kleine Ophelia*
Erzählung. detebe 20608
*La vie en rose.* Roman. detebe 20609
*Indianer-Leo.* Geschichten. detebe 20799
*Die Kürbisdame.* Kleinstadt-Trilogie
detebe 20758
*Ein Sommer in Davids Haus.* Roman
detebe 21059
*O Rosa.* Ein melancholischer Roman
detebe 21280

● **Hans Neff**
*XAP oder Müssen Sie arbeiten? fragte der Computer.* Ein fabelhafter Tatsachenroman
detebe 21052

● **Mathias Nolte**
*Großkotz.* Ein Entwicklungsroman. Leinen

● **Markus Peters**
*Eine Loreley an der Themse.* Eine Liebesgeschichte. Leinen

● **Walter E. Richartz**
*Meine vielversprechenden Aussichten*
Erzählungen

*Prüfungen eines braven Sohnes.* Erzählung
*Der Aussteiger.* Prosa
*Tod den Ärtzten.* Roman. detebe 20795
*Noface – Nimm was du brauchst.* Roman
detebe 20796
*Büroroman.* detebe 20574
*Das Leben als Umweg.* Erzählungen
detebe 20281
*Shakespeare's Geschichten.* detebe 20791
*Vorwärts ins Paradies.* Essays. detebe 20696
*Reiters Westliche Wissenschaft.* Roman
detebe 20959

● **Das Ringelnatz Lesebuch**
Gedichte und Prosa. Eine Auswahl
Herausgegeben von Daniel Keel
detebe 21157

● **Herbert Rosendorfer**
*Über das Küssen der Erde.* Prosa
detebe 20010
*Der Ruinenbaumeister.* Roman
detebe 20251
*Skaumo.* Erzählungen. detebe 20252
*Der stillgelegte Mensch.* Erzählungen
detebe 20327
*Deutsche Suite.* Roman. detebe 20328
*Großes Solo für Anton.* Roman
detebe 20329
*Bayreuth für Anfänger.* Mit Zeichnungen
von Luis Murschetz. detebe 21044

● **Emil Steinberger**
*Feuerabend.* Mit vielen Fotos. Broschur

● **Beat Sterchi**
*Blösch.* Roman. Leinen. Auch als
detebe 21341

● **Patrick Süskind**
*Der Kontrabaß.* Pappband
*Das Parfum.* Die Geschichte eines Mörders
Roman. Leinen

● **Hans Jürgen Syberberg**
*Der Wald steht schwarz und schweiget*
Neue Notizen aus Deutschland. Broschur

● **Walter Vogt**
*Husten.* Erzählungen. detebe 20621
*Wüthrich.* Roman. detebe 20622
*Melancholie.* Erzählungen. detebe 20623
*Der Wiesbadener Kongreß.* Roman.
detebe 20306
*Booms Ende.* Erzählungen. detebe 20307

● **Hans Weigel**
*Das Land der Deutschen mit der Seele
suchend.* detebe 21092
*Blödeln für Anfänger.* Mit Zeichnungen von
Paul Flora. detebe 21221

● **Hans Weigold**
*Eines der verwunschenen Häuser.* Roman
detebe 21070

● **Urs Widmer**
*Alois.* Erzählung. Pappband
*Die Amsel im Regen im Garten.* Erzählung
Broschur
*Das enge Land.* Roman. Leinen
*Die gestohlene Schöpfung.* Ein Märchen
Leinen
*Indianersommer.* Erzählung. Leinen
*Das Normale und die Sehnsucht.* Essays und
Geschichten. detebe 20057
*Die lange Nacht der Detektive.* Ein Stück.
detebe 20117
*Die Forschungsreise.* Roman. detebe 20282
*Schweizer Geschichten.* detebe 20392
*Nepal.* Ein Stück. detebe 20432
*Die gelben Männer.* Roman. detebe 20575
*Züst oder die Aufschneider.* Ein Traumspiel
detebe 20797
*Vom Fenster meines Hauses aus.* Prosa
detebe 20793
*Liebesnacht.* Erzählung. detebe 21171
*Shakespeare's Geschichten.* detebe 20792
*Das Urs Widmer Lesebuch.* detebe 20783

● **Hans Wollschläger**
*Die bewaffneten Wallfahrten gen Jerusalem*
Geschichte der Kreuzzüge. detebe 20082
*Karl May.* Eine Biographie. detebe 20253
*Die Gegenwart einer Illusion.* Essays
detebe 20576

● **Wolf Wondratschek**
*Die Einsamkeit der Männer.* Mexikanische
Sonette (Lowry-Lieder). Gebunden
Auch als detebe 21340

● **Das Diogenes Lesebuch
  moderner deutscher Erzähler**
Band I: Geschichten von Arthur Schnitzler
bis Erich Kästner. detebe 20782
Band II: Geschichten von Andersch bis
Widmer. Mit einem Nachwort von Gerd
Haffmans ›Über die Verhunzung der deutschen Literatur im Deutschunterricht‹
detebe 20776

# Theorie · Philosophie · Historie · Theologie
## Politik · Polemik
### im Diogenes Verlag

● **Das Günther Anders Lesebuch**
Herausgegeben von Bernhard Lassahn
detebe 21232

● **Alfred Andersch**
*Öffentlicher Brief an einen sowjetischen Schriftsteller, das Überholte betreffend*
Reportagen und Aufsätze. detebe 20398

*Einige Zeichnungen*
Graphische Thesen am Beispiel einer Künstlerin. Mit Zeichnungen von Gisela Andersch.
detebe 20399

*Die Blindheit des Kunstwerks*
Literarische Essays und Aufsätze
detebe 20593

*Ein neuer Scheiterhaufen für alte Ketzer*
Kritiken und Rezensionen. detebe 20594

● **Angelus Silesius**
*Der cherubinische Wandersmann*
Ausgewählt und eingeleitet von Erich Brock.
detebe 20644

● **Anton Čechov**
*Die Insel Sachalin*
Ein politischer Reisebericht. Aus dem Russischen von Gerhard Dick. detebe 20270

*Denken mit Čechov*
Ein Almanach auf alle Tage, zusammengestellt von Peter Urban. Diogenes Evergreens

● **Ida Cermak**
*Ich klage nicht*
Begegnung mit der Krankheit in Selbstzeugnissen schöpferischer Menschen
detebe 21093

● **Raymond Chandler**
*Die simple Kunst des Mordes*
Briefe, Essays, Fragmente. Aus dem Amerikanischen von Hans Wollschläger
detebe 20209

● **Manfred von Conta**
*Reportagen aus Lateinamerika*
Broschur

● **Luciano De Crescenzo**
*Geschichte der griechischen Philosophie*
Die Vorsokratiker. Deutsch von Linde Birk
Leinen

● **Friedrich Dürrenmatt**
*Theater*
Essays, Gedichte und Reden. detebe 20855

*Kritik*
Kritiken und Zeichnungen. detebe 20856

*Literatur und Kunst*
Essays, Gedichte und Reden. detebe 20857

*Philosophie und Naturwissenschaft*
Essays, Gedichte und Reden. detebe 20858

*Politik*
Essays, Gedichte und Reden. detebe 20859

*Zusammenhänge/Nachgedanken*
Essay über Israel. detebe 20860

*Der Winterkrieg in Tibet*
Stoffe I. detebe 21155

*Mondfinsternis/Der Rebell*
Stoffe II/III. detebe 21156

*Denken mit Dürrenmatt*
Kernsätze für Zeitgenossen, aus seinem Werk gezogen von Daniel Keel
Diogenes Evergreens

● **Meister Eckehart**
*Deutsche Predigten und Traktate*
in der Edition von Josef Quint. detebe 20642

● **Albert Einstein**
*Briefe*
Ausgewählt und herausgegeben von Helen Dukas und Banesh Hoffmann. detebe 20303

● **Albert Einstein &**
**Sigmund Freud**
*Warum Krieg?*
Ein Briefwechsel. Mit einem Essay von Isaac
Asimov. detebe 20028

● **Henry F. Ellenberger**
*Die Entdeckung des Unbewußten*
Ins Deutsche übertrage von Gudrun Theus-
ner-Stampa. Mit zahlreichen Abbildungen
detebe 21343

● **Ralph Waldo Emerson**
*Natur*
Essay. Neu aus dem Amerikanischen über-
setzt von Harald Kiczka
Diogenes Evergreens

*Essays*
Herausgegeben und übersetzt von Harald
Kiczka. Mit zahlreichen Anmerkungen und
einem ausführlichen Index. detebe 21071

● **Konrad Farner**
*Theologie des Kommunismus?*
detebe 21275

● **Federico Fellini**
*Aufsätze und Notizen*
Herausgegeben von Christian Strich und
Anna Keel. detebe 20125

*Denken mit Fellini*
Federico Fellini im Gespräch mit Journalisten
Diogenes Evergreens

● **Franz von Assisi**
*Sonnengesang · Testament ·*
*Ordensregeln · Briefe · Fioretti*
in der Edition von Wolfram von den Steinen,
deutsch von Wolfram von den Steinen und
Max Kirchstein. detebe 20641

● **Egon Friedell**
*Abschaffung des Genies*
Gesammelte Essays 1905–1918. detebe 21344

*Ist die Erde bewohnt?*
Gesammelte Essays 1918–1931. detebe 21345

● **E.W. Heine**
*New York liegt im Neandertal*
Bauten als Schicksal. Leinen

● **Ernst Herhaus**
*Notizen während der*
*Abschaffung des Denkens*
detebe 21214

● **Das Karl Kraus Lesebuch**
Ein Querschnitt durch die Fackel
Herausgegeben und mit einem Essay von
Hans Wollschläger. detebe 20781

● **Lao Tse**
*Tao-Te-King*
Deutsch von Hans Knospe und Odette
Brändli. Diogenes Evergreens

● **D. H. Lawrence**
*Liebe, Sex und Emanzipation*
Essays. Aus dem Englischen von Elisabeth
Schnack. detebe 20955

● **Reinhart G. E. Lempp**
*Kinder unerwünscht*
Anmerkungen eines Kinderpsychiaters
detebe 21072

● **Ludwig Marcuse**
*Philosophie des Glücks*
von Hiob bis Freud. detebe 20021

*Philosophie des Un-Glücks*
Pessimismus – Ein Stadium der Reife
detebe 20219

*Meine Geschichte der Philosophie*
Aus den Papieren eines bejahrten Philoso-
phiestudenten. detebe 20301

*Das Märchen von der Sicherheit*
Testament eines illusionslosen Optimisten.
detebe 20302

*Der Philosoph und der Diktator*
Plato und Dionys. detebe 21159

*Obszön*
Geschichte einer Entrüstung. detebe 21158

*Denken mit Ludwig Marcuse*
Ein Wörterbuch für Zeitgenossen
Diogenes Evergreens

Herausgegeben von Ludwig Marcuse:
*Ein Panorama europäischen Geistes*
Texte aus drei Jahrtausenden, ausgewählt und vorgestellt von Ludwig Marcuse. Mit einem Vorwort von Gerhard Szczesny
I. Von Diogenes bis Plotin
II. Von Augustinus bis Hegel
III. Von Karl Marx bis Thomas Mann
detebe 21168

● **Thomas Morus**
*Utopia*
Aus dem Lateinischen von Alfred Hartmann
detebe 20420

● **Das Neue Testament**
in 4 Sprachen: Lateinisch, Griechisch, Deutsch und Englisch. detebe 20925

● **Friedrich Nietzsche**
*Vom Nutzen und Nachteil der Historie für das Leben*
Herausgegeben und mit einem Nachwort von Michael Landmann. detebe 21196

● **Liam O'Flaherty**
*Ich ging nach Rußland*
Ein politischer Reisebericht. Aus dem Englischen von Heinrich Hauser. detebe 20016

● **George Orwell**
*Im Innern des Wals*
Ausgewählte Essays I. Aus dem Englischen von Felix Gasbarra und Peter Naujack
detebe 20213

*Rache ist sauer*
Ausgewählte Essays II. Deutsch von Felix Gasbarra, Peter Naujack und Claudia Schmölders. detebe 20250

*Mein Katalonien*
Bericht über den Spanischen Bürgerkrieg. Deutsch von Wolfgang Rieger. detebe 20214

*Erledigt in Paris und London*
Sozialreportage aus dem Jahre 1933. Deutsch von Helga und Alexander Schmitz.
detebe 20533

*Auftauchen, um Luft zu holen*
Roman. Deutsch von Helmut M. Braem
detebe 20804

*Das George Orwell Lesebuch*
Essays, Reportagen, Betrachtungen. Herausgegeben und mit einem Nachwort von Fritz Senn. Deutsch von Tina Richter.
detebe 20788

*Denken mit Orwell*
Sätze für Zeitgenossen, aus seinem Werk gezogen von Fritz Senn. Diogenes Evergreens

*Über George Orwell*
Herausgegeben von Manfred Papst. Deutsch von Matthias Fienbork. detebe 21225

● **Hanspeter Padrutt**
*Der epochale Winter*
Zeitgemäße Betrachtungen. Leinen

● **Denken mit Picasso**
Kernsätze für Zeitgenossen, aus seinem Werk gezogen von Daniel Keel
Diogenes Evergreens

● **Ernest Renan**
*Das Leben Jesu*
Vom Verfasser autorisierte Übersetzung aus dem Französischen. detebe 20419

● **Walter E. Richartz**
*Vorwärts ins Paradies*
Aufsätze zu Literatur und Wissenschaft
detebe 20696

● **Arthur Schopenhauer**
*Zürcher Ausgabe*
Studienausgabe der Werke in zehn Bänden nach der historisch-kritischen Edition von Arthur Hübscher. detebe 20421–20430

Dazu ein Band
*Über Arthur Schopenhauer*
Essays und Zeugnisse von Jean Paul bis Hans Wollschläger. detebe 20431

● **Alexander Sinowjew**
*Ohne Illusionen*
Interviews, Vorträge, Aufsätze. Aus dem Russischen von Alexander Rothstein. Leinen

*Kommunismus als Realität*
Deutsch von Katharina Häußler
detebe 20963

*Wir und der Westen*
Interviews, Vorträge, Aufsätze. Deutsch von Wera Rathfelder. detebe 20997

● **Hans Jürgen Syberberg**
*Der Wald steht schwarz und schweiget*
Neue Notizen aus Deutschland. Broschur

● **Teresa von Avila**
*Die innere Burg*
in der Neuedition und -übersetzung von Fritz Vogelgsang. detebe 20643

● **Henry David Thoreau**
*Walden oder das Leben in den Wäldern*
Aus dem Amerikanischen von Emma Emmerich und Tatjana Fischer. Vorwort von Walter E. Richartz. detebe 20019

*Über die Pflicht zum Ungehorsam gegen den Staat*
Ausgewählte Essays. Herausgegeben, übersetzt und mit einem Nachwort von Walter E. Richartz. detebe 20063

● **B. Traven**
*Land des Frühlings*
Reisebericht. Mit zahlreichen Fotos des Autors. detebe 21230

● **Hans Weigel**
*Das Land der Deutschen mit der Seele suchend*
detebe 21092

● **Urs Widmer**
*Das Normale und die Sehnsucht*
Essays und Geschichten. detebe 20057

*Vom Fenster meines Hauses aus*
Prosa. detebe 20793

● **Oscar Wilde**
*Der Sozialismus und die Seele des Menschen*
Ein Essay. Aus dem Englischen von Gustav Landauer und Hedwig Lachmann
detebe 20003

● **Hans Wollschläger**
*Die bewaffneten Wallfahrten gen Jerusalem*
Geschichte der Kreuzzüge. detebe 20082

*Karl May*
Grundriß eines gebrochenen Lebens
detebe 20253

*Die Gegenwart einer Illusion*
Reden gegen ein Monstrum. detebe 20576